KB267723

생의 이삭, 생의 앙금

생의 이삭, 생의 앙금

김장동 지음

국학자료원

선생의 근영

머리말

생의 이삭, 생의 앙금

대학 강단에 선 지 벌써 30여 년, 정년을 앞두고 무엇인가는 잘 모르지만 문집 하나쯤은 엮어야 하지 않을까 생각하다가 결론 내린 것이 『생의 이삭, 생의 앙금』이란 제(題)가 된다.

묶으면서 생각나는 것은 딴에는 문학을 한답시고 평생을 애써 왔는데도 지푸라기조차 건지지 못했다는 자책, 오직 남은 것은 문학을 모독했다는 자학만이 전 재산이라는 생각.

해서 소설을 쓰고 시를 쓰다가 낙담하고 절망하기 그 몇 번이며 문학을 집어치우겠다고 용 쓴 것만도 수십 번은 넘을 게다.

어디 그 뿐이겠는가. 베스트셀러 하나 내지 못한 무명의 서러움은 소설이나 시를 써 출판사를 찾아갈 때마다 거절을 당하는 치욕적인 수모로 연결되기 일쑤였다. 『후포의 등대』를 탈고하고 출판사를 찾아갔으나 거절당한 수모는 30년 애연마저 단숨에 끊게 했으니 말이다. 게다가 막상 출판을 했을 때, 책 한 건 팔아주지 않고 서명해 주기를 되레 바라는 지인들, 팔리지 않아 출판 비용도 건지지 못하는 참담함은 야차(夜叉)에 떨어져 절규하는 아귀의 심정과 진배없었다면 거짓일까.

그런 절망과 비통함 중에도 버리고 싶지 않은, 무덤까지 가지고 가고 싶은 것 하나를 고르라면, 이것이다 하고 딴에는 말할 수 있는 그 무엇, 그 무엇을 위해 평생을 두고 작업했다고 해도 나로서는 과언이 아니다. 내게 있어 그 무엇은 바로 향가소설이 된다.

나는 향가를 소재로 소설을 쓰고 개작하는데 평생을 바쳤다고 스스로 장담할 수 있다. 해서 향가소설 하면 평생을 두고 작업한 김장동이 떠오르도록 향가소설에 매달린 셈이다.

그랬으니 20여 년에 걸쳐 일곱 번이나 개작을 해서 여덟 번이나 출판을 하는 고집을 피우기도 했으며 소설로만 만족할 수 없어 오페라로, 뮤지컬의 대본으로 만들기도 했으니 이만하면 향가소설의 광(狂)이라고 할 만하지 않겠는가.

그런데도 남은 것은 그 누구도 알아주지 않은 혼자서만 외치는 정저지규(井底之따) 신세가 되었으니.

이번 문집의 특징으로는 향가소설을 개작해 오페라 및 뮤지컬 대본으로 만든 것 이외에 미발표 시편도 묶었다.

소설이나 시를 쓰면서도 틈틈이 논문을 작성하기도 했는데 딴에는 의무적으로 편수 채우기에 급급해서 만족할 만한 논문 한 편이 없다는 것도 나를 슬프게 한다. 그런데도 교수랍시고 대학 강단에 남아 학생들을 가르치고 있으니 진짜 치사하고 더러운 작태는 목구멍이 포도청이라고 강변을 일삼는 데 있지 않을까.

논문도 수필이나 소설처럼 자연스럽게, 물이 흐르듯 쉽게 써야 한다. 산이 있으면 계곡이 있고 계곡이 있으면 물이 흐르듯이. 그 산은 높을수록 좋고 계곡은 깊을수록 그윽하듯이 논문도 누구나 쉽게 읽히게 써야 좋은 논문이라는 소신을 늘 가지고 있다.

그런 뜻으로 세 편을 선별해 뒤에 놓았다.

끝으로 이번 문집은 순전히 제자 홍기정 원장의 스승 배려 차원에서 출판하게 되었음을 밝혀둔다.

2010. 10

연구실에서 지은이 씀

차례

5. 생의 이삭, 생의 앙금

6. 논문 두 편

7. 약력   393

1. 단편소설집에서

메나리
어느 가을 이른 바람에

메나리

석류가 알알이 붙어터져 추석을 쏟아놓자 들뜬 아이들이 추석이라고 쪼르르 몰려갔다. 아이들이 사라지자 고향 떠난 서러움이 몰려와 나른하기까지 했다. 더욱이 저녁이 되자 달마저 돋아 올라 가뜩이나 싱숭생숭한 마음을 뒤흔들어 놓았다.

쏟아지는 달빛은 나락 위에서 헤엄쳤고 바람결에 떠맡겨 흘러내리다가 마음 속속들이 걸터앉더니 쇠를 녹이듯 녹아 내렸다.

나는 방안에 있을 수 없어 문을 박차고 바깥으로 나섰다. 들판은 은한이 하얀 속살을 드러낸 채 황금물결 위에서 노닥대며 가을을 노략질하고 있었다.

나는 달빛에 취해서만이 아닌 논둑길을 걸었다.

바로 그때였다.

물살무늬 같은 달무리가 여음을 달고 와 귓전을 후린다. 나는 신경을 곤두세운 채 소리 나는 방향으로 귀를 기울였다. 이어 "산유화다! 메나리의 산유화다!" 하는 탄성으로 가슴이 설렜다.

어디쯤일까. 동구 밖일까.

나는 마을 어귀로 내달렸다. 그런데 구성진 여음, 한을 빚어 우러내는 메나리는 동구 밖을 벗어난 느티나무 아래였다.

나는 여운을 놓치지 않으려고 느티나무를 향해 줄달음질했다.

마을 어귀에는 왕릉만한 동산이 하나 차지하고 있었고 동산 주위에는 느티나무 두 그루가 이십여 보 간격으로 마주보고 서 있었다. 이들 고목은 아이들이 드나들 만큼 속이 텅 빈 채 연륜을 헤일 수 없는 오랜 세월을 침묵으로 일관하고 있었다.

어떤 사내 하나가 바로 그 느티나무 둥치에 걸터앉아 눈물을 마시고 그 한을 하늘에 뿜으며 과거를 토했다.

메나리여, 메나릴라
하늘이 높사높사
저따이 넓아넓아
천지는 가이없어
서러서러 이내사설
열일곱에 시집가
스무살에 소박과부
이몸둘데 바이없어
어복에나 장할거나
메나릴라, 메나리여.

사내는 메나리로 메기고 받는 산유화, 민요조로 시나위가락으로 불러대는 메나리를 눈물 젖어 흐느끼는 듯한 애달픈 가락과 한없이 서러운 마음으로 곡조를 이어나갔다.

나는 매복한 옆으로 적들이 바짝 스쳐 지날 때처럼 사색이 되었고 온 몸이 부르르 떨렸다. 사내가 우려내는 가락이 까닭 모를 회환과 비감을 실어 왔기 때문만은 아니었다.

사내의 노래는 끝났는데도 긴 여운은 황금물결을 건너뛰어 하늘을 뒤흔들었고 달빛이 펴놓은 비단 보자기에 휑덩그레 쏟아졌다.

사내는 한 가락을 토해놓고는 제전의 향불마냥 담배를 피워 물었다.

뿌연 연기는 동그라미를 만들며 아스라한 하늘로 올라가다가 과거를 그리고 있었다. 이를 지켜보는 사내의 투명한 눈망울에는 맑은 물기가 대롱대롱 매달린다.

나는 산유화에 얽힌 내력을 나르다가 인기척을 낚았다.

그랬는데 의외에도 사내는 "좀 전부터 알고 있었습니다. 이리로 가까이 오이소. 선상님." 하는 것이 아닌가.

나는 놀랐다기보다는 사내의 노래를 방해했다는 노파심을 한아름 안고 있었는데 사내가 오히려 스스럼없이 말을 건네 오자 다소 미안한 마음을 덜 수 있어 다행이었다.

"그 뒤, 학교로 한번 찾아뵙는다는 것이…… 이거 인사가 말이 아입네다. 지가 숙이 아빕네다."

언젠가 수업시간이었다. 숙이가 공부는 제쳐두고 산유화의 가사만 베껴쓰는 낙서버릇으로 부모를 소환했을 때 본 그 사람이었다.

"이런 데서 만나 뵙게 되다니……"

나는 묘한 인연도 있다 싶어 겸연쩍은 웃음을 실실 흘렸다.

밤하늘은 함지박을 엎어놓은 듯 아주 가깝게 느껴졌다.

"고년이 선상님의 속을 꽤나 끓이지요. 모두가 어미 없는 탓입니다. 아니, 지 탓이구만요. 고년의 어미도 산유화를 멋들어지게 불러 젖혔는디……"

사내는 숙명의 너울을 물씬 풍겼다.

모진 마음도 허물 것만 같은, 비장의 기법이라도 쏟아놓을 것만 같은 분위기는 오곡이 익어가는 내음으로 무너져 내렸다.

"선상님이 산유화에 얽힌 내력을 알고 싶어 한다는 것을 지도 알고는 있었어요. 그런데도 여름이 다 지나가도록 선상님을 찾아뵙지 못해 이거 인사가 말이 아닙네다."

그의 말은 내 마음을 저울질하듯 했다.

나는 예의적이긴 했으나 "그야 바쁜 일에 쫓기다 보면 누구나……" 하고 얼버무리면서 생각지도 않은 산유화의 실마리를 풀 수 있다는 기대감에 젖어 체면도 도둑맞을 수밖에.

사내는 뜸을 들이다가 "저희 집안은 대대로 산유화를 전수받아 이어오는 가풍이 있었지요. 그 덕에 저도 산유화를 웬만큼 부를 수 있습네다. 그런데도 이 즈음에 들어서는 옛날 같은 정취가 없어요. 세월 탓인지 모르긴 하지만서도……" 하는 사내.

세월의 연륜이 주름진 이마에 매달려 전설 같은 이야기를 한 토막 잘라냈다.

나는 딸꾹질마저 가로채며 사내를 채근하듯 응시했다.

바로 이 느티나무를 중심으로, 한 그루는 큰아기들과 새댁들이 원무를 그리며 메나리의 산유화를 메겼다고 한다. 또 한 그루는 총각들과 남정네들이 무나리의 수유화로 받았다고 한다.

나리골은 산유화를 메나리로, 수유화를 무나리로 받았다.

메기는 노래 산유화에 깃들인 구성진 여음, 청승맞은 가락은 단오절로, 한가위 달밤으로 느티나무 아래에서 메아리쳤다.

느티나무는 메나리의 가락에 젖어 싱싱하게 자랐고 무나리의 육자배기로 잎새가 무성했다.

나리골 사람들은 태어난 지연으로, 시집 온 인연으로 누가 가르쳐준 것도 아닌 귀동냥으로 풍월을 주워 읊듯이 메나리를 익히곤 했다.

메나리는 소녀들이 부를 노래가 아니다.

시집갈 큰아기들이나 비녀 얹은 새댁들이 원무와 함께 들러리로 돌아가며 함께 불러야 직성이 풀린다.

달밤으로 한 무리, 또 한 무리. 손에 손을 잡고 돌아가며 큰아기들이 메나리를 메기면, 남정네들이 거나한 육자배기로 받는 무나리는 서쪽으로 기울던 달마저도 멈춰 서게 했다는…

이윽고 사내는 회한에 젖은 듯 말을 이었다.

"지금에 와서야 다 부질없는 일이 아닌가 배. 시상이 변했으이, 인심도 변할 수밖에요. 굳이 눌 탓할 수도 없게 됐습네다."

"민속 붐이 일고 있는데, 후원을 받아 재현해 보시잖고요?"

"다 부질없는 짓이여."

나는 사내의 우울함에 눌려 말문이 막혀 버렸다.

"보여 드릴 것이 있습네다. 저희 집으로 같이 가시지요."

"밤도 깊었는데 폐나 끼치지 않을는지요?"

말은 그랬으나 나는 마음에 안달이 들었다.

"보여 드릴 것이 있습네다. 시간이 허한다면 가십시다."

사내는 부득부득 일어섰다. 나는 비단 요를 펼친 하얀 꿈을 놓치지 않으려고 사내의 뒤를 바싹 따라붙었다.

내가 사내의 방으로 들어서니 호롱불은 벼락에 콩 구워 먹고 전등 불빛이 세월의 앙금을 토해내는 방은 뜻밖에 정갈했다.

사내는 시렁 위에 덩그렇게 얹힌 고리짝을 들어 내렸다. 고리짝의 도배는 아이가 싸 발라 놓은 어눌한 똥색이었다.

사내는 소중한 물건이라도 다루듯 뚜껑을 열었다. 그는 속에서 빛바

랜 두루마리를 집어 들었다. 불빛이 초벽에 웅크린 어둠을 한 움큼 물
어뜯다가 혀를 날름 내밀며 두루마리에 앉았다.

"자, 선상님, 펴 보시지여."

나는 이 순간, 어떤 환상을 서쪽 산에 걸린 태양처럼 고정시킨 채 두
루마리를 펼쳤다. 늘 한번 보았으면 하고 짠했던 수사도(水死圖)였다.

나는 꿈이 아닌 이 현실에 도깨비에 홀린 듯이 화지(畵紙)가 북 찢어
지도록 응시했다.

저 멀리 보이는, 한없이 중압감을 자아내는 산 산 산. 푸른 물결은 금
세라도 소용돌이치듯이 거센 탁류를 휩쓸어 올 것만 같은. 그리하여 수
십 수백의 인명을 삼킬 듯한 분노로 어느새 꿈틀거렸다. 노한 물결은
둑에 서 있는 사람을 당장 채어갈 것만 같은 악마들의 몸짓. 먹장구름
이 두리둥실 피어나는 하늘과 맞닿은 수면. 전면에는 아리따운 여인이
진솔 모시치마를 뒤집어쓰고 물로 뛰어들려는 찰나. 그런데 한창 꽃다
운 여인의 등전에서 묻어나는 땅이 꺼질 듯한 회한, 체념이 응어리진
심연은 그대로 생동하는……

이상이 수사도에 담겨져 있는 그림의 내용이었다.

흔히 볼 수 있는 전통적인 기법, 화제(畵題)와 그 격이 근본적으로 다
른, 넘치는 기량과 필운(筆韻)이 넘실대는, 체험이 구현된 놀라운 경지
를 이룬 실경 산수화였다. 그러기에 그 표현은 섬세하고 가냘프기 그지
없으며 인정이 서려든 수택, 아쉬운 느낌마저 감도는 짜임새, 끝내 무
명의 화공도 여성이기에 이런 미련을 저어할 수 없었던 문자 그대로 고
졸(古拙)이었다.

수사도는 향랑투강수사도(香娘投江水死圖)란 원제와 향랑여초녀

도(香娘與樵女圖)란 부제가 달린 가로 한 자 두 치에, 세로 넉 자 세 치의 두루마리인데 아호나 낙관이 없는 민화였다.

"선상님, 일자무식인 초녀가 이런 그림을 그릴 수 있었을까요? 지로서는 도저히 믿기지 않습네다."

"저도 그림에 대한 조예가 없어 안목이야 별 것 아니지만, 첫눈에도 보통 솜씨가 아닌 것만은 분명합니다."

"선상님은 눈빛부터 달라 보입네다그려."

"전통적인 구성과 화법을 무시한 민화라고나 할까요. 제가 보아 온 민화하고는 어딘가 다른 듯합니다."

"그럴 수밖에요. 일자무식인 초녀의 그림이니까요."

"그림을 입수하게 된 내력이라도 들려주셨으면….."

사내는 정적을 씹고 있었다.

내가 거듭 채근해서야 공허한 마음을 다잡아 지나온 과거를 실타래 풀 듯 한 올 한 올 풀어냈다.

"지 당숙 되는 원당노인(元堂老人)으로부터 이 그림을 물려받으면서, 그림을 그리게 된 동기며 향랑의 행적을 들었습네다."

불빛이 사내의 주름진 이마에 매달려 묵은 과거를 일깨우자 나는 오금이 저려왔고 사내에게 압도당해 달싹할 수도 없었다.

"이 그림을 그린 초녀야말로 향랑이 물로 뛰어든 것을 두 눈으로 본 장본인이라 합디다. 그네의 구박받은 기구한 사연은 초녀에게도 한으로 맺혀 후세에까지 그림으로나마 전하려고 다짐했답네다."

사내는 여기서 일단 뜸을 들이었다.

초녀는 틈틈이 붓을 잡았다. 일자무식인 주제에 더구나 아녀자인 체 신머리에 붓을 잡아 뭣에 쓸 거냐고 서러움도 많이 받았다. 또한 지독히 얽은 데다 째지는 가난으로 혼처도 나서지 않았다.

이도 저도 못해 처녀귀신이나 면해 보려고 나이가 차 후처로 들어앉기는 했으나 못생겼다고, 그림에만 매달려 사발농사만 짓는다고 갖은 구박 끝에 쫓겨났다. 그 뒤로는 그림에만 몰두했다.

환갑을 맞이하던 해였다. 초녀는 평생을 바쳐 닦아온 기법으로 혼신의 힘을 다해 수사도를 그렸다. 그녀가 그림을 그리는 주위는 서광이 차일을 친 것만 같아 아무도 근접할 수 없었다.

초녀는 무슨 영험이 씌어 신들린 듯 혼신의 필력을 쏟아 한 여인이 물이 무서워, 아니 죄인만 여겨 물로 뛰어들지 못해 애태우는 얼굴에 진솔 모시치마를 씌움으로써 그림을 완성했다.

그림을 완성한 초녀는 몸져누웠다. 그녀는 끝내 일어나지 못한 채 영영 이생을 하직하고 말았던 것이다.

전해 오는 말에는, 초녀의 얼이 그림 속에 빨려 들어가고 남은 것은 빈 육체뿐이었다고.

사내의 이야기는 내가 일선의열도(一善義烈圖)란 군지를 훑어본 기록과도 일치했다.

향랑은 남편의 환상으로 몸 둘 바를 몰랐다. 자나 깨나 환상이 구석구석 숨어 있다가 불쑥불쑥 튀어나왔다. 때로는 흉기로 변해 천정에 매달렸다가 곧장 떨어져 목에 박힐 것만 같은 가위에 눌려 지냈으며 신경이 극도로 쇠약해져 바람소리에도 놀라고 신발 끄는 소리만 들려도 가슴이 철렁했다. 아니, 촛불을 밝히고 앉았거나 방안을 서성거려도 독버섯처럼 돋아 올라 갈피마다 앙탈을 했다. 심지어 뒷간까지 따라와서는 은밀한 곳을 헤집고 깔깔대면 온몸이 바르르 떨려 나오던 똥마저도 저만큼 달아났던 것이다.

아니나 다를까. 출타했던 칠봉은 작부 같은 계집까지 대동하고 마당으로 들어서기가 무섭게 날벼락이 떨어졌다.

남편은 닥치는 대로 살림살이를 집어 들고 향랑을 향해 냅다 던졌다. 밥상은 마당 가운데 내동댕이쳐져 외마디 소리로 박살이 났고 사발대접은 그녀의 얼굴을 스쳐 맞은편 벽에 부딪치자 신들린 화필처럼 물벼락으로 흩어졌다.

더욱이 굶주린 이리 떼 마냥 억센 주먹으로 향랑을 요절내다 못해 마루에 내동댕이쳤고 거품을 질질 흘리며 태질쳤다.

그래도 분에 덜 찼을까. 칠봉은 향랑을 마당으로 끌어내어 진흙탕에 처박고 발로 짓이겼다.

허옇게 내비치는 향랑의 속살은 핏빛으로 얼룩졌고 아미에서는 후줄근한 피가 수채화를 그리며 흘러내렸다. 옷은 드라큘라의 입처럼 피범벅이 되었으며 끝내 아이들이 개구리를 잡아 공중으로 힘껏 던지면 땅바닥에 떨어져 바르르 떨듯이 기척이 없었다.

"나가라는데두, 삼신할미 귀신이 썬 게여. 찰거머리처럼 악착스레 달라붙게. 나가 뒈질, 물에라도 빠져 뒈질……"

그런 가관은 세상에 도시 없을 성 싶었다.

어디서 어떻게 굴러 들어왔는지 따라온 계집마저 한통속으로 엉겨붙었던 것이다.

"서방 하나 간수 못하는 년이 붙어 있긴 지금껏 왜 붙어 있어, 있기를. 이제부터는 내 서방이니까, 당장 꺼질러 나가여. 저 잘난 꼬라지를 보이 기절복통하고도 남지, 남아."

계집은 향랑의 머리채를 움켜잡고 디딜방아를 찧어대자 머리털이 뭉텅 뽑혀 그네의 손에 들려 있었다.

머슴 지기는 남의 일처럼 구경만 하는 살판난 동네 사람들을 비집고 뛰어들어 향랑을 빼돌렸다.

그런 연후에 막혔던 봇물이 터지듯 욱한 울분이 터졌고 계집을 진흙탕에 꼬다 박은 채 지근지근 밟아버렸다.

　그 꼴을 본 칠봉은 눈알을 허옇게 뒤집어쓰고 지기를 다그쳤다. 패다 둔 장작으로 팽이를 치듯 후려치곤 했다. 지기의 온몸은 한 다발의 흑장미 꽃잎을 뿌려놓은 듯 피멍울로 얼룩졌다.

　그는 웃는 듯한, 우는 듯한 종의 비애가 울컥 치받쳤다. 그것은 교미를 하려던 수캐가 강자에게 암캐를 빼앗긴 순간의 처절한 절규와도 같은 비애, 설사를 참고 참으면 입으로 되칠 것 같은 메스꺼움으로 넋을 잃은 것이 분명했다.

　지기는 칠봉이마저 계집과 한 타령으로 엎어놓고 짓이겨 버렸다. 그러자 소동은 삽시간에 임씨 문중으로 번졌다. 문중 청년들이 구름처럼 몰려왔던 것이다.

　지기는 청년들에게 동네매를 맞았다. 이 사람 저 사람들로부터 뜸질을 당했다. 그는 정신이 가물거리다가 흰자뿐인 눈동자를 드러낸 채 하늘을 이불 삼아 쓰러지고 말았다.

　그날 이후로 향랑은 어쩔 수 없이 시집을 또 쫓겨났다.

　시집에는 그림자도 얼씬할 수 없었다. 칠봉이 그녀의 그림자만 어른거려도 죽이려고 생 거품을 해물어서였다.

　향랑은 날이면 날마다 숫돌을 갈 때 나오는 잿빛의 물처럼 눈물이 어려 첫날밤의 악몽을 헹구어내곤 했다.

　황촛불은 나긋나긋한 원앙금침을 비추다가 봉황을 수놓은 병풍에서 침묵을 침전시키고 있었다.

　한창 꽃다운 나이 열일곱. 그 나이에 맞는 신혼 초야는 한껏 부푼 꿈을 아로새기는 것이 당연했으나 향랑은 그럴 수 없었다.

　차라리 두려움에 젖어들다 못해 공포로 찌들었다. 그것은 자기의 결혼이 기울어가는 가문을 부지하려는 마지막 안간힘으로 치러졌음을 너무나 잘 알고 있어서만은 아니었다.

하마나 고대하던 신랑은 밤중을 지나도 신방으로 들어서는 기미가 없었다. 시간이 지나면 지날수록 향랑은 초조하다 못해 안절부절못했고 몸은 화석처럼 그대로 굳어버릴 것만 같았다.

첫닭이 홰를 틀자 갑자기 바깥이 소란해졌다. 사람들에게 떠밀려 신랑이라는 사람이 신방으로 처박히듯 굴러 들어왔다.

술로 주눅이 든 신랑, 그의 몽롱한 시선은 신부가 쥐구멍을 찾을 여유마저 주지 않았다.

신랑은 야수로 돌변해 있었다. 그는 거친 숨결을 몰아쉬며 족도리를 내팽개치고 옷고름을 북 찢었다. 무지막지한 손으로 저고리를 찢어 발리고 치마마저 발기발기 찢어버렸다.

그런 신방은 공포의 도가니라고나 할까.

병풍 속에서 촛불과 놀아나던 봉황이 그녀의 희디 흰 꿈을 무거리로 무너뜨리자 뼈를 깎는 아픔이 폭우로 쏟아져 내렸다.

갑자기 괴성이 진동을 했다. 결코 들어본 적이 없는 괴성이었다. 그런 괴성이 신방을 뒤흔들었다. 으흐흐 흐윽.

몇 번이고 괴성을 지르던 신랑은 아랫도리를 훌렁 벗어젖히고 신부에게 알몸을 들이밀었다. 한데 응당 달렸어야 할 부자지는 반쯤 잘려나간 채 흉물이 억지 춤을 추며 하늘거렸다.

"이걸 보란 말여. 내빼고 싶지? 시집으로 내빼란 말여."

신랑은 선웃음으로 자지러들었고 으흐흐 하는 괴성이 그의 울먹한 목구멍 속에서 발발 기어 나왔다.

어린 시절, 칠봉은 개에게 부자지를 물어 뜯겼었다.

어려서는 아무 것도 모르고 자랐으나 철이 나면서부터 불구라는 자격지심이 중증으로 굳어져 괴팍한 성격과 함께 행동마저 개차반으로 포악해졌다. 돌변한 환경의 충격. 결혼이라는 거대한 장벽에서 헤어날 수 없는 불구, 더구나 먹음직스럽게 영근 과일과도 같은 신부를 앞에 두고 어찌할 수 없는 병신이라는 자학이 거대한 충동을 일으켰고 세찬 물결을 가르며 발작했다.

신부는 맨땅에 발가벗긴 채 내동댕이쳐졌다.

신랑은 신부를 타고 앉아 물고 뜯고 할퀴며 발악했다. 성도착증의 공연이랄까. 신랑의 광기는 새벽마저 밀어냈다.

신부는 찍 소리 한번 못한 채 소리 없는 신음만이 비누방울처럼 공중으로 떠돌다가 사라져버렸다.

향랑은 생각하면 할수록 혓바닥은 진풀을 먹인 것처럼 푸석푸석했다.

하물며 쫓겨나 남의 집 구석방에 틀어박혀 지내는 순간순간, 초점을 잃어버린 시선은 커졌다 작아졌다 하며 시집살이 삼 년이 아물거려 오만간장을 도려내곤 했다.

향랑은 금지옥엽으로 자랐다. 그만큼 꿈을 먹고 자라났다고 할까.

그런데도 배울 것은 다 배우고 알 것은 남만큼 알고 있었다. 특히 시집살이 석 삼년은 귀 먹고 눈 먼 듯 참고 또 참아야 한다는 것쯤은 귀에 딱지가 앉을 정도였다.

죽어도 시집에 가 죽고 귀신이 되어도 시집 귀신이 되라는 말은 누누이 들어 못이 박혀버렸다.

곱게 자란 향랑은 첫날밤부터 헌 짚신처럼 소박맞은 천덕꾸러기가 되었으나 남편보다는 시집 식구들을 지성으로 섬겼다.

누가 지성이면 감천이라고 했을까. 칠봉에게는 먹혀들 리 없었다. 날이 갈수록 향랑에 대한 칭송이 능남골에 자자하면 칠봉의 행패는 꼬리에 꼬리를 물고 일선 고을을 들먹였다.

칠봉의 행패는 눈덩이를 굴리면 굴릴수록 커진다는 짝으로 하루도 뜸할 날이 없었다. 꼴뚜기가 뛰면 망둥이도 덩달아 뛰듯이 무슨 조그마한 반응이 있어야 하는데도 이건 향랑이 죽어지낼수록 혼자 북 치고 장구 두드리며 놀아났다.

이런 아들을 두고 보다 못해 임부순(林扶淳)은 불러 일렀다.

"내 보기엔 그럴 수 없이 착한 며늘아기다. 어디가 못마땅해서 낮이고 밤이고 행패를 부려. 아무리 데려온 식구라구, 그래선 못 써. 남의 이목이 두렵다 못해 무섭지도 않아."

"……"

"그보다 착한 며느리는 눈 씻고 찾아도 이 고을엔 없다. 나무랄 데 없이 착한 것도 죄냐? 굴러들어온 복을 마다하고 찰 것까지야 없어. 내 말이 틀린 데 있나. 이잉, 꼬락서니하군……"

"아부진 그 년이 어떤 기집인 줄 알기나 해요. 밤마다 능글능글 비웃으며 절 조롱한단 말이오. 세상에 그런 독종은 없어요."

"독종이라니, 천벌 받을 소릴……"

"독종이잖구요. 지가 불군 줄 알고 성한 체하는 꼴이란, 나 참. 고런 년은 밤마다 주리를 틀어도 설치를 못해요."

칠봉은 내친 김에 향랑에게 가 매가 참새를 후리듯 했다.

향랑은 날이 새는 것이 원수만 같고 밤이 오는 것이 몸서리쳐졌으나 부모의 가슴에 한을 심지 않으려고 시집살이를 했으나, 아니 살아주었으나 더 이상 감내할 수 없었다.

향랑의 몸은 불덩이 같았다. 온몸에 신열이 돋아 눈을 붙일 수 없었다. 독기 어린 칠봉의 서슬이 눈꺼풀에 매달려 바위처럼 짓눌렀고 식은 땀을 줄줄 흘리며 며칠 밤을 지새웠다.

꼭두새벽에 물동이를 이고 들어서는 아낙이 "불쌍도 해라. 지기가 포졸에게 묶여 개처럼 끌려간다오." 하고 혀를 내둘렀다.

향랑은 또 한번 가슴이 철렁 내려앉는 것만 같았다.

지기는 임씨 집안에 꼴머슴 적부터 들어와 종살이를 했다. 그는 부모의 진 빚을 몸으로 때우려고 팔려온 것이나 진배없었다.

머슴살이야 몸이 으스러져도 견딜 수 있었으나 칠봉의 노리개 노릇은 정말 하늘이 준 생명을 스스로 끊지 못해 살아가는 모진 형벌이었다. 칠봉은 개에게 물어뜯긴 부자지를 대신해서 지기의 사타구니를 가지고 놀며 못 살게 굴었다.

심통이 났다 하면 지기의 사타구니를 꺼내놓게 하고 작대기로 두들기는 노리개였다.

칠봉은 아내를 맞이한 후에도 제 버릇 개 주지 못했다. 해서 향랑은 지기를 두둔하다 경을 친 적도 한두 번이 아니었다.

한번은 그랬다. 봄비가 추접스럽게 종일 질척였다.

지기는 그 비를 맞으며 가래질을 하다 날이 저물어 들어왔다. 그는 입은 것이 없어 마냥 턱을 떨었다.

향랑은 늦은 저녁이긴 했으나 오죽 떨었겠느냐 싶어 김이 무럭무럭 나는 국 한 그릇을 바쳐 지기 방으로 들여보냈다. 그로 인해 아닌 밤 홍두깨마냥 집안은 난장판이 벌어졌다.

칠봉은 뚱해서 번져 담쟁이덩굴처럼 향랑에게 엉겨 붙었다.

"이 화냥, 지기를 섬겨? 머슴 놈과 붙어먹은 재미가 어때?"

칠봉은 생트집을 잡고 향랑을 태질하며 족쳐댔다.

"머슴 놈과 배가 맞아? 달아날, 내빼서 같이 못 살아 안달득달하는 년놈들. 그래, 이 년놈들아, 지금 뒈져라."

칠봉은 입에 담지 못할 악담이 침으로 튀었고 헛거품을 물어냈고 아내의 머리채를 낚아채 진땅에 곤두박고 지근지근 밟았다.

향랑은 눈알이 뒤집혀 초저녁 하늘마저 밀어냈다.

"당장 나가 뒈질. 나무에 목을 매고 뒈질. 물에라도 빠져 뒈질. 저 뻔뻔스런 낯짝 좀 보래지. 날 비웃고 있어. 죽어 뒈지면서도 조롱을 해대는 저 독종, 저 독종……"

칠봉은 식식대다 제풀에 힘이 지쳐버렸다. 지기는 동네 굿을 지켜보며 가슴이 메어지는 듯했다.

그는 향랑 아씨가 오고부터 사람대접을 받아 사람 구실을 한다는 보람을 느꼈고 아씨와 한 지붕 밑에서 한솥밥만 먹는다면 갖은 학대도 달게 받으리라 다짐했었다. 그만큼 아씨를 생각했다.

지기는 자기 탓으로 공연히 경을 친다고 가슴 아파하다 못해 서방님을 밀어내고 아씨를 피신시킨 뒤, 땅에 넙죽 엎드렸다.

"서방님, 절 때리시여. 동네 애들에게 매 맞으면 화풀일 했듯이 저에게 행패를 부리시오. 자, 절 때리시오."

"어어, 년 놈이 한패로 엉켜 붙어? 이놈, 재미는 지들만 보고, 어디다 큰소리를 쳐, 이 노옴, 이 죽일 놈!"

"서방님, 벼락 맞아 죽을 소리오. 남 들을까 두렵소."

"얼라, 이게 어디다 훈계질이여."

칠봉은 그 풀에 기승을 더했다. 장작개비가 불나비처럼 춤을 추며 지기에게 날아들었다.

임부순은 피해 있는 며느리를 불러 앉혔다.

"내 착한 널 두고 이 이상 두고 볼 면목이 없다. 당분간이라도 친정에 가 피신해 있거라. 워낙 불구라고 응석받이로 자랐으니…… 이 모두가 자식 잘못 둔 내 죄다. 이 길로 친정에 가 있어. 내 조용해지면 인편을 보내 데려오도록 하마. 그리 알고 가거라."

"아버님, 죽어도 시집식구이온데 그리할 수는 없습니다."

임부순은 앙금을 실은 연륜을 실룩였다.

"듣기 좋은 소리에 지나지 않아. 친정에나 가 있거라. 이건 집안 망신도 한두 번이라야지. 낸들 어찌할 수 없어. 편을 들재도 그 화풀이가 너에게 돌아가니 들 수도 없구. 그리 알고 가거라."

향랑은 부들부들 떨며 오열했다. 눈자위에 안개가 서리다 못해 이슬이 피어 주룩 흘러내렸다.

그러자 이슬방울마다 어머니의 환상이 방울방울 매달렸다.

향랑은 저간의 집안사정을 너무나 잘 알고 있었다. 섶을 지고 불로 뛰어드는 심정으로 시집살이를 헤쳐 나가리라 다짐했었다.

그랬는데 시집을 쫓겨나 오도 가도 못하고 친정으로 들어섰다가 향랑은 어머니의 죽음을 낳는 불효를 저질렀다.

박자갑(朴自甲)은 들어서는 딸을 보고 성화를 끓였다. 딸을 본 순간, 자갑의 눈에는 초례청의 악몽이 되살아났던 것이다.

"그래, 시집살일 못해 쫓겨 와. 서까래에 목이라도 매어 당장 설치를 할 것이지, 오긴 왜 지발로 쫓겨 와."

당시 일선 고을은 상형곡(上形谷)에 뿌리를 내렸던 해양 박씨가 기울어지고 그 대신 구말 임씨가 대두했다.

이 두 문중은 서로 못 잡아먹어 앙앙대는 앙숙이었다. 더욱이 신임부사 임한덕(林漢德)은 전날의 앙심이 음흉하게 들여다보이는 수작으로 박자갑에게 청혼을 들고 나왔다. 박자갑은 혼사문제로 인해 한다하는 뼈대 있는 집안으로서 그런 모욕은 없었고, 목숨을 부지하고 살아 있는 동안 치욕과 비탄이 점철되는 나날이 아닐 수 없었다.

"그래, 너만이라도 제발 하느라고 시집에서 쫓겨나지 말구, 살아 주기를 바랬는데, 이 꼴로 돌아오다니. 죽어도 시집에서 죽고 귀신이 되어도 시집 귀신이나 되지, 오긴 왜 와. 내 속을 끓여."

솔내댁은 딸을 시궁창으로 쓸어 넣듯이 시집을 보내고 화병으로 몸져누웠다가 남편의 역정에 정신이 번쩍 들었다.

"네가 우짠 일로 오나? 말이라도 속 시원히 털어 놓으라무나. 아이고 내 팔자야."

술내댁은 굽신도 못하는 몸을 이끌고 문지방을 내려서다가 헛짚어 마당으로 굴러 떨어졌다.

그 길로 한을 품고 그 한을 하늘에 뿜으며 운명했다.

집안은 당장 홍수가 할퀴고 지나간 뒤처럼 황량했으며 향랑은 날마다 한숨이 나래를 퍼덕였고 밑 빠진 독처럼 한을 씹었다.

향랑은 한을 품고 죽은 어머니의 가슴에 못을 빼어 드리려는 아픈 마음을 쓸어안고 곱든 싫든 능남골 시집으로 들어섰다.

그랬는데 아니나 다를까. 이때다 하고 기다렸다는 듯이 칠봉은 향랑을 냅다 걷어차고 태질쳤다.

"꺼질러 가더니, 왜 또 왔어? 빌어 처먹든지 뒈지든지 할 것이지, 오긴 왜 와. 날 비웃고 조롱하러 왔어? 그도 아니면, 지기 놈과 붙어 지내려고 왔어? 어디 변명이래두 해. 오라질……."

나이가 들고 철이 나면, 좀 수그러질 줄 알았으나 칠봉은 뼈대만 더욱 굵어져 힘만 늘었으며 그의 행패는 풍선처럼 부풀어 가을 하늘을 붕붕 떠돌아다녔다.

가을도 깊게 여물자 칠봉은 새로운 행패 하나가 늘었다. 일선 고을을 뻔질나게 드나들면서 술주정까지 달고 다녔던 것이다.

관아에 들어서면 한덕이 조카를 앉혀놓고 부추겼다.

"박자갑은 우리 집안과 철천지 원수여. 그 복수를 해야 하네. 내가 뭣 때문시리 박씨 문중으로 혼살 정했겠나. 다 원수를 갚자는 게지. 자네 처를 구박 줘 쫓아내야 되네. 그래야 자갑이 놈, 신병 나 뒈지지. 그렇게만 해. 자넬 거두고 관기도 붙여주지."

일선의열도에는 삼촌인 임한덕이 사주했다고 기록해 놓았다. 그러나 그의 사주라기보다는 아리따운 아내를 사랑할 수 없는 불구에서 오는 자학과 위축감이 심화되다가 마침내 중증인 조울증으로 인해 아내를 구박하고 학대하는 성도착증에 빠진지도 모른다. 물론 이런 기록은 보이지 않으나 결혼과 더불어 의처증이 중증으로 굳어져 겉으로 나타난 것만으로도 짐작이 간다.

"하다 안 되면 외간 남자라도 들여보내. 해서 누명을 씌워. 집에 머슴 있지? 그 머슴 놈과 배가 맞아 놀아난다고 소문을 퍼뜨려. 당장 목을 매지 않고는 못 배길 터이니……."

한덕이 표독스런 관기마저 붙여 분란을 치르게 했던 것이다.

향랑의 마음속에서는 까마귀가 꺼우꺼우 울었고 때때로 칠봉의 독살스런 서슬에 주눅 들어 실신도 했다. 그러다가 향랑은 젖 먹던 힘마저 다잡아 최후의 단안을 내려 시아버지를 만났다.

"아버님, 저 탓으로 집안만 우사시켜 뵈올 면목이 없사……"

향랑이 용건을 말하기도 전에 임부순은 선수를 쳤다.

"아니다. 내가 대할 면목이 없구나. 자식 하나 잘못 둔 죄로 남의 귀한 자식 데려다 그 고생을 시켰으니. 하니, 이제라도 딴 마음 먹지 말고 마음을 고쳐 다른 데로 개가하도록 해라."

"아버님, 지아비가 있사온데 어찌 개가를 하라 하시오이까. 저는 다만 제 자신이 박복한 년이라고 탓할 따름이옵니다. 그리고 이제나 저제나 지아비의 마음만 돌아서길 바랄 뿐입니다. 아버님, 못난 저의 소원을 저버리지 마셨으면 하옵니다. 다름이 아니옵고 아직 지아비는 나이도 어리고 철도 들지 않았다 여기오니, 동구 앞에 움막이라도 하나 지어주시면, 수절하다 철이나 들면 지아빌 지성으로 모시겠사옵니다. 움막 하나 지어 주시옵소서."

임부순은 갈증에 시달리다 못해 물을 한 바가지 들이키면, 물을 흘리면서 마시듯이 땀을 뻘뻘 흘리며 말까지 더듬었다.

"마, 마음씨야 갸륵하다만, 나, 나이가 젊어."

"저의 마지막 소청이옵니다. 아버님, 움막이라도 지어 주신다면 평생이라도 혼자 살겠습니다. 제발 들어주셔요."

임부순은 나락으로 떨어져 내리려는, 아니 연약해지려는 마음에 모진 채찍을 들었다. 이마에 깊이 파인 연륜을 실룩이고 입술을 깨물어 본의 아니게도 엄한 못을 박았다.

"나도 이제야 바른 말이다만 이 이상 곁에 두고 보는 것마저도 진절머리를 앓는 사람이여. 세상에 사람 하나 잘못 데려와 집안 망신을 이렇게도 하다니. 뭘 더 바라 움막을 지어 달래는 게냐? 더 이상 날 괴롭히지 말고 멀리 떠나가 살도록 해라."

향랑은 실낱같은 희망마저 천근 무게로 무너지는 것 같았다.

"오직 믿고 의지하며 살아온 분이 있었다면 아버님 한 분뿐이었는데 아버님마저도 그런 말씀을 하시다니……"

향랑은 말끝이 자지러들었고 바람 앞에 알몸을 드러낸 촛불처럼 체념을 울려낼 수밖에 달리 방도가 없었다.

계절의 속살이 어김없이 잡혔고 단풍나무 잎들이 연지를 찍자 가을 바람에 멱을 감은 잎들마저 울긋불긋 성장을 했다.

더욱이 하얀 이를 드러낸 가을 기운이 저주연을 시샘하고 있었다. 길야은(吉冶隱) 저주연은 더없이 넓었다.

못가로 능수버들이 칭칭 늘어져 물빛은 푸르다 못해 검기까지 했고 물결은 바람 따라 출렁이었다.

한 여인이 늪 따라 하염없이 배회하고 있었다. 소복단장을 한 여인,

머리는 풀려 바람에 나부꼈고 얼굴은 핏기마저 가신 멍투성이었다.

그녀의 얼굴은 덤덤해 보였으나 다만 미심쩍어 하는 기색으로 시선을 한 곳에 고정시킨 채 가슴을 쓸고 또 쓸었다.

바로 그런 시각이었다. 어린 초녀(樵女) 하나가 마른 나무를 한 짐 지고 둑을 지나가고 있었다.

여인이 초녀를 불러 지게를 벗어놓게 했다.

"초녀야, 네 나이가 몇 살이지?"

초녀는 의아해 하면서 시선을 늘어뜨렸다.

"네 나이가 몇 살이냐고 물었단다." 하고 재차 독촉해서야 마지못해 어린 초녀는 "열세 살입니다." 하고 대답했다.

"그래, 뉘 댁 아이고?"

"……."

말없이 고개를 갸웃하기만 하는 초녀에게 향랑이 애원했다.

"대답해 줄 수 없겠니? 대답해 다오."

"나리골에 사는 성씨댁 딸입니다."

"내 고향과는 그리 먼 곳이 아니니 다행이다." 하고 한참 뜸을 들이다가 "너에게 한 가지 간절한 부탁이 있단다. 내 말 좀 들어줄 수 없겠니?" 하자 초녀가 고개를 끄덕였다.

여인은 살아온 시집살이 3년이 고체로 굳어져 가슴에 철각(鐵刻)을 새기려는 한을 삼키고 삼켜 차분하게 말했다.

"나 죽은 후에라도 여한이나 없게 해 다오. 내 이제 물에 빠져 죽게 되면 상형곡 박씨 종택에 알려만 주는 부탁이란다."

그러자 초녀는 무서워 벌벌 떨었다. 그녀가 정갈한 옷으로 갈아 입었다고는 하나 상처투성이라 무서워하는 것도 당연했다.

"무서워 말아 다오. 어린 너를 만났으니 망정이지, 남정네를 만났대도 말 못할 것이고, 큰 여인네를 만났더래도 못 죽게 말릴 것이니, 이로 보아 천행인데 제발 무서워 말아라.”

초녀는 드러내놓고 벌벌 떨었다.

“제발, 그런 표정 좀 짓지 말고 내 말에 귀 기울여 다오. 내 징표 없이 죽으면 친정 부모나 시집식구들 남정네와 눈이 맞아 몰래 달아났다고 여기지 않겠니. 그것이 원통해서 부탁을 하는 거란다. 넌 나이가 어리니 나 죽는 것을 말리지 못할 것이고, 영리해 보이니 내 말을 들었다가 부모에게 전할 것이니, 다행 아니냐.”

향랑은 초녀를 못가로 데리고 갔다. 그녀는 저고리와 신을 벗어들고 초녀에게 주며, “이 물건을 내 부모에게 전해 주어 내 죽은 것을 명백하게 해 다오.” 하더니 노래를 한 가락 뽑았다.

노래를 다한 향랑은 뛰어들려고 했다.

그러자 초녀는 무서워 달아나려고 했다. 그녀는 초녀를 붙들고 “부탁이란다. 무서워 달아나지 말아 다오. 내가 너에게 노래를 가르쳐줄 것이니 네가 외워 두었다가 이리로 나무하러 오거든 메나리로 불러 다오. 그러면 나는 네가 온 줄을 알 것이며 물결이 빙빙 치솟아 돌거든 내 영혼이 너를 반기는 줄로 알려무나.” 하고 노래를 청승맞게 불렀다.

그녀는 푸줏간의 전기 칼이 오가는 대로 썰려나오는 살점처럼 썰어지는 인생을 사각사각 녹였고 대패로 살을 밀고 다리미로 데려가며 과거를 하나하나 울어냈다. 인간 세상에서 우러나오는 것이 아닌, 천상의 세월 잃은 앙금을 낱낱이 쏟아놓았던 것이다.

어허로다 어허로라

산유화래 산유화라

이내신세 어이타가

　영결저승 머나먼길
　누굴바라 따라나서
　저승길이 멀다한들
　적삼들렁 초혼하는
　물가인걸 저승길이
　산유화래 산유화라
　어허로라 어허로다

　별안간 주위는 구성진 여음으로 젖어들었다. 물결은 덩달아 요동을 치고 능수버들은 제 몸을 가누지 못해 휘청거렸다.

　한 지아비만 지성으로 섬기라는 친정어머니의 가르침, 죽어도 시집 귀신이 되라는 여인의 오직 이 한 길, 일부종사(一夫從事)에 희생물이 되어 스스로 목숨을 저버리지 않을 수 없는 그녀의 창곡은 두서없다기 보다는, 흩어졌다기보다는 운명에 오히려 체념한, 고요하고 차분히 가라앉은 마음에서 우러나왔다.

　저 열반(涅槃)에 임한 득도승의 경지에 이르렀다고나 할까. 무아경을 맴돌아 저류하는 음조는 여한을 빚어내고 설움을 빚어 흘러나오는 산유화가 될 수밖에 없었는지 모른다.

　어허로다 어허로라
　메나리는 메나릴라
　이내몸은 누구땜에
　한도많은 설움빚어
　이팔청춘 죽어가서
　능수버들 가지마다

이내한을 자아내랴

산유화는 산유활라

어허로라 어허로다

노래를 다한 향랑은 물로 뛰어들 채비를 했다. 그러다 몸을 고쳐 사리고는 "내 죽기로 작심을 했으나 물을 보니 죄인 같은 생각이 드는구나. 내 차라리 물을 보지 않으리라." 했다.

순간, 그녀의 피 빛 진한 생채기가 뼈를 썰었고 썰린 뼈마저 날카로운 쇠톱으로 갈아대었다. 그것마저도 이제는 진하고 뜨거운 액체에 씻겨 달관으로 돌변했다.

향랑은 진솔 모시치마를 훌렁 뒤집어쓰고 물로 뛰어들었다.

사나운 물결은 텀벙 소리마저 삼켜버렸다.

아니, 이제는 향랑마저 물결에 가세해서 밀려오고 있었다.

지기가 옥(獄)을 탈출했다. 그는 수소문 끝에 저주연을 찾을 수는 있었으나 향랑이 죽은 지 훨씬 뒤의 일이었다.

지기는 말로 다할 수 없는 침통에 젖어 못가를 배회했다.

그날도 그 다음날도, 그리고 또 다음날도…

지기는 못 가를 배회하다 사라졌다.

"그런데, 들리는 뜬소문이 꼬리를 이었답니다. 향랑의 시체가 지기의 정성으로 떠올랐다는 등, 그녀의 묘를 손수 써 주었다는 등, 지기도 향랑을 따라 물에 빠져죽었다는 등. 꽤나 헛소문이 나돌았다고 합네다. 그리고 메나리를 메기면 받아넘겨야 할 수유화의 무나리 가락은 후세 사람들이 지어 불렀을 게요."

언제 어디서부터 유래했는지 자세히 알 수 없었으나 지기를 두고 수유화의 무나리가 불려지기 시작했다. 향랑의 메나리에 이어 불려진 수유화의 무나리는 누가 지어 부른 노래가 아닌, 어느 한 사람의 손으로 된 것은 더구나 아닌, 여러 사람들에 의해 여러 곳에 흩어져 저마다 자기 심미대로 불려졌다.

무나리의 노래는 겨울채비에 부산한 둥지에서 숨을 돌리다가 그뒤 고을 사람들의 입과 귀와 가슴에 모락모락 피어올랐다.

어허로다 어허로라
무나리는 물나릴라
낭아낭아 향랑아
시집살인 전생의죄
소박맞고 쫓겨나도
머슴사랑 뿌리칠까
종살인 한만빚고
향랑아씨 못내잊어
아씨따라 물귀되라
저리푸른 물만이
저전설 들려주나
수유화라 무나리라
물에 피는 물나릴라
어허로라 어허로다

『우리 시대의 신화』에서

어느 가을 이른 바람에

음력 2월 초하루인데도 날씨마저 매서운 데다 동경 낭산(狼山) 동남 기슭은 맞바람이 유난히 드세었다.

매서운 날씨로 모든 것이 얼어붙은 세상, 단지 대웅전 추녀 끝에 매달려 소리를 내는 풍경(風磬) 소리만이 봄을 일깨우고 있었다.

월명(月明)은 날씨쯤은 아랑곳하지 아니한 채 대웅전 뜰을 쓸고 지금은 탑 주변을 쓸고 있었다.

그는 동승이나 수도승이 아니었다. 입고 있는 법의로 보나, 몸에서 풍기는 수품(修稟)으로 보나 보통 스님은 아니었다.

그런데 청소를 하는 월명은 귀찮다거나 곤욕스런 기색이 아니라 간절한 비원(悲願) 아닌 비원이 담겨 있었다.

청소쯤이야 동승에게 맡겨 둬도 될 나이, 그런데도 손수 비를 들고 청소를 하고 있으니 비원이 있는 것만 분명했다.

청소를 끝내고 고개를 들어 여명을 응시했다.

저녁노을은 누구나 바라볼 수 있으나 여명은 한이 많아 잠 못 이루는 아낙네나 소수의 부지런한 사람이 아니고는 볼 수 없다.

언제부터인지 모르나 월명은 여명을 사랑했다. 그리고 여명의 노을을 바라볼 때마다 기분은 날아갈 것 같았다.

월명은 여명을 바라보다가 탑 앞으로 갔다. 그는 가부좌하고 앉아 피리를 소매에서 꺼내어 입술에 침을 묻히고 혀로 음을 골랐다. 이어 손가락을 분주히 움직였다.

그러자 손에 신이라도 내린 듯 열 손가락이 부르르 떨었다.

입술마저 바르르 떨자 애절한 소리가 여명을 뚫고 하늘로 올라갔다가 스러지고 스러졌다가 이어졌다. 청아하고 맑은 소리는 우는 듯 웃는 듯 애원인 듯한 아니, 간절한 비원이 담긴 듯한 소리는 동터 오는 여명까지 밀어내는 신이, 그것이었다. 인간이 낼 수 있는 지고의 음 그대로 신비의 소리는 불면 불수록 맑고 곱게, 웅장하다가도 장엄하게, 아니 기걸차게 쏟아져 하늘 높이 구름까지 가 사무쳤고 골짜기를 타고 내려가 반월성마저 움찔움찔 움직여 놓고 동해 물결 속으로 잦아들었다.

그런데 오늘따라 즐겨내던 신비의 소리는 분명 아니었다. 인간적인 너무나 인간적인 애상을 자아냈다.

죽음에 대한 쓰라린 비애, 막연한 공포, 인생의 무상이며 허무감은 물론 사후세계에 대한 불안감이 깃든 순수 인간적이며 시정적인 발원이었고 도를 깨친 불승이 아닌 타고 난 그대로 눈물의 의미를 쏟아놓는 평범한 소리에 지나지 않았던 것이다.

월명은 사천왕사에 기거하면서 도를 닦는 틈틈이 피리를 불었다. 불다 보니 신이에 가까운 소리를 창조했다.

해서 불도보다는 피리로 동경에 이름을 떨친 셈이었다.

언젠가 달 밝은 밤이었다.

피리를 불면서 대로변에 있는 문 앞을 지나가고 있었는데 달도 그의 피리 소리를 듣고 움직이지 아니하고 멈춰 섰다. 그런 탓으로 그곳이 월명리(月明里)로 불려지게 되었으며 월명 또한 유명해졌다. 그리고 경덕왕에게 연승으로 지목 받아 도솔가(兜率歌)까지 지었었다.

왕은 월명에게 품다 일습과 수정염주 108개를 하사했다.

그때 의형이 곱고 깨끗한 동자가 나타나 무릎을 꿇고 차와 염주를 받아 대궐 서소문으로 사라졌다.

이를 지켜본 사람들은 월명의 지극한 정성과 덕이 미륵보살을 현신시킨 것으로 알았으나 실은 그게 아니었다.

동자는 바로 월명의 누이, 아비가 다른 동생이었던 것이다.

그런 누이를 잃은 지 49일째, 오늘이 누이의 49재였다.

49재를 맞아 월명은 절 안팎을 손수 청소했다. 청소를 위해 청소를 한 것이 아니라 마음을 가라앉히려고 청소를 했던 것이다.

그런데도 마음이 가라앉기는커녕 더 큰 슬픔이 휘감았다.

어쩔 수 없이 슬픔을 잊으려고 한 동안 손에서 놓아 버렸던 피리를 불었다. 그런 슬픈 심정이었으니 피리 소리는 평소와 다른 애조를 띤 곡조가 흘러나올 수밖에 없었는지 모른다.

피리는 손에서 빠져 땅에 떨어졌다.

월명은 누이가 죽자 충격을 주체할 수 없었다. 이 세상에 피를 나눈 혈육이라곤 단 하나, 그것도 누이를 낳은 지 보름 만에 돌아가신 어머니, 어머니가 당부하던 모습이 눈앞에 어려 어제 일만 같은데 누이를 잃었으니 허탈, 그것이었다.

월명은 죽은 누이를 위해 매일 경을 읽고 기도하는 것으로는 정성이 부족한 것 같아 이레째마다 재를 올렸다.

그것은 누이를 끔찍이 생각하는 마음이 앞선 탓이기도 했으나 중유

(中有) 동안에 다음의 생이 정해지기를 염원한 탓이었고 좋은 곳으로 가 태어나기를 소원한 때문이었다.

이제는 마지막이 되는 49재를 끝으로 떠나보내자니 월명은 겉으로 내색하지 않았으나 안으로 오열했다.

다비를 치를 때만 해도 그랬다. 짚불 꺼진 삿자리라고 할까. 소선(小僊)은 식은 재가 삭아 내리듯 허무한 목숨이 내려앉았다.

너무나 안타까운 나이 열셋.

살아온 만큼 몇 곱을 더 살아도 트집을 잡거나 허물을 물고 늘어질 사람도 없는데 서방정토로 가는 길은 눈물 앞세운 길이었던지 숨통 끊어지고 옷을 벗듯 육신을 벗어버릴 수 있을까.

월명은 소선을 보기 위해 새벽 예불을 마치고 법당을 나와 그네가 기거하는 암자로 향했다.

섣달 열흘을 지난 새벽하늘에는 물기라곤 하나 없는 별 떨기만이 해탈한 부처님의 눈빛처럼 그윽하게 빛나고 있었다.

월명은 소선이 거처하는 방문을 열고 안으로 들어서서 누워 있는 그네의 곁으로 다가갔다. 소선은 언제나 그랬듯이 눈을 감고 있었다. 눈을 감은 그네의 볼은 앙상했고 희다 못해 푸르렀다.

그는 그네의 손을 꼭 쥐었다. 그런데 느낌이 이상했다. 예불을 나가기 전에는 온기가 돌았는데 지금은 부드럽지 못하고 뻣뻣했다.

가슴에 귀 대고 손목의 맥을 짚었으나 맥이 짚이지 않았다.

"소선, 오래비다. 어서 눈 좀 떠 보거라."

월명의 목소리는 울음이 묻어 있었다.

스님들이 달려왔다. 스님들의 옷깃에는 섣달 새벽의 냉기가 매달려 슬픔을 더욱 부채질했다. 주지 스님마저도 안타까워 울먹였다.

"불쌍한 것. 장염불이나 할밖에."

스님들은 동터 올 무렵까지 반야바라밀다심경을 독경했다.

사흘째 드는 날, 소선을 보내는 절차를 밟았다.

주지 스님이 월명을 위로했다.

"너무 슬퍼 말게. 육신을 벗어버린 영혼의 주인은 따로 있는 것이 아니니, 인연된 마음으로 울지 말고 웃으면서 보내주게. 그게 왕생인 게오. 사찰의 법규에 따르면 죽음이라고 다 슬픈 것만은 아니오. 꽃은 지기 위해 핀다는 연기법을 보여 주오."

월명은 주지의 위로가 귀에 와 닿지 않았다.

그는 뭇 승들의 도움조차 물리치고 손수 염을 하기 위해 소선을 목욕부터 시켰다. 손을 씻어주고 발을 씻긴 다음, 준비해 둔 아래옷 윗옷을 차례로 입혔다. 머리에 모자를 씌워 똑바로 앉힌 뒤, 안좌게(安座偈)를 외웠다. 밥을 지어 올리면서 차까지 곁들였다.

이어 산더미처럼 장작을 쌓아둔 곳으로 소선을 운구했다. 장작더미 맨 위에 소선의 시신을 안치하고 들기름을 부어 불을 질렀다.

불이 붙자 염불소리도 불길 따라 활활 타올랐다.

인간 세상에 태어났다가 죽는 것은 새로운 빛을 받아 떠나는 것일진대 목숨 받아 태어난다는 것은 어디서 왔으며 또한 죽음은 어디로 가고 있는지. 태어나 산다는 것은 한 조각구름이 여름 하늘에 생김과 같고 죽음 또한 구름으로 생겼다 사라지는 것이 아닌가.

떠도는 구름은 본래 아무런 형체도 없음이라. 태어나고 죽는 것은 뜬구름이 생겼다 사라지는 것과 같으니. 굳이 남아 있다 할 수 있는 것은 풀잎에 맺혀 있는 이슬 한 방울보다 못하다고 할 수 있으니. 이슬 또한 머잖아 흔적도 없이 사라질 것이니. 죽은 것은 돌아오지 않아. 돌아온다는 마음조차 먹지 말아야지. 하나의 물건이 없어진 것에 지나지 않아. 뜨거운 불에 물이 끓지만 불길이 죽고 나면 끓던 물도 식어.

만물의 영장인 사람이라고 해 다를 게 무에 있어.

죽어서는 돌보지 말아야지. 저 많은 새들도 끝내는 제 집으로 돌아오지 않듯이 목숨은 언제, 어느 때고 한번 떠나 사라지는 게야.

바람에 씻기듯 머무는 것은 아무 것도 없음이야.

한낮이 지나자 불길이 잦아졌다.

월명은 재속에서 뼈를 주워 절구에 넣고 곱게 빻았다.

빻은 뼛가루를 산으로 가져가 뿌렸다. 뼛가루를 뿌리고 염불을 외며 돌아설 줄 몰랐고 발길마저 좀체 떨어지지 않았다.

월명은 솔바람 소리를 듣고 있었다. 바람은 그칠 줄을 모르고 산 위를 향해 서둘러 달려가고 있었다. 달려가는 바람 속에는 소선의 얼굴이 담겨 있다가 한 마디 말도 없이 뜬구름처럼 훌쩍 떠나가 버리는 것이었다. 정말 구름과 바람 같은 소선의 죽음이 아닐 수 없었다. 삶이란 모두가 이와 같은 것인가.

동녘 하늘이 환히 밝아 왔다.

그제야 스님들이 소선을 위한 재, 49재를 올릴 만반의 채비를 끝내고 월명이 법당 안으로 들어서기를 기다리고 있었다.

"스님, 큰스님. 재 올릴 준비를 끝냈습니다."

"다들 수고했네. 법당으로 들지."

"소승들도 뒤를 따르겠습니다."

"들어오지 말게나. 사적인 재이니."

월명은 아침 햇살을 받으며 법당 안으로 들어서자 그의 뜻과는 달리 벌써 미륵보살 보좌 앞에는 온갖 공양이 진설되어 있었고 드넓은 대웅전 법당 안에는 발 하나 디딜 틈도 없이 신도들로 초만원을 이루고 모자라 뜰에서도 북적댔다.

사천왕사(四天王寺)는 웅장하기로 첫손을 꼽았다.

　문무왕은 당나라 유인궤(劉仁軌)가 대군을 이끌고 신라로 쳐들어오자 낭산 동쪽 기슭에 나라를 수호하겠다는 일념으로 사천왕의 이름을 따 사천왕사를 세우고 나라의 안위를 지성껏 기도했다.

　그랬더니 당나라 대군은 미처 신라의 해안에 상륙하기도 전에 돌풍에 휘말려 배는 파괴되고 군사들마저 바다에 빠져 싸움을 걸어 보기는 커녕 자진해서 퇴각하고 말았다.

　그런 이적을 본 문무왕은 나라를 수호하기 위한 일념으로 사천왕사를 중창했고 이를 유지하기 위해 성전(成典)이라는 관청까지 뒀으며 장관은 진골 출신만을 임명했다. 성전 밑으로 영(令), 경(卿), 감(監), 대사(大舍), 성(省) 등의 관원까지 뒀으니 당시로서는 가장 큰절이었다. 승려는 줄잡아 수천 명이었다.

　그런 승려와 신도들을 월명은 물리쳤다.

　오직 혼자 조용히 재를 올리면서 누이를 생각하고 싶어서.

　월명의 뜻이 너무나 간절했기 때문에 완강하게 버티던 스님들도 하나 둘 물러나고 법당 안은 비다시피 했다.

　비로소 월명은 경을 외며 누이의 명복을 빌었다.

　하지만 누이의 명복을 비는 기도는 아니었다. 죽은 누이의 생생한 얼굴이 떠올라 정신을 어지럽혔던 것이다.

　누이의 관을 장작더미에 올려놓았을 때의 오열, 그는 누이의 관을 장작더미에 올려놓은 것이 아니라 자신의 육신을 올려놓았었다.

　어느 새 월명의 볼에는 눈물이 그렁그렁 했다.

　대자대비하신 미륵좌주님이시여. 죄 많은 저를 데려가지 아니하시고 어린 누이를, 그것도 이른 나이에 데려 가셨나이까. 누이의 관 위에 불경을 얹어주고 옷자락마다 들기름을 뿌려 하직하지 않을 수 없었던 아픔으로 밤마다 불경을 외며 누이를 만나 대화를 나누지 않았던가. 그런 만남도 오늘의 49재로 끝을 내야 하다니.

너무나 귀여운 소선이 다가와 오라버니 하고 불러댈 것만 같은 환청(幻聽)이 귓속에서 맴돌며 떠나지 않았다.

그래, 그래. 네 오라비는 여기 이렇게 있다 하고 전신으로 대답했으나 누이는 이를 알아들었는지 어쨌는지. 이제 너의 귀여운 음성조차 들을 수 없는, 비와 눈이 오는 세상에 나만이 남고 너는 그래 어디로 갔단 말인고. 귀엽고 착하기만 했던 소선.

안쓰럽다 못해 뼈를 에이는 아픔만 더하더니 오라버니, 하고 부르는 소리는 들리는데. 네 소리가 미칠 수 없는 여기는 슬픔만이 뚝 떨어져 나만 홀로 남겨졌으니, 오라비의 심정을 너만이 알아줄까.

너는 미륵보살의 현신이 아니었던가.

왕이 다와 염주를 하사하자 이를 받아 주원전 서소문으로 나갔었지. 그 때는 모두들 미륵보살의 현신으로 알지 않았겠니.

월명의 눈물에는 과거가 덕지덕지 매달렸다.

그는 아버지의 얼굴도 모르고 자랐다.

아버지가 없었으니 집안은 가난할 수밖에.

일곱 살이나 되었을까. 사천왕사 스님 한 분이 시주를 하러 나왔다가 고샅에서 놀고 있는 아이와 마주쳤다. 스님은 아이의 불심을 한눈에 알아보고 어미를 찾아갔다.

"시주, 시주, 이 아이를 절로 데려가 큰스님으로 키우겠으니 허락해 주십시오. 이는 인연 깊은 부처님의 말씀입니다."

어미는 아닌 밤 홍두깨 소리에 의아해서 반문했다.

"귀여운 아이를 절에 팔란 말입니까?"

"그렇소이다. 아이의 기골이 불승으로 대성할 상입니다."

"그렇다고 팔 수 없습니다."

"그것이 시주의 운명입니다. 나무관세음보살."

"그런 운명도 있답디까?"

"전생의 인연. 아이는 연승으로 점지되었습니다."

"그런 말로 절 현혹시키지 말아요."

"현혹시키다니요? 불연인 걸요."

스님은 저 유명한 능준 대사(能俊大師)였다.

어미는 연승으로 점지되어서가 아니라 굶겨 죽이기보다는 팔아서라도 아이를 살리기 위해 스님에게 딸려 보냈다.

아이는 스님을 따라 절로 들어가 큰스님 밑에서 수도승으로 수련을 쌓은 지 20년이란 짧지 않은 세월을 보냈다.

하루는 능준 대사가 불러 "20년 수도라면 불법이 어떻다는 것쯤은 어느 정도 깨쳤을 터. 지금 불명을 지어줄 것이니 더더욱 불도에 정진토록 해라." 하고 불명을 지어 주겠다고 했다.

"대사님, 분부 명심해서 받들겠습니다."

"네 불명은 이제부터 월명(月明)이다. 달빛은 온 세상을 차별없이 고루고루 비추듯이 죄 많은 중생을 제도하면서 불법을 베풀라는 뜻으로, 너를 위해 진작부터 지어뒀던 게야."

"불은을 결코 잊지 않겠습니다, 큰스님."

"이 길로 고향에 다녀오너라."

"어찌 그런 분부를 하시는 것입니까?"

"가 보면 알 것이야. 떠나거라."

월명은 절을 나섰다. 실로 20년만의 세상 구경이었다.

길을 나서니 유례없는 흉년이 들어 인심은 흉흉했다. 길을 가면서 공양 하나 빌 수 없어 고스란히 굶은 채 고향집에 당도했다.

당도해 보니 어머니는 앓아누워 있었고 곁에는 핏덩이 하나가 있었다. 어머니의 얼굴은 떠날 때의 얼굴이 아니었다. 먹지 못하고 가꾸지 못한 얼굴은 찌들대로 찌들었다. 세월이 흐른 탓도 있었으나 모든 것이 가난 때문이었다. 얼굴에는 부황기마저 있다.

어머니는 아들이 들어섰는데도 천장만 응시했다.

월명은 가슴이 찢어지는 듯해 잠시 말을 잇지 못했다.

"어머니, 어머니, 제가 돌아왔어요. 승이 되어 20년 만에 돌아왔습니다. 그러니 어서 눈을 뜨고 절 좀 보셔요."

그러나 어머니는 헛손질만 했다.

산후 먹지도 몸조리도 못해 정신이 어떻게 된 모양이었다.

"없어, 없다. 먹을 게 없어. 다른 집에 가 봐."

"어머니, 저예요. 아들이 왔단 말입니다."

"먹을 게 없어. 없다는데 왜 보채?"

핏덩이는 울다 지치고 지쳤다가 얼마나 울어댔는지 기척조차 없었다.

월명은 어머니를 혼자 둔 채 아이를 포대기에 싸안고 나가 동네방네 다니면서 젖부터 얻어 먹였다.

젖을 얻어 먹이고 돌아와서는 밤새 어머니 곁을 지켰다.

어머니는 새벽녘에야 정신이 돌아왔는지 말했다.

"니가 누고? 귀여운 내 새끼. 그 동안 고상이 많았지? 저 아이가 불쌍해. 젖 한번 제대로 물리지 못했어. 아이를 절로 데려가 키워라. 그래 불보살로 키워. 난 살긴 틀렸으니끼."

그네는 메마른 말을 끝으로 운명했다.

월명은 어머니의 시신을 거둬 장사 지낸 뒤, 아이를 들쳐 업고 젖동냥을 하면서 절로 돌아왔다.

이제는 할 일이 하나 더 늘었다. 불도에 정진하는 틈틈이 아비가 다른 누이를 키우는데 정성을 쏟았다.

월명은 아이가 울면 따라 울었고 아프면 함께 앓았다.

이때부터 손에서 떠나본 적이 없는 것이 피리였다. 울고 보채던 아이는 피리 소리에 잠이 들곤 했다. 아이를 달래기 위해 불던 피리는 아이가 나이 듦에 따라 신이한 소리를 냈다.

그 무렵, 난데없는 소문이 곤혹스럽게 했다. 그것은 자기 아이가 아니라면 그토록 정성을 다해 애정을 쏟을 수 없다는 것이며 다른 사람의 아이가 아닌 월명이 낳은 아이라고. 그런 불미스런 중은 당장 절에서 추방해야 한다고 신도들이 들고 일어났다.

월명이 오해를 살만도 했다.

이승이 데려다 키운다고 해도 굳이 고집을 피워 손수 키웠고 신도들이 데려다 양녀로 입적시킨다고 해도 뿌리치고 손수 키웠으니 당연했는지 모른다. 능준 대사만이 알고 월명을 감싸 절에서 추방되는 것만은 간신히 모면할 수 있었다.

아이는 달덩이 같은 환한 인물로 성장했다. 월명의 지성을 젖으로, 피리 소리를 사랑으로 받아 자란 아이를 두고 스님이나 절을 찾는 신도들은 미륵보살을 옮겨놓았다고 칭송했다.

하루는 능준 대사가 아이를 불렀다.

"네 내 말을 명심해 들을지어다. 이만큼 성장하게 된 것은 모두가 월명의 불은이 깊었기 때문이야. 불은에 보답하기 위해서라도 불도에 더욱 정진해야지. 그런 뜻으로 불명을 지어 주지."

능준 대사는 아이에게 소선(小僊)이라는 불명까지 지어줬다. 소(小)는 대(大)와 통하는 것, 대는 그 이상 가능성이 없으나 소는 가능성이 무한한 것이며 그런 의미로 지어줬다.

소선은 월명이 틈틈이 피리를 불면 향가로 따라 불렀다.

어린 나이에도 향가를 외워 목소리를 낼 줄 알았다.

월명의 피리 소리와 소선의 목소리가 한데 어울리면 적막한 주위는 오직 두 소리만이 남아 마냥 흐느꼈다.

소선은 성장한 뒤에도 사천왕사에 남아 불도에 정진했다.

몇 해가 지났다. 소선을 보고 스님이나 신도들은 발길을 멈추는 일이 잦았다. 소선의 인물도 인물이었으나 그보다는 좀체 볼 수 없는 미륵보살의 아기화신인 것만 같은 불법을 풍겼기 때문이다.

그런 탓으로 보는 사람마다 아기보살로 통했다.

소선이 참석하는 재에는 항상 쇠전이 쏟아졌다.

신도들은 미륵보살을 보고 시주를 하는 것이 아니라 아기보살의 범할 수 없는 신이에 감동되어 쇠전을 쏟아놓았던 것이다.

자연 사천왕사는 능준 대사의 고명보다도, 아니 월명의 피리보다도 소선으로 인해 당과 섬나라 왜까지 알려졌다.

그런데 소선에게는 불치의 병, 예고 없이 갑자기 죽을 수도 있는 병을 가지고 있었다. 그런 불치의 병은 원왕생, 원왕생을 외며 불도를 닦는 순간, 생명을 단축시켰던 것이다.

계절은 중동(仲冬), 초저녁이었다. 소선은 월명과 함께 달을 바라보며 새삼스레 알고 있는 불법을 확인이라도 하듯 물었다.

"오라버니, 불이란 무엇입니까?"

"물론 어려울 테지. 불이란 곧 깨달은 사람을 일컫는 말이야. 부처님을 높여서 부르는 말도 되고 부처를 깨달은 사람을 일컫는 말도 되지. 소선도 득도하면 부처가 되지."

"저도 죽어 열반에 들 수 있을까요?"

"물론 고집멸도하면 열반에 들 수 있지. 고제란 이생의 온갖 생로병사의 괴로움을 이름이고 집제란 고의 원천이 되는 괴로움을 이름이지. 멸이란 고와 집이 넓어져 깨달은 경지이고 도는 깨달은 경지에 도달하는 수행을 말함이야. 이를 수행으로 깨쳐 득도하면 열반에 들 수 있지. 그래, 소선도 득도할 게야.”

“그렇다면 열반(涅槃)은 무엇이어요?”

“도를 깨친 상태, 곧 일체의 중고(衆苦)와 번뇌를 끊고 불생불멸(不生不滅)의 법성(法性)을 깨친 해탈의 경지를 이름이지. 또한 죽어 도솔천(兜率天)에 들어도 열반이지.”

“오라버니, 아니 대사님……”

소선은 월명을 오라버니라고 부르기도 쑥스러웠다.

“제게는 대사님 곁이 도솔천입니다.”

“그럴 수도 있겠지. 도솔천은 따로 있는 게 아니니까. 도를 닦는 불심 속에 도솔천은 있어. 그러나 나는 도솔천이 아냐. 한낱 수도승에 지나지 않아. 소선은 더욱 정진해야지.”

“만덕화(萬德華) 한 곡조만 들려주셔요.”

“오늘따라 이상하구나. 전에는 그렇지 않더니.”

“그냥 듣고 싶어요. 달이 너무 밝잖아요.”

“알았다. 들려주지.”

월명은 혼신의 힘을 쏟아 피리를 불어제쳤다. 하늘의 달도 운행을 멈추고 불어오던 바람마저 잠 재웠으나 월명의 피리 소리는 왠지 제 소리값을 잃고 쇳소리를 냈다.

그랬던 것이 불과 몇 시간도 지나지 않아, 그것도 새벽 예불을 나간 사이 소선 혼자서 열반했던 것이다.

월명은 몸부림쳤으나 인력으로서는 어찌할 수 없는 죽음 앞에서는 무력할 수밖에 없었다. 소선의 죽음에 대해 월명의 슬픔이 얼마나 컸으면 유사(遺事)에도 ‘월명은 일찍이 죽은 누이를 위해 재를 올렸는데 향가를 지어 제사를 지냈다. 제사를 지내는데 갑자기 회오리바람이 일더니 지전을 서쪽으로 날려 보냈다'고 기록했을까.

누이를 위해 독경하는 월명은 도를 닦는 스님은 아니었다.

너무나 인간적인 슬픔에 젖어 몸부림쳤다.

월명은 자유분방하며 소탈한 성품 그대로, 아니 그 무엇에도 구애받지 않은 유객이자 자유인이었고 이지적이기보다는 감상적인 인간으로 돌아선 순수 인간, 소시민적인 풍모와 생활 단면을 드러내면서 누이의 49재를 지냈다. 그것도 누이의 49재를 불교의식이 아닌 월명식으로 지냈다. 해서 스님과 신도들을 물러나게 했다.

월명은 시간이 경과할수록 누이의 죽음이 쓰라린 패배가 되어 가슴에 파고들었고 예고도 없이 찾아온 죽음에 대한 공포심마저 느끼지 않을 수 없었다. 사는 것이 덧없으며 허무한가로 뼈를 녹였으며 피를 나눈 동기간의 사별이 애통하다 못해 미지의 세계, 곧 사후의 세계에 대한 두려움마저 엄습하는 것이 아닌가.

도를 닦는 승려 이전에 인간이고 싶었는데도.

끝내 월명은 누구나 느끼는 죽음, 인지상정일 수밖에 없는 지극히 보편적인 죽음에 직면할 수밖에. 그는 죽음에 대해 초연해 하거나 무외한 것으로 받아들일 수 없었다.

세상을 초월한 달인이나 도인에게서 찾아볼 수 있는 그런 죽음의 눈으로, 아니 냉정하고 차디찬 이성으로, 당황해 하지 않고 당당하게 받아들이는 누이의 죽음은 아니었다.

월명은 욱면(郁面)의 죽음을 떠올렸다.

남신도 수십 명이 서방에 뜻을 두고 주의 지경에 미타사(彌陀寺)를 세우고 만일을 염려해 계를 조직했다.

신도 중에는 아간 귀진(貴珍)이 있었다.

그는 계집종 하나를 두었는데 이름은 욱면이었다.

욱면은 주인을 좇아 절로 들어갔다. 그네는 절 마당에 선 채 스님이 하는 대로 염불을 따라 했다. 그는 그네의 직분에도 맞지 않는 짓이 미워 절에는 얼씬도 못하도록 밤마다 곡식 두 섬을 주어 찧어놓도록 했다. 그런데도 욱면은 초저녁에 다 찧어놓고 절로 가서 마당에 선 채 염불을 했는데 잠시 잠깐도 소홀함이 없었다.

그네는 정신을 엉뚱한 곳으로 돌리지 않기 위해 스스로 뜰 가운데 말뚝을 박고 구멍을 뚫은 뒤, 두 손을 구멍으로 집어넣고 노끈으로 말뚝과 손을 함께 묶어놓은 채 합장했다. 그것도 몸을 좌우로 흔들어 자신을 채찍질하며 염불하기를 몇 달을 두고 했다.

하루는 하늘에서 청아한 소리가 은은히 들려왔다. 욱면이 법당 안으로 들어가서 염불하라는 하늘의 소리였다. 스님들이 소리를 알아듣고 욱면을 이끌어 법당 안으로 들여보냈다.

그런데도 욱면은 종전과 다름없는 자세로 염불했다.

욱면이 염불을 하는데 서쪽 하늘에서 음악 소리가 들려왔다. 어느 누구도 음악소리를 듣지 못했으나 그네만이 들었다.

그네는 몸을 솟구쳐 법당 천장을 뚫고 하늘로 올라갔다가 서쪽 교외에 떨어졌다가 연화대에 올라앉아 죽어갔다.

그네가 죽어 가는데도 음악소리는 그치지 않았다.

고통이라곤 조금도 느끼지 않은 듯한 그네의 죽음, 그것은 성자의 죽음과 같은 초연한 죽음이 아닐 수 없었다.

월명은 욱면과 같은 죽음을 수없이 보고 들었으나 누이의 죽음 앞에서는 그런 죽음이 한낱 딴 세상인 양 느껴졌다.

가장 이상적인 죽음이며 구도자적인 죽음이었다.

이를테면 죽음은 고통의 적(的)이 아니라 미래세(未來世)로 통하는 관문, 죽음은 부처가 되는 지름길, 죽음을 통해서만 죽음을 초월할 수 있다는 엄청난 괴리(乖離)를 체험했다.

죽음으로써 그 이상 죽을 수 없는 최상의 죽음은?

출세간적인 의지의 삶을 통해 초연한 자세로 죽음을 맞이했던 화랑과 뭇 승려들의 죽음, 그밖에 이름도 없는 구도자들이 무외, 탈속한 경지의 죽음 등이 있지 않는가.

그런데 월명이 당면한 죽음은 이질적인 죽음으로 인간적인, 너무나 인간적인 죽음이었으며 49재를 치르는 동안 한 편의 시가 실체를 서서히 드러내고 있었다.

그는 초월자가 아니었으나 초월자가 되어 가고 있었기 때문에 도도히 흐르고 있는 시대정신, 불교적이며 화랑도적인 죽음을 추종하지 않는, 외면한 채 탈피했기 때문에 당당히 초월할 수 있었으며 좀체 있을 수 없는 죽음을 대면할 수 있었다.

살고 죽는 길은
예 있으니 두려워서
나는 간다고 말도
이르지 못하고 갈 수야

생사로(生死路)를 이생에 고착시켜 생뿐 아니라 죽음까지도 미래의 것으로, 더구나 불교적인 내세관이 아니라 현재의 것이며 그것도 당면한 현실로 받아들였다. 너무나 순수해서 가식이라고는 찾아볼 수 없는 상태, 너무너무 솔직하고 담백해서 인간의 본성이 자제됨이 없이, 하물며 언어가 부자연스럽다거나 순치가 위장된 것이라고는 조금도 느낄 수 없는 순수 감정을 그대로 드러냈다.

비통함과 허허로움의 분위기는 여전히 이어져 다음 구에 쏟아 놓을 수 있었고 그것도 마음이 순수하게 발효했기 때문에 순수 그대로의 노출마저 아주 자연스럽다고 할 수 있었다.

어느 가을 이른 바람에
이에 저에 떨어질 잎처럼
한 가지에 태어났으나
가는 곳 모르겠도다

지금껏 살아오면서 생의 기쁨과 사의 슬픔을 동시에 보아왔다.
그랬기에 죽음도 삶과 마찬가지로 현재 속에 내재해 있었고 삶 속에 숨어 숨쉬는 죽음의 그림자를 느끼고 있었다.
죽음에 대한 인간 심연의 바닥에서만이 솟는 비애, 공포, 무상 등 그 모든 것들은 비탄일 수밖에 없지 않는가.
인간의 나약한 마음, 그것도 막연하면서도 순박한 외침으로, 아니 허탈감에 젖었으나 순수 인간성으로 돌아와 슬픔의 역설 같은 그것을 외침으로써 슬픔을 더더욱 심화시켰다.
월명은 향가의 형식에 구애받지 않고 끝냈다.

아아, 미타찰에서 만나볼까 내
도 닦아 기다릴까

월명은 누이와의 재회를 그 무엇보다도 갈망했다.
재회는 죽음 저편에서나 이루어질 수 있는 일임을 알고 있었기 때문에 미타찰이라고 구체적으로 제시했고 그것도 상투적인 허언(虛言)에 지나지 않았으나 줄기찬 재회의 염원으로 말미암아 현실세계에서도 가능했다. 아니, 가능하다고 믿었다.

그만큼 누이의 죽음이 절실하게 와 닿아 있었고 가식이라곤 전혀 없
는 본심 그대로를 결사에 집약시킬 수 있었다.

생과 사까지도 미래의 것이 아닌 이제의 것, 지금의 것이지 다른 세
계의 것이 아니었다.

그와 마찬가지로 재회마저 지금이 중요했지 저 세상에서의 재회가
중요한 것이 아니었으나 순간순간 절실했다.

그런데도 월명은 무상감의 결정체를 보여주듯 현실세계에서의 재회
를 염원하면서 경을 읽고 명복을 빌었다.

어느 새 밤은 여명으로 물들고 있었다.

월명은 지은 노래를 소리 내어 읊고 또 읊었다.

살고 죽는 길은

예 있으니 두려워서

나는 간다고 말도

이르지 못하고 갈 수야

어느 가을 이른 바람에

이에 저에 떨어질 잎처럼

한 가지에 태어났으나

가는 곳 모르겠도다

아아, 미타찰에서 만나볼까 내

도 닦아 기다릴까

월명은 노래를 읊고 읊은 뒤에야 소지에 제망매가(祭亡妹歌)를 정성
스레 옮겨 쓰는데 평소의 글씨가 아니었다.

生死路隱

此矣有阿米次肹伊遣

吾隱去內如辭叱都

毛如云遣去內尼叱古

於內秋察早隱風未

此矣彼矣浮良落尸葉如

一等隱枝良出古

去奴隱處毛冬乎丁

阿也彌陀刹良逢乎吾

道修良待是古如

월명은 노래를 옮긴 뒤, 소선(小僊)과 월명(月明)을 썼을 때는 여명의 빛을 받아 불빛은 이미 죽어가고 있었다.

월명은 빛을 잃은 촛불을 지긋이 응시했다.

그는 파랗게 빛을 내는 머리를 숙이고 염원의 눈빛을 실어 노래를 쓴 소지를 촛불에 붙였다.

소지에 불이 붙자 법당 안이 환히 밝아왔다.

월명은 타고 있는 소지를 바라보면서, 이제는 타고남은 재가 천장을 타고 올라 떠도는 것을 열망의 시선으로 응시하면서 두 손을 모아 빌고 또 빌었다. 타고 남은 재는 천장을 떠돌다가 문을 통해 서쪽 하늘로 사라져 버렸다. 그것은 '갑자기 바람이 불어 지전을 서쪽으로 날려 보낸 것(忽有驚飇吹紙錢飛擧向西而沒)'이 아니라 망매를 위해 올린 소지가 탄 재, 재회의 염원이 탄 재가 월명의 마음을 실어 하늘로 치솟았고 누이가 간 세상으로 달려가는 재였다.

그 날은 2월 초하루, 영등 할미가 찾아온다는 날, 온 가족의 한 채 신수를 비는 민속 고유의 소지 올리는 날이기도 했다.

재를 지켜본 스님들이 몰려와 독경했다.

독경은 여명을 타고 번졌다. 청아하기 그지없는 독경은 미타찰에 가 닿아 소선에게 알려줄 것 같은 좋은 새벽을 열었다.

『천년 신비의 노래』에서

2. 오페라 혹은 뮤지컬

수로부인

가랄이 네히어라

아, 모정(母情)

수로부인

1막 1장

2막 1장

3막 1장

4막 1장은 1막 1장으로 되돌아감

5막 1장

    2장

    3장은 5막 1장으로 되돌아감

때　　- 신라 34대 성덕왕 시대, 통일된 지 50여 년의 세월, 가장 번성하고 화려했던 시절.

등장인물- 수로부인, 순정공, 늙은이 1 2, 저충, 소명, 병사 1 2 3, 졸개 1 2 3, 주민들과 병사들, 풍물패.

이따금 풍물패가 역동적으로 놀이를 펼치면서 객석과 일체감을 자아낸다.

$$\clubsuit$$

1막 1장

무대　－동해 바닷가, 바닷가 바로 곁에 깎아지른 절벽, 절벽 위에는 철쭉꽃이 흐드러지게 피어 있다.

등장인물－수로부인(水路夫人), 순정공, 병사들, 시녀들, 주민들, 실명늙은이(失名老人)인 늙은이.

막이 오르며 주민들과 풍물패가 등장해 한바탕 춤추면서 객석의 분위기를 후끈하게 달군다.

주민들－맑은 눈매, 빚은 것 같은 콧등

　　　미소 지을 때 드러나는 하얀 치아

　　　물새알을 세워놓은 듯한 얼굴은

　　　신라 제일의 아름다움을 지녔네.

　　　그네는 반듯한 이마, 초승달 같은 아미,

　　　호수와도 같은 맑은 눈매하며

　　　범접할 수 없는 우아함까지 지녔네.

　　　그리고 아름답고 고우면

　　　음하기 마련인 것과는

　　　거리가 먼 어여쁘면서도 귀품이 있어

　　　미륵불에서만 볼 수 있는

　　　신앙과도 같은 자비로움도 지녔네.

　　　그네를 한번 본 사람들은

　　　신라 제일가는 미인이라고,

　　　풍문만 들은 사람들은

삼한을 통틀어 첫손꼽는 미녀라고

침이 마르도록 칭송하네.

깊은 산 신물들이 납치해 갔고

큰 소 요정들도 보쌈해 가네.

　─노래가 끝나면서 태수의 행차, 말 탄 순정공과 가마를 탄 수로부인이 등장하고 주민들이 등장한다.

　주민들─4월도 중순, 무르익은 봄날

가마를 에워싼 병사들의 행렬은

대오도 정연하게 움직이네.

태수를 호위하는 병사들보다도

수로가 탄 가마를 에워싼 병사들이

눈에 불을 키고 경계하네.

그런데 어떻게 볼 수 있을꼬.

행여 쉴 틈을 타 가마에서 내리면

그 틈에 볼 수 있을까 해서

오십 리고 칠십 리고 뒤따르며

다리품을 팔지 않았겠어.

그런데 마음을 졸이는 주민들과는

달리 행차는 줄곧 움직이네.

　주민 1─(갖은 애를 태우며) 이 좋은 기회를 놓치다니. 안타깝다, 안타까워(발을 동동 굴린다).

　주민 2─가마 속에 든 수로를 어이하면 볼꼬?

　주민 3─(또 다른 한편에서는) 우리들의 소원이 눈앞에서 사라지네(한숨을 푹푹 내쉰다).

　주민 4─이맘쯤에서는 쉬어 가기 위해 행차가 멈추겠지. 행차가 멈

출 때는 수로부인도 가마에서 나오겠지. 두고 보라지. 가마 속의 답답
함을 이겨내나.

    수로   ─ 흔들리는 가마 안에서 깜박 졸다니,

          졸다 깨는 순간, 이 무슨 냄새?

          가마 틈새를 비집고 들어온 맑은 공기네.

          갯내음 풍기는 해맑은 공기가

          입과 코, 눈과 귀를 적시다니,

          아니, 사람들의 수작까지 적시다니.

          가마에서 내려 맡고 싶게 해.

    (가마 문을 든다. 문을 들자 병사들이 호위하는 뒤로 백성들이 따르
고 있는 것을 보았고 깎아지른 절벽 위에 흐드러지게 핀 철쭉꽃을 보고
는) 소명 어디 있니? 소명! 나 좀 봤으면…

    소명   ─ (가마로 다가가) 마누하님, 찾으셨습니까?

    수로   ─ 답답해서 쉬어 가야겠구나. 가서 태수님께 아뢰어라. 여기
서 쉬어 가겠다고 말이다.

    소명   ─ 네, 마누하님.

    ─ 행차는 철쭉꽃이 만발한 바닷가 석벽 밑에 멎는다.

    수로는 소명이 열어주는 가마 문을 사뿐 나서서 숨을 크게 들이쉰다.

    주민들 ─ 아! 아아(경이에 찬 감탄의 소리는 처음에는 하나 둘 이어
지다가 산과 바다까지 뒤흔들어 놓는다)!

    주민 1 ─ 정말, 듣던 대로 빼어난 미모야.

    주민 2 ─ 하늘나라 선녀가 내려왔대도, 저렇게 예쁠라고.

    주민 3 ─ 난 이제 죽어도 여한이 없어.

    주민 4 ─ 내 평생에 저런 미녀를 다 보다니.

    주민들 ─ 아, 아! (넋을 잃고 바보같은 표정을 짓는다).

수로　－(그런 백성들에게는 관심도 없다는 듯)

　　　　　몸과 마음이 이렇게 후련해질 수가.

　　　　　맑은 공기를 마시고 푸른 바다를 보니

　　　　　이제는 살 것 같네.

　　　　　메스껍던 속도 가라앉고

　　　　　가마 속의 답답함도 가셨네.

　　　　　주위를 둘러볼까, 둘러봐야지.

　　　　　그림 같은 동해 바닷가,

　　　　　곁에는 절벽이 병풍처럼 솟아 있네.

　　　　　높이는 천 장(丈),

　　　　　위는 고개를 뒤로 젖혀야

　　　　　볼 수 있는 데다

　　　　　철쭉꽃까지 흐드러지게 피어 있네.

(오버 액션, 과장해서) 에그머니나, 꽃이 예쁘기도 해라. 나, 저 꽃 한 아름 가졌으면….

주민들－수로가 본 절벽 위의 철쭉꽃은

　　　　　동경에서 본 철쭉꽃과 같았으나

　　　　　생전 처음 고향을 떠나

　　　　　산과 바다와 하늘이 맞물린 곳에

　　　　　흐드러지게 핀 꽃으로

　　　　　놓여 있는 환경과 분위기에 따라

　　　　　사람의 마음을 휘어잡는 꽃인데도

　　　　　누구 하나 귀 기울이지 않네.

소명　　－마누하님, 태수님을 모셔왔습니다.

수로　　－그래, 수고했다. (태수를 향해) 태수님!

순정공 - 어디 불편한 데라도 있소?

수로　 - 저 절벽 위에 핀 철쭉꽃을 갖고 싶어요.

순정공 - 흔해 빠진 철쭉꽃을 한두 번 보우.

수로　 - 그래도 전 갖고 싶은 걸 어떻게 해요? 꺾어 주세요, 네. 꺾어 주실 거지요?

순정공 - 저 절벽을 어떻게 올라가서 꽃을 꺾어 줘? 부인의 투정엔 두 손 들었소.

수로　 - (순간, 외로움에 휩싸인 채)

　　　　절벽 위의 꽃은 나를 유혹하는데도

　　　　가질 수가 없다니.

　　　　남들이 부러워하는 태수부인이면 뭐해.

　　　　꽃 한 송이 꺾어줄 줄 모르는 사람.

　　　　이 많은 총중에 그래,

　　　　꽃 하나 꺾어주는 사내 하나 없어,

　　　　숙맥 사내들만 사는 세상.

　　　- (수많은 종자들과 시녀들을 응시하다가) 저 꽃을 꺾어 내게 갖다 줄 사람이 그래, 한 사람도 없단 말이지.

종자들 - ……?(대답이 없다).

종자 1 - (뒤늦게 수로에게 다가가) 사람의 자취로는 도저히 오를 수 없는 곳입니다, 마누하님.

주민들 - 수로의 마음을 알지 못하는 속물들은

　　　　숙맥인 채, 귀머거리인 양

　　　　꽃을 꺾어 바치겠다고 나서지 않네.

　　　　그네가 꽃을 갖고 싶다는 소문은

　　　　시녀들과 종자들의 입을 통해

주민들 사이로 번져 갔으나

그 많은 주민들도 미모만 탐했지

꽃을 꺾어 바치려는 이가 없네.

늙은이 - ……(암소 고삐를 잡고 지나가다가 귀동냥으로 듣고 군중 속에서 나온다. 머리가 허옇게 센 늙은이이다).

주민들 - (수로에게 다가서는 늙은이를 보고) 늙은이가 망령이 들었어. 어디라고 함부로 나서길, 나서. 별 일도 다 보겠네.

늙은이 - (그런데도 아랑곳하지 않은 채 부인에게 다가가서는 할아비가 이웃집 할미를 대하듯이) 저어, 마누하님, 절벽 위의 꽃을 갖고 싶다고 했습니까?

수로 　 - (늙은이가 나타나 수작하는 짓거리에 어이없어 하다가 그의 눈을 본 순간, 절로 고개가 숙여지면서) 갖고 싶다고 했답니다. 그런데 늙은이 장께서 웬일로?

늙은이 - 그렇다면 늙은이가 꽃을 꺾어 바치리다.

수로 　 - ……!? 꽃을 꺾어 바치겠다고요?

늙은이 - 그렇습니다. 그런데 조건이 있습니다.

수로 　 - 말씀해 보셔요. 어디, 들어줄 만한 조건인지요.

늙은이 - 그럼, 말씀 올리겠습니다. 지금 잡고 있는 이 암소 고삐를 놓으라고 말씀부터 해 주십시오, 마누하님.

수로 　 - 별 조건도 아니잖아요. 그렇게 하세요.

늙은이 - 그리고 보잘 것 없는 이 늙은이가 꽃을 꺾어 바쳐도 거절하지 않으시겠습니까, 마누하님?

수로 　 - (순간, 늙은이의 처연한 모습에 사로잡힌다. 그런 모습이 눈에 익은 듯해 기억을 떠올리려고 했으나 어떤 기억도 떠올리지 못해 하다가 얼떨결에) 늙은이 장, 그렇게 하시지요.

주민들 — 늙은이는 입술이 부어서 터지고
아물기를 수 없이 되풀이하며
이십여 년에 걸쳐 완성한 소리.
좋아했던 여인과 헤어진
길고 긴 인고의 세월,
오직 한 여인만을 위해
만파식적의 오묘함을 재현했으니.
바야흐로 무르익은 만춘,
아지랑이가 나긋나긋 피어오르듯
무르익은 봄의 소리를 낼 시기.
늙은이 — (그제야 쥐고 있던 암소 고삐를 놓고 걸망에 들어 있는 식
저<대금 또는 퉁소>를 꺼내어 지극 정성을 다해 음을 고른 뒤 분다)
— 저 자줏빛 바위가에, 바위가에
잡은 암소 놓게시고, 놓게시고
저를 아니 부끄러면, 부끄러면
꽃을 꺾어 바치리다, 바치리다
수로 — 우는 듯, 웃는 듯, 한인 듯한 소리,
한을 삭이는 소리인 듯한 소리,
체념하고 달관한 소리에
숙연해서 숨소리마저 멎다니.
해서 뒤늦게 혼히 들을 수 있는 소리,
예삿소리가 아닌 줄 깨닫다니.
그래. 맞아. 소리에 숨겨진 비밀,
저충, 그가 아니고는
그 누구도 흉내조차 낼 수 없는 소리임을.

(늙은이의 숨은 뜻을 알고) 이런 지음을 낼 수 있는 사람은 저, 저충 뿐이야. 그렇다면 늙은이는 저충?

♣

2막 1장

무대　－통일 신라 전성기, 중류 정도의 가정집.

등장인물－ 저충, 수로, 수로의 아버지 사지 양흔과 어머니 사량, 순정과 그의 아버지 주원, 하인들.

－소년 거지가 대문 앞에 허기진 배를 보듬고 쓰러져 있다. 남에게 빼앗겨서는 안 된다는 듯 통소를 쥔 채.

양흔　－(대문 앞에 쓰러진 소년을 본다. 그는 쓰러져 있는 소년보다도 식저＜息笛＞의 명품을 먼저 알아보고) 누가 없느냐? 문 앞에 쓰러진 소년을 사랑방으로 들이도록 해라.

하인　－네이

－하인 두엇이 소년을 일으켜 사랑으로 데려간다.

양흔　－어디에 사는 누구 자손인고?

소년　－어려서 부모님을 여의어 모릅니다.

양흔　－식저는 어디서 난 겐고?

소년　－집안 대대로 물려 내려온 가보인 줄은 알고 있사오나 내력이나 사연에 대해 아는 것이 없습니다.

양흔　－어디 좀 보여줄 수 없겠니? (받아서 뜯어본다).

양흔　－구형왕(仇衡王)이 나라를 들어 신라에 귀순한 지 2백여 년, 그 긴 세월이 흘렀는데도 가야의 보물인 식저를 간직하고 있나빈, 소년은 가야 왕손의 후예임에 틀림없으렷다.

　(소년을 보며) 지금 어디를 향해 가는 길인고?

　소년　－밥을 빌어먹는 처지에 갈 데가 없습니다.

　양혼　－허허, 그래. 이를 어쩐다? (곰곰이 생각하다가) 원한다면 내 집에 머물도록 하게.

　소년　－(너무나 뜻밖이라 무척 놀란 표정으로) 네에!?

　양혼　－놀라기는. 내 집에 유해도 좋다는데도.

　소년　－이 은혜는 잊지 않겠습니다(넙죽 절까지 한다).

　양혼　－그래, 이름은?

　소년　－저같이 미천한 처지에 이름이 당키나 합니까.

　양혼　－그렇다면 이름까지 지어 줘야겠군.

　소년　－……!(말똥말똥한 눈으로 양혼을 처다본다).

　양혼　－식저라, 식저를 가졌으니. 그게 좋을 게야. 저충, 저충<笛忠>이 어떨까. (딸만 하나 두고 있어 선뜩 마음이 동해) 그래, 저충으로 부르는 것이 좋겠어.

　소년　－(새삼 일어서서는) 윗전으로 받들어 모시는데 조금도 게으름이 없을 것입니다.

　하인들－수로는 동기간이 없어 외톨이였다가

　　　　　　　저충과 의남매처럼 되고부터

　　　　　　　바깥을 출입을 할 수 있어 얼마나 좋아했는지.

　　　　　　　저충은 수로보다 나이가 서너 살 많은 탓으로

　　　　　　　보다 일찍 사랑에 눈을 떴네.

　　　　　　　수로를 밤하늘의 별을 바라보듯이 6년.

　　　　　　　수로의 나이 열일곱,

　　　　　　　봄이면 나무에 물이 오르듯

한껏 피어오른 미모는

서라벌이 들썩이도록 소문이 자자했네.

미모가 너무너무 빼어나

높은 산 신물들이 납치해 갔고

큰 소 요정들도 다투어서 보쌈해 가네.

사내들은 가문과 권세를 앞세워

지아비로 맞이하려고 문전성시를 이뤘네.

　─ 하인들이 노래하는 중에 수로와 저충은 처녀와 청년으로 바뀌며
주원이 순정을 데리고 등장한다.

　주원　─ (양혼의 대문 앞에서) 이리 오너라. (이내 반응이 없자 한번
더, 한껏 으시대듯이) 게 아무도 없느냐?

　하인　─ 나갑니다, 나가요.

　주원　─ 이찬 대감이니라. 어서 문을 열라.

　하인　─ 예, 예. (대문을 연다).

　주원　─ 어서 안에 일러라. 이찬 주원이 청혼을 하러 왔다고. 알리라
고 하지 않느냐!

　양혼　─ (대문에서 나는 소리를 듣고 나타나면서) 대감께서 누추한
저의 집까지 거동을 다 하시고…

　주원　─ 자네 여식 수로가 절세미녀라는 소문이 자자해서 직접 확
인해 보고 며느리를 삼을까 해서 왔네.

　양혼　─ 헛소문에 지나지 않습니다.

　주원　─ 공연히 시간 낭비하지 말게. 내 눈으로 직접 확인해 보겠으
니, 어서 내 앞으로 데려왔으면 하네.

　양혼　─ 대감, 너무 갑작스런 일이라서…

　주원　─ (고자세로) 데려오라고 하지 않소.

양혼   - 알겠습니다. (안에다 대고) 부인, 부인, 수로를 데리고 사랑
으로 건너오시오.

사량   - 여보, 화장이라도 좀 해야…

주원   - 평소대로의 모습을 보고 싶소.

사량   - …… (말없이 수로를 데리고 등장한다).

양혼   - 부인, 이찬 대감이오. 인사를 올리시지요.

사량   - 대감께 문안드리옵니다.

주원   - (인사는 받는 둥 마는 둥하고 수로를 보고) 예쁘기도 해라.
이렇게 예쁠 수 있을까. 소문대로 절세미녀네. 당장 며느리로 맞이하겠
으니 사돈을 맺읍시다.

양혼   - 너무 갑작스러운 일이라…

주원   - 내 결정했소. 돌아가서 사주단자를 보내겠소.

양혼   - 말미라도 좀 주셔야…

주원   - 내가 결정했다고 하지 않소. 그리 아시오.

양혼   - 혼사는 인륜지…

주원   - 내가 한다면 하는 거요. 그리 아시오.

하인들 - 혼사는 양가가 비슷해야 하는데

　　　　기껏 13품의 하찮은 벼슬아치와

　　　　당대 세도가 2품 가문과의 혼사라니,

　　　　기울어도 너무 기운 혼사였네.

　　　　수로는 얼마나 착잡해 할까.

　　　　바람둥이라는 소문까지 떠돌고 있었으니.

수로   - 마음이 이렇게 착잡할까. 마음에도 없는 결혼, 저층과 야반
도주라도 할까 부다.

♣

3막 1장

무대　－동굴 안과 동굴 바깥이 한눈에 들어온다.

등장인물－수로, 저충, 순정, 졸개들, 하늘선녀무용단.

　－수로는 마음을 진정시키기 위해 말을 타고 남산을 오른다. 저충은 말없이 뒤따른다. 여름 하늘이란 구름 한 점 없다가도 난데없이 먹구름이 몰려들고 소나기를 쏟아놓는다. 간신히 동굴로 피신하긴 했으나 수로는 옷이 젖어 오들오들 뜬다.

　저충　－(이곳저곳에서 솔잎과 삭정이를 주워서는) 아씨, 아씨, 춥지요. 제가 불을 피워 드리겠습니다. 잠시만 기다리셔요.

　수로　－……(오들오들 떨며 저충만 바라본다).

　저충　－(눈물을 짜내며 불을 피우면서) 아씨, 아씨, 불을 피웠습니다. 옷을 벗어 말리셔요. 제가 피해 드리겠습니다. 어서요. 그러다 감기 드실까 걱정입니다. 아씨, 불 가까이 다가오라니까요.

　수로　－저충이 이렇게까지 마음 쓸 수가.

　저충　－무슨 말씀을 그리하십니까. 아씨를 위해서라면 섶을 지고 불로 뛰어들어도 아깝지 않은 이 몸입니다(옷을 벗어 말릴 수 있도록 자리를 피해준다).

　　　　　이성에 눈이 트기 시작할 무렵부터
　　　　　수로를 사랑하는 마음으로
　　　　　가슴은 터질 것만 같았지.
　　　　　언제부터인지 알 수 없었으나
　　　　　사모하는 마음은 화살이 되어

가슴에 박혔다네.

용해할 수 없는 열모를 달래기 위해

식저에만 의지하다 보니

봄이면 나긋나긋한 아지랑이 소리를,

여름이면 소나기 지나가는 소리를

흉내 내기에 이르렀지.

－ 떨어져 있음을 확인시켜주기 위해 식저를 꺼내어 숨을 고른 다음,
가야의 12율(가야금 산조)을 연주한다.

수로　－ 어느 소리가 소나기 지나가는 소리인지,

어느 소리가 퉁소소리인지 알 수 없네.

식저소리에 안온해지고

퍼붓는 소나기에 망연자실한 데다

자연의 의심 없는 믿음이

가져다주는 안도감에 젖어

나른해 하다가 퉁소소리에 졸리다니.

수로　－ (겉옷을 벗어 불가에 걸어둔 채 졸음에 겨워) 아, 졸려. 이렇
게 졸리다니(고개를 늘어뜨린다).

－ 하늘선녀무용단이 등장해서 한바탕 전아한 춤을 춘다.

저충　－ (이때쯤은 수로가 옷을 말려서 입었을 것이라고 생각을 하
면서) 지금쯤은 아씨가 옷을 말려 입었을 테지. 암 그럴 테지. (작은 소
리로) 아씨, 아씨!

수로　－ …

저충　－ 어째서 대답이 없지? (잠이라도 깨면 어쩌나 하고 조바심을
태우며) 꺼져가는 불씨를 살려 자고 있는 아씨를 따뜻하게 해 줘야지.
(삭정이를 넣어 꺼져가는 불꽃을 살린다. 타악 탁, 소리를 내면서 불꽃

이 살아난다).

　수로　－(나무 타는 소리에 깨어나자 저충이 서 있는 것을 보고 홈 칠 놀라 손으로 가슴부터 감싸며) 저충, 그렇게 서서 보고 있음 싫어. 눈을 감고 돌아서.

　저충　－아, 네. (돌아서서 눈을 감고) 이런 경우는 누구의 잘못도 아니야. 아니야(그러면서 눈을 뜬다).

　수로　－저충, 돌아서라는데도, 어서(울상이 된다).

　저충　－…(못 들은 체하고 마주한다).

　수로　－부끄럽단 말야. 저충, 돌아서라고 했잖아.

　저충　－(기어드는 소리로) 어떻게 하면 부끄럽지 않지, 아씨?

　수로　－저충도 옷을 벗어. 그러면 부끄러워하지 않을 테야.

　저충　－(망설임 끝에 옷을 벗으며) 이젠 부끄럽지 않겠지요.

　수로　－아니. 아직도 난 부끄럽단 말이야. 어서 돌아서라는데도, 저충. 내 말 안 들려요?

　저충　－어째서 부끄럽다고 그러십니까?

　수로　－거긴 알몸이 아니잖아.

　저충　－(부끄러움으로 얼굴이 달아올랐다가 뒤늦게) 아, 아씨도 가슴에 가, 가린 손을 떼어낸다면…

　－수로는 가슴을 가린 손을 떼어낸다.

　－저충은 청동상이 된 채 물기 젖은 수로의 눈을 홈쳐보다가 못 이긴 듯 속곳이 끈을 푼다. 속곳이가 아래로 흘러내린다.

　불꽃은 하늘하늘 피어오르면서 동굴 안을 비춘다.

　저충　－…!? 아, 아! (격한 감정 표현)

　수로　－(모닥불을 건너뛰어 저충의 품에 안기며) 저충, 나, 으스러지게 안아줘. 자, 안아 줘

저충   － … (당황한 나머지 눈이 휘둥그래져 말을 잇지도 못한 채
멍청히 있기만 하다가) 아, 네(끌어안는다).

　　　　　　하자 그네의 유방이 가슴에 와 닿아

　　　　　　간지럼을 태우는데도 떼어내고 싶지 않다니,

　　　　　　안고 있는데도 젊음이 요동을 치다니.

　　　　　　이 황홀감, 이 신비스러움은

　　　　　　세상 그 무엇과도 바꾸고 싶지 않네.

　　　　　　모닥불은 서서히 사그라지고

　　　　　　소나기가 지나가서야 내 깨달았지.

　　　　　　그네를 안고 있는 것이 아니라

　　　　　　평생 잊지 못할 감동을 끌어안고 있다는 것을.

　　　　　　오랜 뒤에서야 황홀감에 젖은 고동과

　　　　　　나무를 뒤흔드는 소나기 소리와

　　　　　　신비한 자연의 박자가

　　　　　　연출하더니 평생 지워지지 않을 화인을 찍네.

　　－ 무대의 중심은 동굴 바깥이 된다.

두 사람은 둘은 소나기가 지나간 뒤에야 동굴을 나와 맑은 공기를 들
이쉰다. 그때 한 무리가 달려온다.

저충   － 이를 어째, 이를(불안감이 확연하다).

순정   － (수로를 찾아 나섰다가 소나기까지 맞은 데다 수로가 저충
과 함께 있는 것을 보자 화가 머리끝까지 치밀어) 저충, 네가 어떻게 수
로와 함께 동굴에서 나와? 그래, 동굴에서 함께 나온다는 것은 무슨 짓
거리라도 했음이 아니더냐?

저충   － (어쩔 줄 몰라 하다가) 공자님, 무, 무슨 말씀을 그, 그렇게
하, 하십니까?

비에 젖은 옷을 말렸다고 하나
덤불 속에서 무슨 짓거리라도 하고
나온 것 같을 수밖에.
그랬으니 순정은 지레 넘겨짚고
질투의 노여움을 끓이지.
노여움을 부글부글 끓이다 못해
수로를 돌려보내고
매 눈을 한 채 마주 서네.

(당황해 하다가) 공자니임, 왜 이러십니까?

순정   －(아니나 다를까. 질투의 불길을 당겨) 당장에 요절을 내고도 남을, 종인 주제에 수로를 농락하다니. 대명천지에 너 같은 놈은 살려둘 수가 없음이야.

저충   －서방님, 농간을 하다니요?

순정   －어쭈, 주둥이를 찢어놓아도 시원찮을 놈이, 누구 앞이라고 해악을 퍼부어. (득달 같이 후려친다).

저충   － … (얼굴은 금방 피가 낭자해진다).

순정   －(졸개들까지 후려치며) 당장 저놈을 나무에 묶어라. 어디 앞이라고 해악을 퍼부어.

졸개들－네이! (대여섯이 달려들어 저충의 목을 틀어잡고 나무둥치에 묶는다).

저충   －아, 안돼(저항해도 소용이 없다).

순정   －이놈들아, 모닥불을 피워라. 세상을 보지 못하도록 저놈의 눈을 지지게. 어서, 어서 모닥불을 피워.

졸개 1 － 암요. 불을 피우지요. 누구 명령이라고 피우지 않겠습니까 (몹시 못마땅해 하는 표징을 짓는디).

졸개 2 ─ 암요, 암요. 득달같이 피워 드리지요.

졸개들 ─ 피워 드리겠습니다. 피우지요.

순정 ─ 다 방법이 있지(채찍을 타오르는 모닥불에 꽂는다).

저충 ─ 서방님, 서방님, 제발 살려 주시와요, 제발요.

순정 ─ 살려는 주지. 언제 죽인다고 했어. 너희들은 저충을 꼭 잡고 있어. 벌겋게 단 쇠막대로 눈두덩을 지져댈 테니까

졸개들 ─ 여부 있겠습니까(달려들어 저충을 묶는다).

순정 ─ 그래, 잘 했어(쇠막대로 저충의 눈을 지진다).

저충 ─ 으흑. 흑! (용트림하다 정신을 잃고 쓰러진다).

졸개들 ─ 고약한 냄새, 사람 살타는 냄새는 정말 못 맡겠네(모두들 코를 틀어쥐거나 얼굴을 찡그린다).

순정 ─ (능글맞기 짝이 없이) 그놈, 그래도 섭생은 이어 갈 터. 저놈을 동해 바닷가에 갖다 버려. 버리라니까.

졸개들 ─ 암요. 암요(달려들어 저충을 말에 태워 끌고 가다가 헌신짝 버리듯 팽개쳐 버린다).

♣

4막 1장 (1막 1장으로 되돌아감)

등장인물과 배경은 1막 1장과 동일하다.

주민들 ─ 늙은이는 절벽으로 다가서서는
　　　　　위를 훌쩍 쳐다보곤 오르기 시작하네.
　　　　　무엇이 늙은이로 하여금
　　　　　불붙는 열정을 불러일으키게 했는지

그 누구도 모른다네.

다만 시골의 투박한 늙은이가

철쭉꽃을 탐하는 아낙에게

꽃을 꺾어 바치기에 앞서

노래를 지어 부르면서 수작하다가

늙으려면 곱게 늙지, 하고 책망만 하네.

오직 수로만이 알고

눈시울이 달아오르다 눈물까지 흘리네.

늙은이는 꽃을 보고

미소 짓듯이 하는 마음으로 절벽을 오르네.

지금껏 마음을 비우고 살아왔으니

더더욱 꽃을 보고 웃듯이 하는

마음 하나로만 절벽을 오르네.

늙은이는 내음이 몸을 휘감자

냄새를 좇아 절벽을 오르네.

손끝은 바위에 긁혀 피가 낭자한데도

미끄러지면 또 기어오르면서

자신과의 싸움을 계속하네.

그런데 순정에게 지지김을 당했던 것보다

더한 패배가 갑자기 몰려왔으니.

늙은이 — 꽃을 꺾어 바치지 못하면 어쩌지. 수로의 소원을 들어주지 못하면 어쩌지. 평생을 못 잊어하며 살아왔는데 이를 어쩐다? 그를 이겨야지. 암, 이겨 내고말고.

주민 1 — (늙은이를 지켜보며) 저 늙은이를 어떻게 해? 누가 좀 도와 주지(도와주려는 사람이 없다).

주민들 – 늙은이는 위태하기 짝이 없는데도
　　　　　한사코 절벽을 기어오르네.
　　　　　암벽등반가도 아닌 늙은이는
　　　　　조금씩 움직이며 절벽을 오르네.
　　　　　그런 늙은이를 지켜보고 있자니
　　　　　손에 땀이 한 움큼 잡히네.
　　　　　절벽을 오르기도 전에 탈진한 듯
　　　　　손은 감전이라도 된 듯
　　　　　버티고 있는 다리마저 떨어대다니,
　　　　　눈에서는 진물까지 흘리니.
　　　　　볼 수만 있어도 이런 절벽쯤이야.
　　　　　안개 같이 뿌옇기만 한 시력,
　　　　　물건을 눈에 바싹대야 볼 수 있는 시력
　　　　　냄새를 좇아 오르자니 피로가 더해.
　　　　　그런데 울컥 치받치는 이 분노를
　　　　　그래, 어찌할 거나.

주민들 – 와, 와! 늙은이가 더디어 절벽 위로 올라섰어. 대단해(지켜보다가 와, 하고 탄성을 지른다).

주민 1 – 드디어 늙은이가 해냈네. 용타, 정말 용해.

주민 2 – 귀신이 썬 게 분명해. 귀신이 씌지 않았다면 올라갈 수도 없었을 게야.

주민 3 – 암, 그럴 테지. 두 말 하면 잔소리지.

늙은이 – (와, 하는 탄성이 귓가에 닿아서야) 올라왔어? 올라온 게야(그러면서 정신없이 꽃을 꺾는다).

주민들 – …(늙은이를 경이의 시선으로 본다).

늙은이 — 그만 꺾고 내려가야지.

주민들 — …(숨을 죽이고 지켜본다).

늙은이 — 다 내려온 게야(조심스럽게 땅에 내려선다).

주민들 — (숨을 죽이고 보고 있던 사람들은 내 일처럼 기뻐하며) 대단해. 정말 대단해. 늙은이가 아니라 젊은이야. 한창 때의 젊은이라고 (모두들 탄성을 질러댄다).

늙은이 — (탄성 소리를 듣고서야) 내가 내려왔어. 정말 내려온 게야. (스스로도 신기해하며 수로에게 다가가 잠시 주저하다가 무릎을 꿇고 꽃을 바친다).

수로 　 — … (당황해서 온몸을 떨어댄다).

주민들 — 꽃을 향한 수로의 마음과

　　　　수로를 향하는 늙은이의 마음이

　　　　철쭉꽃을 매개로 합일하는 장면을

　　　　경이의 시선으로 지켜보네.

수로 　 — (떨고 있는 손을 꽃 아름 사이로 넣어 늙은이의 손을 꼭 쥐고 쪽지를 주면서 작은 소리로) 오, 저충, 저충을 만나다니. 이게 꿈은 아니겠지?

♣

5막 1장

무대 　 — 동해 바닷가, 하얀 모래사장과 파도가 넘실대는 정감이 넘치는 분위기, 무대 한 쪽으로는 동굴이 보인다.

등장인물 — 수로부인, 순정공, 늙은이, 병사들, 지역 주민들 다수, 동해 용, 저충

주민들 - 행차는 이틀이나 탈 없이 나아갔네.

　　　　임해정에 이르러 주찬을 준비하는데

　　　　갑자기 날씨가 이변을 일으켰네.

　　　　천지가 캄캄해지더니

　　　　뇌성을 동반한 폭우가 쏟아졌네.

　　　　모두들 기겁해 어쩔 줄 모르고 있는데.

　　　　갑자기 용이 나타나더니

　　　　눈 깜짝 할 사이 수로를 납치해서는

　　　　어디론지 사라져 버리네.

－늙은이는 쪽지대로 폭우를 틈 타 용으로 변장해 공포로 떨고 있는 뭇 사람들의 시선을 감쪽같이 속인다. 수로도 혼란한 틈을 타 잽싸게 몸을 숨긴다.

순정공 - (수로가 없어진 것을 알고 어쩔 줄 몰라 쩔쩔 매며) 이를 어째, 이를? 병사들에게 그토록 경계하라고 당부했거늘, 또 보쌈을 당하다니. 이를 어떻게 해, 이를 어떻게 한다?

늙은이 - (늙은이가 나타나) 태수님, 옛 사람들의 말에 의하면, 뭇 사람들의 말은 쇠라도 녹인다고 했습니다. 그러니 바다의 용인들 뭇 사람들의 말을 두려워하지 않겠습니까. 태수님께서는 지금 당장 지경 내의 주민들을 불러 모아요. 모아서 노래를 지어 부르게 하고 주민들로 하여금 몽둥이로 바닷가를 일제히 두드려대게 한다면 마누하님을 만날 수 있을 것입니다. 그렇게 지시하시지요.

순정공 - 늙은이 장, 그게 방책이란 말입니까?

늙은이 - 그렇답니다(말을 마치자 사라진다).

순정공 - 날쌘 병사들은 다 모여라. 시간이 없다, 없어. 어서들 모여라. 왜 이렇게 꾸물대느냐! 이것밖에 모이지 않았어. 어서들 몰려 와. 몰려들 오라는 데도.

병사들 – 태수님, 대령했나이다.

순정공 – (초초해서) 시간이 없어. 먼저 온 니들은 사방으로 흩어져 주민들을 모아라. 모아서는 이리로 데리고 오너라. 시간이 없어. 어서 달려가서 주민들을 몰아 오너라.

병사들 – 알았습니다, 태수님(사방으로 달려간다).

순정공 – (뒤늦게 온 병사들에게) 니들은 나무를 베어 몽둥이를 마련하라. 어서 어서. 시간이 없다.

병사들 – 네이. 명령대로 하겠나이다.

순정공 – (부산을 떨어대며) 시간이 없다는데도 왜들 이렇게 굼벵이처럼 꾸물대. 어서, 어서들 서둘라고.

병사들 – 네이. 당장 시행하겠나이다.

순정공 – 몽둥이를 많이 해 오라고.

♣

5막 2장

무대　–바위 절벽 밑 동굴 입구. 철썩이는 파도 소리가 한없이 정겹게 들려온다. 동굴 밖에서는 하늘 선녀 수십 명이 원무를 추며 분위기를 돋운다.

등장인물–수로와 늙은이 인 저충, 하늘 선녀 수십 명.

저충　–(주변을 살피고 수로를 동굴로 데려가며) 마누하님, 지시대로 했습니다. 다들 속았을 것입니다. 이젠 사람들 눈에 띌 염려가 없습니다. 마음 놓으셔요.

수로　－보지도 못하는 불편한 몸으로 수고하셨어요, 저충.

저충　－마누하님이 시키는 일인 데야.

수로　－대체 어떻게 된 거예요, 저충? 갑자기 사라지다니. 그렇게
매정할 수 있어요?

저충　－아, 네. 제가 못난 탓이지요. 그러나 지금은 다 지나간 일인
걸요, 마누하님. 지나간 일…

수로　－(한숨을 내쉬면서) 난 저간의 사정도 모르고 갑자기 사라져
서 야속타고 원망만 했으니, 이를 어째? 지금 와 이를 어떻게 해? 저충,
어떻게 해야 이 한을 갚아줄 수 있을까?

저충　－마누하님, 이미 지나간 일입니다.

수로　－저충, 결혼은 했어요? 아이들도 있고? 어서 저간의 이야기
라도 좀 들려 줘요.

저충　－마누하님을 두고 어떻게…

수로　－(너무 감동해 말을 잇지 못해 하다가)
　　　　갑자기 눈앞이 어질어질해지다니,
　　　　아랫도리 기력마저 달아나다니.
　　　　바다로 빨려들 듯이
　　　　저충의 품을 파고들어야지.
　　　　벌써 저충의 가쁜 숨결이
　　　　이마를 거쳐 가슴에 와 뜀박질을 해대다니
　　　　아니, 불같이 뜨겁게 달아오르게 하다니,
　　　　아슴아슴 눈을 뜨고
　　　　연꽃이 피어오르듯
　　　　팔을 벌려 저충을 끌어안아야지.

저충　－(바다를 등지고 서 있다가) 이러심 아니됩니다, 마누하님.

어서 태수님께 돌아가셔야 합니다.

　수로　　─아, 아… (여전히 감동해 말을 잇지 못한다).

　저충　　─(몸이 녹아나는 듯, 가슴은 모닥불에 덴 듯 달아올라) 마누하님, 이러심 아니됩니다. 이러시면…

　수로　　─겉보기에는 오랜 기다림으로 늙어

　　　　　　영락없는 늙은이가었으나

　　　　　　내밀한 곳에서는 사십대의 젊음이

　　　　　　살아 숨쉬는 저충 앞에서

　　　　　　그 모든 것을 잊어버리고

　　　　　　소나기를 만나 비를 긋던 동굴에서와는

　　　　　　또 다른 성숙한 몸매를 보여줘야지.

（옷을 벗으며） 저충, 나, 옷을 벗고 있답니다.

　저충　　─제게는 눈이 잘 보이지 않습니다.

　수로　　─이를 어째? 이를 어찌지? 그것도 모르고 한을 풀어 주려다 되레 아픈 곳을 꼬집었으니…

　저충　　─어서 옷을 입으셔요. 마누하님의 한 마디 말만으로도 저는 이제 죽어도 여한이 없습니다.

　수로　　─어떻게 해, 한을? 어떻게 하면 저충의 한을 추스를 수 있을까, 어떻게 하면? 말 좀 해 봐요(저충에게 매달린다).

　저충　　─(자꾸 밀어내며) 이러심 아니됩니다. 돌아가셔야 합니다. 태수님이 어쩔 줄 몰라 하고 있습니다.

　　　　　　말과는 달리 가슴에 와 뭉개지는

　　　　　　젖무덤에 넋을 잃은 채

　　　　　　수양버들 같은 허리로 팔을 둘러

　　　　　　으스러지라 하고 인디니.

수로의 목덜미가 입술에 닿자

죽순처럼 정분까지 솟다니.

수로   ─(저충의 몸을 더듬으며) 반평생을 두고 나를 생각했다니,
이를 어째, 이를 어떻게 해?

처충   ─마누하님, 이러심 아니…

수로   ─사랑해, 저충. 절 가지란 말이에요. 어서요.

사랑해 하는 말은 사랑의 격정으로

누구나 할 수 있는데도

내 난생 처음으로 사랑을 고백하네.

저충은 보통 남성과는 다르네.

육체적으로 다른 것이 아니라

정신이 지배하는 강렬함이 있어서.

사랑에는 나이나 신분과는

상관이 없음을 알고

겁을 먹은 데다 사랑 행위가

너무나 강렬해 함께 산다면

뼈만 남을 것 같았고

헤어져 산다고 해도 그리움으로

뼈만 남을 것 같네.

(꿈을 꾸듯이) 저충, 어쩌면 이렇게도 강해. 사랑의 행위가 너무 강렬
해 달달 떨었답니다.

저충   ─(잠시 숨을 돌리더니 그네의 몸을 더듬으며) 마누하님, 이
제 이놈은 당장 죽어도 여한이 없습니다.

수로의 어깨를 애무하면서

가려운 데는 긁어주며

사랑한다고 부드럽게 속삭이기도 하고

갈비뼈가 으스러지도록 포옹해야지.

수로　－이렇게 마음이 끝없이 비월하다니.

세상이 미쳐 돌아가고 있다는

생각만으로도 사시나무가 바람에 떨어대듯

온몸을 마구 떨어대다니.

(숨이 가빠) 절 데려 가세요. 따라갈 게요. 저충이 가는 곳으로 절 데려가 주셔요. 그렇지 않으면 나, 이대로 죽지, 살 것 같지 않아요. 저충, 절 데려가 줄 거지요?

순정공에게는 좀체 정분을 느끼지 못해

죽은 아내, 죽은 여성이었는데

지금에서야 정분을 느끼다니.

가슴에서는 스키를 타는 소리가,

뱃사람들이 만선을 몰고 오는 소리가,

갈기가 멋진 수사자의 포효가

태풍이 몰려오는 소리가 한데 어울려

머리에서 발끝까지 모닥불을 지피네.

정신과 육체를 하나로 태우는 불길.

오케스트라와 관현악의 합주가

머잖아 불길을 꺼 줄 것마저 잊다니.

(끊임없이 속삭이며) 사랑해, 저충. 저충이 원한다면 앞으로 얼마든지 사랑을 함께 할 수 있답니다.

저충　－수로를 요부로 돌려놓은 것이 아니라

남녀가 어떻게 하나가 되는가를

겨울이 기면 봄시 오고

봄이 가면 또 여름이 오는 것처럼

자연의 섭리로 일깨웠네.

그네가 몸을 비틀면서 신음소리를 내고

기어드는 소리가 반복되어서야

오랜 여행을 끝냈네.

그리고 종착역에 내려서야 깨달았네.

결혼해 살림을 차리지 않은 것을.

수로　- 당신은 이 세상에서 가장 멋진 사랑을, 꿈같은 사랑을 제게 안겨줬답니다. 고마워요, 저충.

저충　- 마누하님, 지금 한 사랑은 아무 것도 아닙니다. 앞으로는 몇 배 이상으로 사랑할 겁니다.

수로　- 전 죽다 살았는데요. 그렇다면 계속 죽어야겠네요.

저충　- 탄복, 탄복, 탄복을 다 하다니

수로는 보통 여자가 아니라

두고두고 생각나는 여자.

어쩌면 그렇게 마음에 쏙 들게

뒤처리를 할 수 있을까.

오랜 상사 끝에 단 한번 사랑을

나눴는데도 평생을 함께 한 것만 같네.

수로　- 저충의 오랜 기다림보다도

진한 삶, 상사의 삶을 깨닫고

한숨을 내쉬다니, 이를 어떻게 해.

이렇게 헤어지면

앞으로 무슨 낙으로 살아가지.

- 한숨소리에 섞여 몽둥이로 바닷가를 두드리는 소리며 노랫소리가

들려온다. 「해가(海歌)」의 노래.

　　주민들 - 거북아, 거북아, 바다 거북아

　　　　　　수로를 내놓아라, 내놓아라

　　　　　　남의 부인 앗아간 죄

　　　　　　얼마나 큰 죄인지, 죄인지

　　　　　　이를 거역하고, 거역하고

　　　　　　내놓지 않으면, 않는다면

　　　　　　그물로 낚아, 낚아서는

　　　　　　구워서 머고리, 머고리라.

　　수로　　- 지금부터는 저충과 함께 살 테야. 나, 돌아가지 않을 테야.
절 데려가 줘요. 이 세상 어디든 좋아요.

　　저충　　- 아니 됩니다, 마누하님. 돌아가셔야 합니다.

　　수로　　- 가기 싫다는데도. 나, 저충을 따라갈 테야.

　　저충　　- 마누하님, 이제 제게는 여한이라곤 없습니다.

　　수로　　- 저충, 한이 없다니, 말이나 돼요?

　　저충　　- 없다니까요. 그러니 돌아가셔요. 지금 돌아가시면 사람들
은 바다에서 솟아오른 줄 알 것입니다.

　　주민들 - 수로는 좀체 떨어지지를 않네.

　　　　　　노랫소리는 세차게 울려 퍼지네.

　　　　　　저충은 수로를 밀쳐내고 자취를 감추네.

　　　　　　수로는 어쩔 수 없이 발길을 돌리네.

　　　　　　그네는 늙은이가 가르쳐준 대로

　　　　　　바위 틈새로 해서 뭍으로 나왔네.

♣

5막 3장 (5막 1장으로 되돌아감)

배경이나 등장인물은 5막 1장과 동일하다. 주민들의 노래가 절정에 다다르자 불쑥 수로가 무대의 중앙에 등장한다.

주민들 – 와! 우와(환성이 터진다)!

주민 1 – 와! 참으로 신기해. 마누하님이 돌아오시다니. 늙은이의 말이 희한하게 맞네.

주민 2 – 용이 부인을 모시고 바다를 나와 데려다줬어.

주민 3 – 내 이 두 눈으로 똑똑히 봤다고.

주민 4 – 누가 거짓말이래. 나도 봤으니까.

주민 4 – 그래, 봤지. 우리 모두 봤지.

순정공 – (부인에게 다가서서는) 용에게 납치당해 바다에 들어갔다 왔으니, 그래, 부인은 날 따라온 덕분에 참 좋은 구경을 했소. 궁금하니, 좀 들려주시오.

수로　– (시침을 뚝 떼며) 칠보궁전에 드니, 화려하기 이를 데 없는데다 주는 음식마다 진미 중의 진미였습니다. 향기롭고 깨끗하기가 인간 세상의 음식과는 전혀 달랐답니다. 세상에 그런 진미는 죽었다 깨어난다고 해도 두 번 맛볼 수 없을 것입니다.

순정공 – 부인은 참으로 좋은 경험을 했소.

수로　– 칠보궁전에서 너무 환대를 받아 감동을 먹은 탓인지 눈물이 이렇게 앞을 가릴 수가. 이를 어째? 이를 어떻게 해요? 당신, 내 마음 좀 잡아 줘요. 그것도 꼭꼭 잡아 줘요.

　　　저층의 넓은 품이 바로 궁전이었고

뜨겁게 달아오른 감창이

진미임을 왜 모를까, 왜 몰라

바보, 천치 같은 숙맥.

저충이 남긴 체취는 이 세상 것이 아닌 양

여전히 향긋한 내음으로 남았는데도

사랑을 나눈 암향인 줄은

총중에 그 누구도 눈치 채지 못하네.

　－막이 서서히 내리면서 「헌화가」가 긴 여운으로 남아 은은하게 울려 퍼진다.

『향가를 소설로 오페라로 뮤지컬로』에서

가랄이 네히어라

1막 1장

2막 1장

3막 1장

4막 1장

5막 1장은 3막 1장으로 되돌아감

6막 1장은 1막 1장으로 되돌아감

시대　－통일신라 말기 49대 헌강왕시대.

등장인물－ 헌강왕, 능준, 사내, 일관, 처용, 우, 나고, 문의, 신하들, 병사들, 악공들, 처용무용단, 나례의의 굿패. 이따금 나례의의 굿패가 주연의 노래를 도와주고 처용무용단이 등장해 역동적인 춤을 춰 객석의 분위기를 돋운다.

♣

1막 1장

무대　－중류 정도의 저택으로 안방과 넓은 마당, 달빛에 비친 주변은 나무가 욱어져 스산한 분위기.

등장인물－처용, 처용의 아내 나고, 역신의 탈을 쓴 우, 처용무용단, 나례의의 굿패.

－막이 오르기 전, 한바탕 처용무용단과 나례의의 굿패가 등장해 한국적인 놀이판을 펼친다.

굿패　－그것은 사도 아니고 곡도 아니네.

　　　주체할 수 없는 분노와 충격을 삭이려다

　　　끝내 삭이지 못해

　　　자포자기와 자학에서 튀어나온 말.

　　　극단적인 좌절과 분열이

　　　야기한 본능적인 자학이 빚은 자조랄까.

　　　세태에 흠뻑 빠져 타락한 죄,

　　　그 이상도 이하도 아니네.

　　　세상에 그런 일은 있을 수가 없네.

　　　처용은 만취해 비틀거리던 걸음이

　　　얼결에 멎긴 했으나

　　　눈만은 살아 말똥말똥한데도

　　　앞에 벌어진 광경이 눈에 들어오지 않았네.

　　　총기로 똘똘 뭉친 혜안은

　　　백태가 끼어 똬리를 튼 탓일까.

하기야 그럴 수밖에 없겠지.

그렇지 않고서야 미쳐 버리지

온전한 정신으로는 서 있을 수도 없었을 터.

─막이 오르면서 화려한 안방과 늘어지게 자고 있는 나고와 역신인 우가 크로즈업되고 만취한 처용이 등장해 안방 문으로 다가간다.

아랫목으로 밀려난 이불, 뒤응킨 비단 요, 대낮이 무색할 정도로 휘황하게 밝힌 황촛불.

땀으로 범벅이 된 채 잠든 두 몸뚱이가 격렬한 짓거리의 여적인 양 처용을 비웃고 있다.

처용　─(몽롱한 눈으로 두 몸뚱이가 엉킨 것임을 확인하고 치를 떨며) 세상에 연놈이, 저런 연놈들이…

순간, 일그러지고 찌그러진 분노가

시간을 다퉈가며 폭발하려 하다니.

연놈을 낚아채 주리를 틀거나

멍석말이라도 한다면 설치가 될까.

동경이 들썩이도록 고함이라도 친다면

분노를 누그러뜨릴 수 있을까.

아니, 서슬 퍼런 낫으로 연놈을 요절낸대도

품에 품고 다니는 비수를 꺼내어

댕강 목을 날려 버린대도

배신감은 삭일 수 없었을 터.

그래, 명색이 남의 지어미로 외간 사내를

안방까지 끌어들여 짓거리를 하다니.

그런 짓을 하고도 달아나기는커녕

뒤엉켜 세상모르게 자고 있다니

날마다 어울려 다니는 친구의 부인을 유혹해.
(순간, 소리도 없는 자조가 튀어나온다).
　　　－동경 밝은 달밤에, 나참
　　　밤드리 노닐다가 말없는 토로며
　　　분노를 극도로 자제하는 데서 오는
　　　허탈감과 자괴감, 포기와 체념의 넋두리.
　　　그렇다고 연놈들의 사악한 마음을
　　　굴복시키겠다는 의도는
　　　더구나 아닌 독백이 튀어나오다니.
　　　－본디 내 거였는데
　　　이미 앗아간 데야.
　　　학성에서 볼모로 끌려온 추억이,
　　　동경생활을 하는데 명줄과도 같은 추억이
　　　가슴을 쥐어짜기 시작하네.
굿패　－동경은 태평성대를 구가한다고 할까.
　　　서울로부터 해내에 이르기까지
　　　집과 집이 잇대어 있는데도
　　　초가 하나 띄지 않은데다
　　　노랫소리마저 질펀했으며 풍우마저
　　　순조로웠으니 당연히 그렇게 여길 수밖에.
　　　해서 상하를 불문하고 환락과 탐닉에 젖어
　　　하루가 빤한 날이 없었으나
　　　속을 들여다보면 낱낱이 좀먹어
　　　곪아터지기 직전이었네.
　　　삼국을 통일한 지도 일백수십 년,
　　　바야흐로 동경은 소비적인 도시,

퇴폐적인 향락으로 썩고 있었으니.

♣

2막 1장

배경　 — 학성 누대 일대, 앞이 탁 트인 전망 좋은 바닷가.

등장인물 — 왕, 신하들, 병사들, 일관, 시녀들, 무희들, 악사들, 무사들, 능준, 능준의 일곱 아들.

나례의의 굿패가 등장해 노래하는 중에 막이 오른다.

굿패　 — 경문왕의 붕어하자 뒤를 이어 태자 정이
　　　　제위를 계승하니, 이가 곧 헌강왕이네.
　　　　왕은 국정을 쇄신하려 했으나
　　　　시중 예겸, 이찬 민공 등을 업고 제위에
　　　　오른 탓으로 뜻을 펼 수 없었네.
　　　　위홍을 상대등에 제수하니
　　　　그로부터 국정은 그의 손에서 놀아났네.
　　　　위홍은 왕의 여동생 만을 유혹해서는
　　　　궁중에서 그것도 대낮에
　　　　음탕한 짓거리를 자행하며
　　　　타락의 전범임을 자청했네.
　　　　제위에 오른 지 5년 여름 들어
　　　　타락을 보다 못해 신홍이 병력을 일으켰으나
　　　　이틀을 버티지 못하고 살해당했으며
　　　　뒤를 이어 이찬 순홍이 일어났으나

뜻을 이루지 못하고 아까운 목숨만 잃었네.

두 번에 걸쳐 반란이 있었는데도

왕은 정사를 돌보기는커녕

타락과 부패로 찌든 동경,

유락과 방탕으로 병든 신하들에 묻혀

탐락과 연유에 몰입했으며

병든 군주의 길을 가고 있었네.

또한 하루가 멀다 하고

신하들의 강요를 견디지 못해

도성을 비우는 행차가 빈번했네.

─ 놀이판이 질펀하게 놀아나는 중에 왕은 신하들과 함께 학성(鶴城) 누대에 오른다.

왕　　─ (누대에 올라 사방을 조망하다가 가옥들이 이마를 맞대고 있는 데다 노랫소리가 끊임없이 들려오는 것을 흐뭇하게 듣다가) 짐이 듣기로는 일찍부터 백성들은 짚 대신 기와로 지붕을 이고, 숯으로 밥을 짓는다고 들었소. 사실이오?

민공　─ (스스로를 자랑스럽게 내세우며) 신 또한 그렇게 듣고 있습니다. 마마께서 즉위하신 뒤로는 날씨도 화창하고 풍우조차 순조로워 해마다 풍년입니다.

해서 백성들의 생활은 윤택한 데다 변방까지 조용해서 시정은 사치와 환락으로 들떠 있답니다.

왕　　─ 경들이 보필한 덕인데 짐의 선정이라니…

민공　─ 마마, 시야 안에 초가 하나 보이는가 죽 둘러보십시오. 지금은 중화참이 아닙니까. 그런데도 밥 짓는 연기 하나 나지 않습니다. 모두가 집이 그을까 숯으로만 밥을 짓기 때문입니다.

왕   - (미소까지 지으며) 짐의 눈에도 그렇게 보이오.

　- 놀이판이 타락의 도가니로 치달을 즈음, 하늘을 가린 일대의 깃발
이 들이닥친다. 춤판은 수라장이 된다. 왕은 당황해 넋을 잃고 궁녀의
치맛자락에 머리를 처박은 채 있는데도 누구 하나 나서서 사태를 수습
하려 들지 않는다.

왕   - (궁녀의 치마폭에 숨어 고개만 내민 채) 갑자기 구름과 안
개가 낀 게야? 앞이 보이지 않다니.

사내   - (등장하자마자 곧장 왕 앞으로 다가서더니 우렁찬 목소리
로) 마마, 궁녀들의 치마폭에 숨지 마시고 앞으로 납시어 신민들의 충
정을 들어주소서.

왕   - …?(벌벌 떨고 있는데도 시신들은 어느 구석에 숨었는지
숨소리조차 들리지 않는다).

사내   - 마마, 어서 나오시지요.

왕   - ……(불안과 공포에 절어) 이게 뭔 소린고?

사내   - 마마, 치마폭에서 나오시라고 했습니다.

왕   - (어쩔 수 없었던지 궁녀의 치마폭에서 고개를 내밀며) 지금
나가고 있지 않소(치마폭에서 나온다).

사내   - 마마, 소청이 있어 찾아뵀습니다.

왕   - …… 소, 소청이라니?

사내   - 지금 조정은 간신배들로 들끓고 있습니다. 하루가 급합니
다. 간신배들을 몰아내고 현인을 등용시켜 국기를 튼튼히 하셔야 합니
다. 그리고 또…

왕   - 그리고 또?

사내   - 상하를 막론하고 타락의 극치를 치닫고 있습니다. 불교를
중흥시켜 이를 교화해야 합니다. 그렇게 하지 않으면 나라가 망할 수도

있습니다(듣기에 따라 다분히 협박조였으나 거친 야인의 우렁찬 목소리에는 나라의 안위를 생각하는 충정이 넘친다).

왕　　－… 지금 뭔 소릴 하는지?

사내　－마마, 딴도 하십니다. 어서 언질을 주옵소서.

왕　　－어, 언질이라니?

사내　－마마, 국정을 쇄신하겠다는 언질 말입니다. 아울러 불교를 중흥시켜 나라의 기틀을 굳건히 다지겠다는 그 말씀도. 그런 언질 없이는 결코 물러나지 않겠습니다.

왕　　－신하들은 다 어디로 갔단 말인고?

사내　－마마, 옳은 신하 하나 어디 있단 말입니까? 눈을 씻고 찾아도 눈에 띠지를 않습니다.

왕　　－짐의 주변에는 신하 하나 없단 말이지?

사내　－그러합니다. 어서 약조하십시오.

왕　　－(너무 떨려 말도 나오지 않다가) 소청을 드, 들어준다면 일대를 무, 물리겠소?

사내　－소청만 들어주신다면 당장에라도 신민들은 물리겠습니다. 마마, 소청을 들어주옵소서.

왕　　－그렇다면 소청은 드, 들어주겠소(공포로 절다 못해 얼떨결에 대답한다).

사내　－마마, 반드시 이행하셔야 합니다.

왕　　－알았소. 그렇게 하리다.

　　　－왕의 확답을 듣고서야 하늘을 가린 일대의 깃발은 물러난다. 뒤늦게 숨었던 신하들이 나타난다. 그런 신하들을 왕은 문책하기는커녕 눈치만 살피는 무기력만 드러낸다.

왕　　－(뒤늦게) 저 일대는 누구란 말이오? 누구기에 짐을 협박해?

그것도 백주 대낮에 말이오.

　　신하들 — ……(누구 하나 신민들의 충정을 간하려 들지 않는다. 왕
의 안위는 까맣게 접어둔 채 목숨 보전에만 혈안이 되어 파김치가 되었
으니 묵묵부답일 수밖에).

　　왕　　　— 저들은 도대체 누구란 말이오? 어찌 대답들이 없소?

　　일관　　— (대신들을 지켜보다 못해) 저들은 동해용의 조화 탓입니다.
마땅히 좋은 일을 해서 풀어줘야 합니다.

　　왕　　　— 좋은 일을 해서 풀어줘야 한다?

　　신하들 — 마마, 그러합니다.

　　왕　　　— (골똘히 생각하다가) 용을 위해 이 부근에다 사찰을 짓도록
하오. 당장 시행하시오.

　　대신들 — 자, 어서 날조하세. 날조하세.

　　　　　　의도적으로 날조하세.

　　　　　　왕의 명령이 떨어지기가 무섭게

　　　　　　구름과 안개가 걷혔으니

　　　　　　이곳을 개운포로 부르기로

　　　　　　했다고 날조해서 퍼뜨리세.

　　굿패　　— 학성 일대는 미륵신앙이 널리 퍼졌네.

　　　　　　미륵신앙은 미륵불의 출현과

　　　　　　도솔천을 염원하는 종파의 하나.

　　　　　　장래에 미륵불이 반드시 출현할 것이며

　　　　　　그때는 세상이 낙토로 변하고

　　　　　　인간의 수명은 8만여 세나 산다네.

　　　　　　또한 부처님마저 제도하지 못한 중생을

　　　　　　3회에 걸쳐 용화법회로 제도하며

　　　신행을 닦은 공덕만으로도

　　　인도를 받아 미륵의 세계에 왕생하나니.

　　　더욱이 부처의 제자인 미륵이 도솔천이라는

　　　부처의 세계로 인도해 줄 것임을

　　　교화했기 때문에 백성들의 신심을 샀네.

　- 미륵불로 추앙받는 능준이 소청을 들어주기로 했다는 부하들의 보고를 받고 일곱 아들과 함께 무대에 등장.

능준　- 대왕마마, 울산 토후 능준, 문안 올립니다.

왕　　- 능준이라니, 능준이 누군 게야?

능준　- 울산 토후입니다. 대왕께서 용을 위해 대찰을 지을 뿐만 아니라 불교를 일으킨다고 하셨다 하시기에 축하차 일곱 아들을 데리고 왔습니다.

너희들, 대왕께 문안 올려라.

아들들 - 마마. 만수무강하옵소서.

왕　　- … (시큰둥해 한다)

능준　- 대왕마마를 위해 악공들은 연주를 시작하라. 무희들은 춤을 추어라. 마마, 축하를 받으십시오.

왕　　- … (좀 전의 충격에서 벗어나지 못한 탓일까. 조금도 반기는 기색이 없이) 저 능준이란 놈, 저 놈도 좀 전의 한패임에 틀림없어. 겉으로는 찾아와서 덕을 칭송합네 하지만 속으로는 반심을 품고 있을 게야. 저 놈을 옭아맬 방도는 없을까.

능준　- 마마, 무슨 생각을 그렇게 하십니까?

왕　　- (한참이나 골똘히 생각한 끝에) 경이 좀 전에 능준이라고 말한 장본인이오?

능준　- 마마, 그렇습니다. 능준입니다.

왕　　　－그대가 학성 토후 능준?

능준　－마마. 그러합니다.

왕　　　－짐이 동경으로 돌아간 뒤에도 잊지 않으리다(벌벌 떨던 태
도와는 달리 회심의 미소까지 짓는다).

능준　－마마, 광영입니다.

왕　　　－경의 아들 중에서 누가 제일 영특하오?

능준　－(조금도 의심 없이) 셋째 호(晧)가 영특합니다.

왕　　　－호가 가장 애지중지하는 그대의 아들?

능준　－마마, 그렇습니다.

왕　　　－짐이 호를 동경으로 데려가겠소. 데려가서는 곁에 두고 귀
여워해 줄 뿐 아니라, 또한 미녀로 하여금 혼인까지 시켜주겠소. 그리
고 머무는데 지장이 없도록 관직도 하사하겠소.

능준　－(거절이라도 했다가는 모반으로 몰려 주살을 당할 지도 몰
라 장부답지 않게 고개를 흔들며) 내 목숨이야 아까울 것이 없으나 일
곱 놈의 아들은…

왕　　　－어떻게 생각하오, 능준? 어서 대답하시오.

능준　－…… 마마의 뜻에 따, 따르겠습니다(이를 악문다).

호　　　－(이런 눈치를 채고) 아버님, 걱정하지 마셔요. 기회를 보아
반드시 돌아올 것입니다.

♣

3막 1장

무대　－서라벌, 신라 대궐의 화려하고 웅장한 궁전, 근엄하기보다
는 사치를 극한 탑전 앞이 주무대.

등장인물 ― 왕, 호, 신하들과 시녀들

왕　　― 이제 그대도 동경인이 되었으니 잠시도 내 곁을 떠나지 말
지어다. 그리고 국정을 보좌하는 데 조금이라도 나태함을 보여서는 아
니 될 것이야.

호　　― 마마, 분부 명심해 받들겠습니다.

왕　　― 그래야지. 그래야 하고말고.

호　　― ……(매우 의아해 한다)

왕　　― 짐을 보좌하라고 했으나 실은 인질과 다름없어. 강력한 토
후 하나를 묶어놓았다고 미소까지 짓는 것을 호가 알 턱이 없겠지. 호
라고 했던가?

호　　― 네, 마마.

왕　　― 가까이 다가오라.

호　　― 네, 마마.

왕　　― 그대의 이름이 호? 그런가?

호　　― 마마, 새삼스럽게 이름을.

왕　　― 호라니, 그게 사내 이름인 게야. 이제는 동경인답게 이름도
고쳐야지. 어떤 이름이 좋을꼬? 어디 보자. 처, 처용이 어떨까? 처용이
좋겠어. 처용으로 부르리.

호　　― 소신은 호란 이름이 좋습니다.

왕　　― 호가 어디 이름 같아야지. 한낱 촌놈의 이름을. 그리고 약속
대로 벼슬을 하사하지. 급간이라는 직책이 맞을 것 같군. 급간이라는
벼슬을 하사하겠노라.

처용　― 볼모의 몸이 된데다 치욕까지 당하다니.

　　　　그렇다고 초조해 하거나

결코 서둘지 말아야지.

민첩한 행동으로 감시망을 피해

탈출할 수도 있었으나

대군을 출동시켜 아버지를 칠까,

그것이 걱정돼 탈출할 수도 없고

앞으로 어떻게 한다?

왕　　－짐이 약속한 대로 벼슬을 하사했으니, 이제 미녀로 하여금 결혼시켜 주겠네. 어떻게 생각하는고?

처용　－소신은 결혼하고 싶지 않습니다, 마마.

왕　　－그게 무슨 소린고? 사내라면 결혼해서 살림을 차려야지. 여봐라. 가서 나고를 데려오너라.

시신　－마마, 받들어 모시겠습니다.

－잠기 뒤 시녀들에 둘러싸여 나고가 등장한다.

굿패　－나고(羅枯)라고 하는 절세미녀,

나고의 미모는 왕의 눈에 들어

사랑을 독점한 적도 있으나

오래 가지 못했네.

그네는 가끔 찾아주는 왕의 방문에

투정을 부리다 눈 밖에 났네.

왕이 나고로 아내를 삼아주려는 것은

처용을 배려해서가 아니네.

처용을 붙잡아두기 위해서였고

볼모로 잡고 있는 동안은

만약 있을지도 모를 능준의 모반을

예방할 수 있다고 생각해서였네

왕　　　－ 어디 보자, 나고. 짐이 좋은 배필을 소개해 주지. 바로 처용
이라는 젊은이이네. 얼마나 잘 생겼는지 보게나. 짐이 보기에는 천생
배필임이 분명해.

나고　　－ 마마의 분부를 어찌 거역하겠습니까?

왕　　　－ 그래야 하고말고. 그리고 처용, 나고는 그대의 부인으로는
안성맞춤이야. 암, 안성맞춤이지.

처용　　－ 마마, 소신은 결혼하고 싶지 않다고 했습니다.

왕　　　－ 무슨 말을 그렇게 하오? 시중, 이들의 혼례를 당장 치르도
록 하오. 아시겠소?

　　　－ 혼례가 거창하고 화려하게 치러진다.

♣

4막 1장

무대　　－ 화창한 5월 하루, 호젓한 산속, 주위에는 산나물이 지천으
로 널려 있다.

등장인물－ 문의, 호.

호　　　－ 어디까지나 결혼은 어명에 의해 한 것

　　　　　왕의 의도에 말려들 수야 없지.

　　　　　두고 온 문의를 생각해서라도.

　　　　　그네는 가을 이슬 같은 투명한 눈을 가졌네.

　　　　　가을날 햇살 퍼지는 논둑을 거닐면

　　　　　아침 이슬이 눈에 와 찬란하게 빛나듯이

　　　　　그네의 맑은 눈동자는

눈에 넣고 다녀도 불편하지가 않아.

한창 이성이 그리울 나이 열일곱

온통 문의 생각으로 가득했지.

맛있는 것을 먹을 때는

그네에게 주지 못해 입이 썼고

좋은 것을 가져도 주지 못해 안달했지.

잠시 보지 못하거나 사이가 뜸해도

꿈속에서조차 헛소리를 했지.

굿패　－하루는 문의가 산나물을 뜯으러

마을 뒷산 먹바위 부근으로 가지 않았겠어

먹바위 부근은 인적이 드문 데다

산나물이 지천으로 널렸지.

나물을 뜯다가 덥기도 했으나

인적이 없어 저고리를 벗어 바위에 두고

정신없이 산나물을 뜯고 있었지.

그때 사람이 다가오는 줄도 모르고

나물 뜯는 데만 정신이 없었지.

호　　－(뒤늦게 문의를 찾아 산속을 헤매다가 그네를 보고 몰래 다가와) 나, 누군지 맞춰 봐요.

문의　－(심장이 덜컥 했다가 앙탈하려는 마음과는 달리 얼굴이 달아오르다 못해) 몰라, 몰라. 나, 몰라. 나, 이제 어떻게 해, 우리 사이 소문나면?

호　　－누군지 맞춰 보라니까, 엉뚱한 소린.

문의　－누군 누구겠어. 총각 귀신이지.

호　　－(귀신의 형상을 하면서) 난 총각 귀신이다

산속은 너무 고용해

미세한 바람소리며 그네의 숨소리마저

손에 잡힐 듯한데

그네의 숨소리며 불룩한 가슴을

보고 있으니 몸이 녹을 것만 같네.

그네의 몸매는 들어갈 곳은 들어갔고

나올 곳은 나왔으며

생길 것은 다 생겼네.

굴곡진 허리며 토실토실한 둔부,

봉긋한 가슴은 매력의 보고였네.

문의   - (당황해서 말도 못하며) 호, 참 못됐다. 어서 눈을 감고 돌아서. 눈뜨면 나, 울 테야.

호   - 눈을 감았잖아. 자, 똑똑히 봐. 꼭꼭 감았잖아.

문의   - 눈을 뜨고 있으면서 뭘…

호   - (잔뜩 호기심에 젖어) 문의는 이 세상에서 가장 예뻐. 하늘선녀보다도 몇 배나 더 예뻐.

문의   - 감으라는 눈은 감지 않고 엉뚱한 수작.

호   - 내 언제 엉뚱한 수작을 했게?

문의   - 저 능청 좀 봐. 눈을 뜨면 나, 막 울 테야.

호   - 운다면 되레 눈을 더 크게 떠야지.

문의   - … (눈을 흘기며 가슴을 감싸 쥔다).

호   - 내 진짜 능청 한번 떨어 봐(그네를 포옹한다).

문의   - 누가 보면 어떻게 해?

호   - 보긴 누가 있다고 봐. 깊은 산속인데.

문의   - 그래도 누가 보고 소문내면?

호   — 소문내라지.

문의   — 더 이상 접근해 오면 찌를 테야.

호   — 찔려도 좋아. 난 포옹할 테니까.

문의   — 정말 찌를 테다.

호   — 찌르려면 요길, 요기를(혀를 날름 내민다).

문의   — 마음이 이렇게 아리고 여린데

　　　　어찌 호를 찌르리.

　　　　뒤로 물러나다가 입술까지 도둑맞고

　　　　소리를 냅다 지른다는 것이

　　　　호에게 안겨 풀 위로 쓰러지다니.

　　　　쓰러져 이리저리 뒹굴면서

　　　　내밀한 사랑까지 잉태했으니

　　　　가슴 가득 세상을 품에 안은 거지.

♣

5막 1장 (3막 1장으로 되돌아감)

처용   — 나고는 너무너무 아름답고 예뻐.

　　　　닳고 닳은 요염함이며

　　　　교태마저 뚝뚝 떨었으니

　　　　온갖 역신들이 흠모하지.

　　　　해서 뭇 사내를 굴복시키고도 남을

　　　　미모에 빠졌다가는

　　　　고향으로 돌아갈 기회를 놓칠까

　　　　그것이 두렵고 무서웠지.

자연 그네에게 관심을 두기보다는

정사에만 정열을 쏟았네.

왕의 눈에 들어 혹 고향으로

돌려보내 줄지 모른다는

실낱같은 꿈에 매달려 생활했지.

마마, 동해용을 위해 사찰을 창건하시겠다는 약조는 어찌 되었습니까? 잊으신 것은 아니겠지요.

왕　　－짐이 언제 그런 약조를 했단 말인고?

처용　　－학성으로 행어하셨을 때, 약조하지 않으셨습니까?

왕　　－(불쾌해 얼굴을 찡그리다가 능준의 당당한 병사들을 떠올리고는) 처용의 소청이 그렇게 간절하다면 짐이 들어줘야지.

　　　　짐은 일관의 의견을 들어 영취산 동쪽 기슭,

　　　　전망 좋은 명당을 점지해 절을 세웠네.

　　　　망해사 또는 신방사란 대찰.

　　　　절이 완성된 뒤에도

　　　　방탕과 유락을 그만두지 않았네.

　　　　포석정으로 행어했을 때는

　　　　남산 신들이 나타나 춤추며 노래했지.

　　　　좌우 신하들은 보지 못했으나

　　　　유독 짐의 눈에만 띄었지.

　　　　신들이 나타난 춤을 추자 덩달아 춤을 췄지.

　　　　해서 이를 어무상심, 어무산신이라 했고

　　　　춤추는 모습까지 새기게 해서

　　　　상심 또는 상염무까지 생기게 했지.

굿패　　－동례전에서 잔치를 베풀 때는

　　　　지신이 나타나 지리다도파를 되풀이했지.

지리다도파란 나라를 다스리는 사람들은

나라가 망할 것을 알고 도망쳤으며

도성이 파괴된다는 암시였는데도

왕은 이를 깨닫지 못하고

지백 급간이라고 떠받들었지.

벌써부터 산신과 지신이 나타나

경각심을 일깨웠으나

왕과 신하들은 되레 상서라고 해서

주색과 방탕에 빠져들었지.

처용　ㅡ마마, 연회를 중지하시고 정사에 몰두하셔야 합니다.

왕　　ㅡ언제 짐이 정사에 소홀했던고?

처용　ㅡ산신과 지신이 나타나 지리다도파를 외친 것은 종사의 안위를 경고한 것 아닙니까?

왕　　ㅡ저런 멍청한 것이 있나. 산신과 지신이 나타난 것은 오히려 상서인데 짐을 모함하려 들다니⋯⋯

처용　ㅡ마마, 굽어 살피소서. 더 늦기 전에 종사의 안위를 살피셔야 합니다. 그것이 통일의 대업을 이루신 선왕들에 대한 후손의 도리인 줄 압니다.

왕　　ㅡ이 태평성대에 종사의 안위를 들먹이다니, 저런 불충이 어디 있는고? 당장 처용을 내치렷다!

처용　ㅡ엎친 데 덮친 데다 볼모로 끌려온 사이,

아버지는 화병으로 돌아가셨으며

문의는 기다리다 못해

바다에 몸을 던졌다는 불길한 소식으로

절망의 늪에 빠졌네.

자포자기했으며 자학한 나머지
철저하게 타락하기로 작정하고
시정의 환락하며 쾌락에 휩쓸렸지.
그런 중에 만난 술친구가 우였네.
우는 여염집을 드나들었네.
그는 유한공자로 신분은 화랑이었으나
화랑이 천대받자 시정의 분위기에 휩쓸려
여색을 탐하는 난봉꾼, 타락과 방탕,
반도덕적인 패륜아를 자처했네.
그는 남 몰래 나고를 흠모했네.
난 그것도 모르고 대취하곤 했으니.
대취한 틈을 타 나고에게 가곤 했네.
나고도 우의 품을 파고들어
성의 탐닉에 몰두했네.
해서 둘은 한 통 속으로 죽이 끓었지.
달빛은 너무나 고고해
마음을 싱숭생숭하게 하는 달밤이었지.

♧

6막 1장 (1막 1장으로 되돌아감)

－막이 오르기 전부터 굿패합창단이 등장해 노래한다.
굿패　－처용은 계집의 간드러진 웃음에 묻혀
　　　술을 마시다 쓰러져 코를 고네.
　　　그는 뒤늦게 오한을 느끼고 깨어났네.

그런데 옆에 있어야 할 우가 보이지를 않네.

처용은 계집을 후리려고 갔거니

여기고 일어나서 집으로 향하네.

나고는 황촛불을 휘황찬란하게 밝히고

이불까지 펴놓은 채 우를 기다리네.

그네는 속곳이만 걸친 채

풍만한 여체를 드러낸 데다

교태까지 지으며 눈아 빠져라 하고 기다리네.

나고 ─(발자국 소리가 다가오자) 이제야 나타나다니, 나쁜 사람. 기다리다 목이 한 자나 빠졌어요.

우   ─그랬어. 기다리게 해서 미안, 미안.

나고 ─(반나의 몸으로 누워 있다가 입술을 달싹이며) 눈이 빠진 데다 숨은 몇 번이나 넘어갔는지 아셔요?

우   ─미안, 미안해. 정말 미안하다고. 처용을 취케 만들어 서 나가떨어지게 하다 보니, 늦어질 수밖에.

나고 ─말로 퍼 먹이지 않고요.

우   ─이젠 술의 힘을 빌릴 것도 없어. 그놈 앞에서도 드러내놓고 자기와 사랑을 나눌 수 있으니까.

나고 ─아이 좋아라. 당신 갈수록 멋져요.

우   ─(반주상을 보면서) 반주라도 한 잔 해야지?

나고 ─반주는 무슨 반주, 갈증 나 죽겠는데.

  ─나고와 우는 젖 먹던 힘까지 쏟아 짓거리를 한다.

나고 ─들어서는 우의 옷을 벗기자

        사내도 속곳이를 벗네.

        우린 알몸이 되기도 전에 포옹했지.

잘 익은 개구리참외인들
그렇게 군침을 돋울 수 또 있을까.
끓어오르는 정분을 분출하지 못해
비단 이불을 걷어찼지.
굿패   ─사내가 그네의 허리를 다리로 감아올리네.
하자 서로는 앞서거니, 뒤서거니 하면서
두 몸을 조여 한 몸이 되네.
누구의 엉덩이인지
무쇠를 두드리는 망치가 되어 내리치네.
네 다리로는 비단 금침을 닭고 차
아랫목으로 밀어낸 지 오래네.
격렬한 짓거리는 자체가 춤
천장과 바닥이 진저리치며 감창을 앓아대자
황촛불도 무안해서 가물대네.
연놈은 몸속에 남은 정분을 분출하느라고
허리가 욱신거림도 마다하지 않네.
천장과 바닥이 몇 번 바뀌서야 춤은 멎었으나
숨이 가쁘면서도 서로를 놓지 않았고
짓거리가 끝났는데도 떨어지지를 않네.
오히려 나고는 사내의 목덜미를 당겨
삼단 같은 머리를 가슴에 묻네.
사내의 땀내음이 코끝에 매달리자
심장은 새로운 고동으로 들썩이기 시작하네.
처용   ─내 달빛 그림자를 지우며 마당으로 들어서서
평소처럼 아내가 자고 있는 방문을 열었지.

그런데 이게 어찌 된 셈인지
잠자리가 어느 때와 다르다니.
몽롱한 시선을 닦고 또 닦고 보았으나
분명히 가랄이 넷이네.
내 다리는 이렇게 방문 앞에 서 있는데
저 다리는 누구 꺼란 말인가?
하자 비틀대던 걸음걸이가 멈춰지면서
온몸이 그대로 굳어버리네.
흙으로 빚은 용인처럼 굳어 버린 데다
눈마저 백태가 낀 양
앞에 벌어진 광경이 눈에 들어오지 않네.
보이지 않기가 얼마나 다행인지
그렇지 않았다면 온전한 정신으로
서 있을 수도 없었을 터.
　－여, 연놈이, 쩌어런 여, 연놈들이…

굿패　－일그러지고 찌그러진 분노가
순간순간 폭발하려고 하네.
연놈을 낚아채 주리를 틀거나
당장이라도 물고를 낸다면,
동경이 들썩이도록 고함이라도 친다면
분노를 누그러뜨릴 수 있을까.
낫이나 쇠스랑으로 요절을 내거나
가슴에 품고 있는 비수를 꺼내어
연놈들의 목을 댕강 날려 버린대도
배신감을 사일 수가 없네

명색이 남의 지어미로 외간 사내를
안방까지 끌어들여 짓거리를 하다니.
사내도 남의 아내와 놀아나고도
세상모르게 자고 있다니.
그런데 몸을 움직일 수 없네.
대낮이 무색할 정도의 황촛불 아래
나신은 용을 얼마나 썼던지
땀이 번질번질했고 짓거리의 여적인 양
비웃고 있어서였을까.
순간, 자조가 툭 튀어나오네.

처용　─동경 밝은 달에. 그래, 달밤이었지.
밤드리 노닐다가, 나 참.
돌아와 잠자릴 보니, 잠자릴 보니
가랄이 네히어라, 네히어라.

굿패　─분노를 극단적으로 자제하는 데서 오는
허탈감이며 말 없는 토로,
포기와 체념의 넋두리,
역신의 마음을 굴복시키겠다는 의도가 아닌
무의식적으로 자조가 툭툭 튀어나오다니.

처용　─둘은 내 거였는데, 내 거였는데
둘은 뉘 거란 말고, 뉘 거란 말고?
본디 내 거였는데, 내 거였는데
이미 앗아간 데야, 어찌할 거나.

굿패　─뒤늦게 아내의 간통현장임을 깨닫고
분노로 몸을 떨어대다니.

아니, 간통현장을 목격하고
바위가 짓누르듯 주눅이 들어
연놈들의 주리를 틀어야 했는데도
미동조차 할 수 없다니.
그런데 이게 어인 일인지 아내의 부정,
친구의 배신이 가져온 분노는 진정되고
체념과 자조가 툭툭 튀어나와서는
자기학대며 폄사로 비화하다니.
이어 갖가지 상념과 싸우다가
자폭의 길을 가기 위해 발길을 돌리다니,
과거를 톱질해내는 감정을 달래며.
뒤늦게 자승자박임을 깨닫고 돌아섰으나
생각했던 만큼 발길이 옮겨지지 않네.
우는 잠결에 처용의 말을 들었으나
달려가 무릎을 꿇 수 없었네.
양심이 남아 있어서였을까. 아니라네.

우　　　─(옷을 걸치자 역신의 탈을 쓰고 방을 나가 처용 앞에 무릎을 꿇으며) 내가 죽을죄를 졌네. 그대의 부인이 너무나 예뻐 사모 끝에 저지른 불륜일세. 내 자네의 처분에 맡기겠네.

처용　　─……!?(여전히 몽롱한 시선을 한 채)

우　　　─그대가 노여워하지 않으니 몸 둘 바를 모르겠네. 만약 화를 내어 달려들었다면 죽이려고 만반의 준비를 했었는데 그냥 돌아섰으니, 나로서는 살인을 면케 해준 은혜가 고맙네. 맹세코 앞으로는 그대의 부인과는 관계를 끊겠네. 그리고 그대가 드나드는 여염집에는 아예 발조차 들이놓지 않겠네. 내 맹세함세.

처용　－용서를 빌며 달려들었다면 죽이려고
　　　만반의 준비를 했다는데
　　　적의를 품지 않으면 사람이 아닐 테지.
　　　얼결에 비수를 들어 우의 등에 꽂았지
　　　고고한 달빛 아래 처절한 비명이
　　　고요를 갈가리 찢었네.
　　　그러고도 분을 삭이지 못해
　　　방으로 뛰어 들어가 벌벌 떨고 있는
　　　나고에게도 비수를 휘둘러댔지.
　　　역신을 자처하며 귀곡성을 토하다가
　　　귀신이라도 썬 듯 비수를 들어
　　　심장에다 푹 꽂았지.
　－처용은 흑 하고 쓰러지고 처용무용단과 나례의의 굿패가「처용가」
를 열창하는 중에 서서히 막이 내린다.
　　　－동경 밝은 달에. 그래, 달밤이었지.
　　　밤드리 노닐다가, 나 참.
　　　돌아와 잠자릴 보니, 잠자릴 보니
　　　가랄이 네히어라, 네히어라.
　　　둘은 내 거였는데, 내 거였는데
　　　둘은 뉘 거란 말고, 뉘 거란 말고?
　　　본디 내 거였는데, 내 거였는데
　　　이미 앗아간 데야 어찌할 거나.

『향가를 소설로 오페라로 뮤지컬로』에서

아, 모정(母情)

1막 1장

2막 1장

    2장

    3장

3막 1장

4막 1장

시대　－통일 신라, 35대 경덕왕 시대.

무대　－주 무대는 분황사 약사여래전 북벽 십일면관음보살상 앞 일대

등장인물－ 희명, 눈먼 아이, 손순, 손순의 처, 솔거, 진흥왕, 이희, 신하와 시녀들, 범패합창단, 승무무용단.

범패합창단이 주연급의 노래를 도와주며 이따금 승무무용단이 춤을 춰 개서이 분위기를 휘어잡는다.

♣

1막 1장

무대　－조그만 뜰이 있는 초가삼간 여염집, 뒤로 산이 보인다.

등장인물－노모, 손순, 처, 아이, 신도들.

　－막이 오르면서 범패합창단과 승무무용단이 등장해 한바탕 노래하고 춤춘다.

범패　－분황사 천수대비상 앞에서 아낙이

　　　다섯 살 아이에게 무릎을 꿇리고 기도를 하네.

　　　그네의 기도는 유별나다고 할까.

　　　흔히 눈을 뜨게 해 달라고

　　　기도하는 것이 상례였으나

　　　노래까지 지어 부르면서 기도하네.

　　　그네의 간절한 기도는

　　　하루가 지나고 이틀이 흘러갔으나

　　　조금도 흐트러짐이 없네.

　　　그네는 착하고 순박한 아낙,

　　　한기리란 마을에 사는 희명.

　　　그네는 고생 끝에 아들을 얻었으나

　　　아이가 다섯 살이 나던 어느 날

　　　총기를 가진 눈이 갑자기 멀어 버렸으니

　　　기절초풍하고도 남을 일이네.

　　　그네는 아이의 시력을 찾아주기 위해

　　　전국 방방곡곡을 찾아다니면서

용타는 부처님께 기도했으나

아이의 눈을 찾아줄 수 없었네.

해서 마지막으로 분황사 천수관음상을 찾아

기도하기 사흘째 새벽이 밝아 올 무렵,

우연히 고개를 들어 여명을 바라보았네.

그랬는데 여명의 하늘에는

생시와 다름없는 남편의 얼굴이 떠 있지 않는가.

－범패합창단의 노래가 끝나면서 손순이 등장한다.

손순　－내 후세의 효도를 이생에서 실천하다가

후생 하나를 두고 세상을 하직했지.

집안이 가난해 아내와 품팔이를 하면서

늙은 어미를 봉양했으나

흉년이 든 해라 품을 팔 수 없어

식솔 셋은 굶어죽게 되었지.

하다못해 장딴지 살을 베어

늙은 어미의 허기를 덜어주곤 했네.

그런 탓인지 모르겠으나

마흔 넘은 아내에게 태기가 들어섰네.

아이가 태어난 지 이태째

근래에 보기 드문 흉년이 또 들었네.

쥐꼬리만한 양식을 구걸해 와

늙은 어머님을 공양하면

어머니께서는 손자에게 밥을 나눠줘

당신의 배고픔을 면할 수 없었네.

(비통함을 감추고) 아이는 다시 낳을 수 있으나 효도는 언제나 할 수

있는 것이 아니잖소. 어머님은 아이에게 음식을 나눠주니, 늘 허기를
면할 길이 없소. 해서 아이를 내다버림만 못하오.

　　희명　－(가슴이 메어지는 듯해서) 어머님의 공복이 아이 탓이라면
갖다 버려야지요.

　　손순　－어린 아이는 들쳐 업고 연장을 챙겨

　　　　　　모량리 서쪽 취산으로 들어가

　　　　　　양지바른 곳을 골라 땅을 팠네.

　　　　　　땀을 뻘뻘 흘리며 땅을 파는데

　　　　　　괭이에 부딪쳐 이상한 소리가 나지 않겠어

　　　　　　해서 조심스럽게 땅을 파다가

　　　　　　관음보살상이 조각된 석종을 발굴했지.

　　　　　　발굴한 석종을 나무에 걸어두고

　　　　　　소리가 나는지 어떤지

　　　　　　시험 삼아 두드려 보았지.

　　　　　　그랬더니 돌에서 나는 소리라곤

　　　　　　믿기지 않은 소리를 쏟아내는 게 아닌가.

　　　　　　애틋하고 한이 맺힌 듯한 소리,

　　　　　　은은하고 애처로운 소리를.

　　　　　　신심이 부족한 사람에게도 믿음을 갖게

　　　　　　하는 소리가 산속의 고요를 흔들었지.

　　희명　－석종을 얻게 된 것은 아이 때문입니다.

　　　　　　그러니 아이를 땅에 파묻지 마서요.

　　　　　　도로 데리고 돌아갑시다.

　　손순　－나도 임자와 같은 생각을 했는데

　　　　　　당신까지 그런 생각을 했다니,

그렇게 합시다. 데리고 갑시다.

희명   ─ 지아비가 석종을 지게에 지고 돌아와

　　　　대들보에 달아놓자

　　　　분황사 예불시간에 맞춰 두드리면

　　　　석종은 분황사 범종보다도 더한

　　　　은은한 소리를 쏟아놓곤 했네.

　　　　그러자 절을 찾아가던

　　　　신도들이 종소리를 듣고 찾아와

　　　　석종 앞에 시주를 놓고 돌아가곤 했네.

　　　　그러면 난 놓고 간 시주를 가지고

　　　　어머님을 봉양했네.

　　　　이태나 어머님을 봉양했을까.

　　　　도적들이 떼 지어 몰려와 석종을 약탈해서

　　　　달아나 버렸네.

　　　　해서 또 어머님은 굶주리게 되었네.

　　　　남편은 보다 못해 대퇴부 살을 베어 봉양했네.

　　　　그것도 한두 번이지 어머님은 돌아가시고

　　　　어머님이 돌아가시자

　　　　남편마저 여독으로 세상을 등졌네.

　　　　이제 남은 식솔이라곤 둘.

　　　　아이마저 다섯 살이 되자

　　　　못 먹어 허약한 탓인지 돌림병에 걸렸네.

　　　　온몸에 신열이 물 끓듯 하더니

　　　　의식마저 오락가락하네.

　　　　나흘째 새벽이 되어서야 의식은 돌아왔으나

아이   ─ (애절하게) 엄마, 엄마! 엄마 어디 있어?

희명   ─ 니 곁에 바싹 붙어 있지 않니?

아이   ─ 어디, 어디? 바로 곁에 있다는 엄마가 보이지 않아.

희명   ─ 에미가 보이지 않는다고?

아이   ─ 그래요, 엄마.

희명   ─ (피를 토하듯 처절하게) 이를 어째? 이를 어떻게 해?

♣

2막 1장

무대   ─ 신라의 대궐. 왕이 정무를 주관하는 탑전 주변

등장인물─ 진흥왕, 이희, 솔거, 신하, 대신, 시녀들.

시녀들─ 어린 나이로 제위에 오른 왕에게는

        사랑하는 여인이 있었네.

        여인은 방방곡곡을 돌아다니며 찾아낸다고 해도

        찾을 수 없는 미모의 소유자.

        아니, 백제나 고구려 땅을 뒤진다고 해도

        그녀만한 미녀는 찾을 수 없을 것이네.

        진흥왕은 이희(伊熙)를 곁에 두고

        사랑하는 것만으로 부족해서

        그림으로 그려 소장하려고 했네.

왕   ─ 고금 미녀도를 보아도 이희 만한 미녀는 보지를 못했어. 짐
이 화공에게 부탁해 그림으로 남길 게야.

이희   ─ 그렇게 하지 않으셔도 감축하고 있습니다.

왕　　　－감축이라니, 겸손이 지나친 게지. 짐은 이희 때문에 이렇게
젊음을 구가하고 있는데 오히려 고마워해야지.

이희　　－마마, 신첩은 몸 둘 바를 모르겠습니다.

왕　　　－가까이 오라. 잠시도 떨어지기 싫도다.

이희　　－(왕의 무릎에 앉아 갖은 교태를 떨며) 마마…

왕　　　－(흐뭇한 미소까지 지으며) 이렇게 사랑스러울 수가.

　　　　화가들을 소집하는 포고령을 내려라.

　　　　방방곡곡에 방을 붙여라.

　　　　방을 붙이고 열흘이 가고

　　　　보름이 지나서야 화가들이,

　　　　그것도 별 볼 일 없는 화가들만이 모여들다니.

　　　　그래 모여든 것까지는 좋았으나

　　　　이희를 보는 순간

　　　　미모에 넋이 나가 도망치듯 달아나다니.

　　　　어째서 이희를 그리겠다는 화가는

　　　　좀체 나타나지 않는고?

　　　　에이, 한심한 화가들인지고.

(초조하다 못해 수심이 얼굴에 가득한 채) 서라벌 천지에 미녀 하나
그릴 화가 하나 없단 말인고?

시신들－(송구스러워 고개를 들지 못해 하며) 저희들이 부덕한 소치
입니다. 마마, 벌을 내려주옵소서.

왕　　　－답답한지고. 화쟁이 하나 찾지 못하다니…

－황혼이 찾아들 무렵, 다 떨어진 누더기 옷을 걸친 탓인지 볼품이라
곤 없는 늙은이 하나가 대궐문에 나타나 왕의 알현을 청했으나 누구 하
나 거들떠보지 않는다.

대신　－(뒤늦게 퇴궐하다가) 보아 하니 거지는 아닌 것 같고. 그래, 어인 일로 서성이오?

솔거　－미녀의 그림을 그린다는 소문이 돌기에 제가 그려볼까 해서 주제넘게 찾아왔습니다.

대신　－왕을 알현하기에 앞서 성함부터 들어 봅시다.

솔거　－솔거라는 화쟁이입니다.

대신　－솔거? 단속사의 유마거사상을 그렸다는 솔거라는 화쟁이? 그대가 미녀의 그림을 그릴 수 있겠소?

솔거　－미력하나마 그려보고 싶습니다.

대신　－빈말은 아니렷다?

솔거　－감히 어느 안전이라고 거짓으로 아뢰리까.

대신　－(솔거를 탑전으로 데려가 왕에게 알현시키며) 마마, 솔거라는 화쟁이가 그림을 그리겠다고 합니다.

왕　　－그래. (몰골을 보고 못마땅한 시선을 보내며) 그런 몰골로 미녀를 그리겠다고?

솔거　－(왕의 수모를 묵묵히 참고 견디면서) 그림과 몰골과는 상관이 없는 일로 압니다, 마마.

왕　　－어쨌든 좋다. 결코 거짓이 아닐 터?

솔거　－있는 재주를 다해 그리겠습니다.

왕　　－내 노라 하는 화가들도 포기하고 돌아갔는데, 그대가 정녕 미녀를 그리겠다는 겐가, 신라 제일의 미녀를?

솔거　－평생 닦은 재주로 최선을 다하겠습니다.

왕　　－좋소. 내일부터 그림을 그리도록 하시오. 만약 그림을 그리지 못할 때는 짐이 그대의 목을 대신 갖겠소.

솔거　－열흘 안에 그리지 못하면 그렇게 하시지요.

왕　　 －좋도다. 그리도록 하라.

솔거　 －(자신감에 넘친 소리로) 네, 마마.

♣

2막 2장

무대　 －별궁으로 이희가 거처하는 처소, 화려하면서 깔끔하기 이를 데 없는 방.

등장인물－ 왕, 이희, 솔거, 대신, 신하, 시녀들.

시녀들－ 구중심처, 이희만이 거처하는 별궁은

　　　　외부인의 출입을 엄격히 통제했네.

　　　　솔거는 안내를 받아 이희의 방으로 들어섰네.

　　　　방은 봉황을 수놓은 병풍이며

　　　　사향을 태운 내음이 진동하는 황홀경의 세계.

　　　　방 가운데는 늘 깔아 둔 비단 보료는

　　　　너무너무 화려해 눈이 멀 지경인데

　　　　이 세상 여인이라곤 믿기지 않는

　　　　이희가 비단옷으로 한껏 성장한 채

　　　　보료에 기대어 앉아 있지 않는가.

　　　　솔거는 그만 넋을 잃고 주저앉고 말았네.

　　　　이를 누구 하나 눈여겨보지 않았으나

　　　　이희만이 놓치지 않네.

이희　 －그래, 그대가 절 그리려고 온 화가이서요?

솔거　 －네, 마마. 그러합니다.

이희　－좋아요. 어떤 태도를 해야 하나요?

솔거　－편안한 자세면 됩니다.

이희　－(솔거를 눈여겨보다가) 다른 화쟁이는 이런 태도를 지어라, 저런 자세를 지어달라고 주문도 많았었는데 그대는 요구하는 것이 없으니 좀 좋아요.

시녀들－왕은 이희 옆에 다가가 앉고

　　　　신하들은 빙 둘러섰네.

　　　　그들은 그림을 그리는 솔거보다는

　　　　이희의 미모에 넋을 잃고

　　　　멍청히 서 있네.

　　　　솔거의 심미안은 나이까지 꿰뚫었네.

　　　　나이는 열아홉쯤 되었을까.

　　　　세상에 극히 보기 드문 미녀는

　　　　흠 잡을 데 없이 아름다웠으나

　　　　내면의 아름다움이 우아함을 더했네.

　　　　솔소리마저 담을 것 같은 귓바퀴,

　　　　정열이 모여든 듯한 은은한 미소,

　　　　유원한 하늘을 우러르는 듯한 눈,

　　　　온몸에서 내뿜는 보이지 않는

　　　　매력은 생기와 발랄함까지 넘치네.

　　　　긴 목이며 보일 듯 말 듯한 가슴,

　　　　수양버들 같은 가는 허리,

　　　　굴곡진 둔부며 윤기 넘치는 각선미,

　　　　머리에서 발끝까지 내뿜는 매력은

　　　　항아마저 시샘하고 남음이 있네.

솔거   - 세상에 하나밖에 없는 미녀를 두고

　　　　하루, 이틀, 나흘에 걸쳐

　　　　미녀만이 가진 개성을 탐색했지.

　　　　둘러서서 지켜보는 사람들은

　　　　그림을 그리기는커녕

　　　　탐색만 하는 것을 두고 보다 못해

　　　　이상한 눈길을 주네.

　　　　그런 눈길은 이틀이 지나면서 백안시했고

　　　　사흘째는 드러내놓고 비난했네.

　　　　사람들의 비난이 절정에 이르고

　　　　심지어 왕마저 솔거를 의심했으며

　　　　말이 없던 이희마저 솜씨를 의심하기 시작해서야

　　　　미녀의 개성을 살릴 구도를 끝냈지.

왕　　　- (보다 못해) 뭘 구상하느라고 며칠을 끌어, 끌기를. 짐이 또 속는 것은 아닌지.

이희　　- 절 그리기 위해 나흘이나 생각을 해야 되나요? 내 미모만 탐하는 것은 아니겠지요?

솔거　　- (주위의 예상을 깨고) 마마, 내일부터 그림을 그리도록 하겠습니다.

이희　　- 좋아요. 저도 마음의 준비를 하겠어요.

솔거　　- 이해해 주시니 고맙습니다, 마마.

　　　- 솔거는 정화수로 몸을 정결히 씻고 들어와 미녀 앞에 가부좌하고 앉더니 지고 다니는 자루를 풀어 화구를 하나하나 꺼내놓는다.

솔거　　- 비법을 터득해 손수 조제한 물감으로

　　　　사흘 밤낮에 걸쳐 그렸지.

그림을 그릴 때는 병풍을 둘러쳐

그림을 그리는지, 무엇을 하는지

그 누구도 볼 수 없게 했지.

약속한 열흘째 되는 황혼 무렵,

그림이 완성되기에 이르러서야

둘러쳤던 병풍을 치우게 해

사람들이 그림 그리는 것을 지켜보게 했지.

거의 완성된 그림을 본 사람들은

그림 속의 미녀가 진짜 미녀인지

왕 앞에 앉아 있는 미녀가 진짜 미녀인지

구분을 못하다가

미녀를 빼닮았다고 혀를 내두르네.

왕 　　－(매우 흡족해서) 솔거는 진짜 화성이야.

신하들－마마, 그러합니다.

이희 　－그림 속의 미녀가 나보다 더 예뻐 질투심마저 생기니, 이를
어째? 이를 어떻게 해?

솔거 　－화룡점정(畵龍點睛)을 보여주기 위해

　　　　쳐놓은 병풍을 치우게 하고

　　　　자비로 똘똘 뭉친 미녀의 눈을 보다가

　　　　아, 하고 감탄을 넘어

　　　　불같은 열정이 솟지 않는가.

　　　　해서 불같은 열정으로 눈동자를 그렸으나

　　　　자비가 넘치는 눈을 그릴 수 없네.

　　　　잘못 본 것이 아닌가 해서 새삼

　　　　눈동자를 관찰하기 위해

미녀에게 다가가다가 그만 미녀의 체취에 취해

몸의 균형을 잃었을 뿐만 아니라

정열을 쏟아놓은 듯한 눈동자가

30년 금욕을 여지없이 깨뜨렸네.

게다가 붓을 떨어뜨려 먹물이 튀면서

미녀의 배꼽 밑에 사마귀만한 점까지 생겼으니.

당황해 하다가 떨어진 붓을 들고

점을 지우려 했으나 좀체 지워지지 않아

날 때부터 점이 있나 보다 여기고

점 지우기를 포기하고 그림을 완성했네.

왕　　－(매우 흡족해서) 장한지고. 이렇게 속 빼닮게 그리다니. 짐이 후한 상을 내리겠노라. 그리고 관직까지 하사하고 궁에 머물게 하리라.

♣

2막 3장

무대　　－대궐 내원 뜰 한 가운데.

등장인물－ 왕, 이희, 솔거, 집사령, 대신, 신하, 시녀들.

　　－그림을 완성한 지 반나절도 못 가 대궐 안은 벌집을 쑤셔놓은 듯 발칵 뒤집힌다. 왕은 미녀도를 감상하며 찬탄을 마지않다가 배꼽 밑의 점을 본 순간, 노발대발한다.

　　솔거는 칙사 대접에서 죄인으로 끌려나온다.

왕　　－이놈, 배꼽 밑의 점은 어이 알고 그렸는고?

솔거　　－마마, 제가 섬을 그리나니요? 붓이 떨어져 걸로 검을 남겼을 뿐입니다.

왕　　－ 저런 고얀. 어느 안전이라고 거짓을 고할꼬?

솔거　－ 사실이 그런데 어찌 거짓을 아뢰오리까.

왕　　－ 실물과 빼닮았는데도 능청스럽게 거짓말을 하다니!

솔거　－ 마마께서 직접 지켜보지 않으셨습니까?

왕　　－ (화가 나 길길이 뛰며) 네 놈이 직접 보지 않았다면 배꼽 밑의 점은 어떻게 실물과 그렇게 똑같게 그릴 수 있는고? 네놈이 이희의 나체를 보지 않고서야 배꼽 밑의 사마귀는 그릴 수도 없을 터. 그런데도 변명을 늘어놓아! 저놈을 당장 하옥시키렷다. 친국해 실토를 받으리라.

신하들－ …!?

시녀들－ 솔거는 미녀를 그린 것밖에 없는데도

　　　　속절없이 옥에 갇혔네.

　　　　하루가 지나고 이틀이 흘러갔으나.

　　　　그 동안 친국은 없었네.

　　　　아흐레도 지나 열흘째 아침나절

　　　　마침내 탑전 뜰에 형틀이 갖춰졌네.

왕　　－ (솔거의 초라한 몰골을 보고도 노여움을 풀지 않은 채) 네 이놈, 실토를 하렷다, 지금 당장에.

솔거　－ ……

왕　　－ 왜 말이 없는고? (추상 같이) 집사령, 사정을 두지 말고 매우 쳐라. 실토를 할 때까지 쳐.

집사령－ (곤장으로 치면서) 하나요, 둘이요, 셋이요.

솔거　－ 으흑(열을 세기도 전에 정신을 잃는다).

시중　－ (보다 못해 왕에게) 저 화공은 마음이 곧고 바릅니다. 거짓으로 아뢸 까닭이 있겠습니까. 소신들도 직접 지켜보지 않았습니까. 먹물이 튀어 생긴 점입니다. 늙은 주제에 딴 마음을 먹었을 리 없습니다.

　신하들 － (일제히) 관용을 보이소서.

　왕　　 － (손을 들어 태형을 중지시키고) 마음이 정히 곧다면 짐이 지난 밤 꿈에 본 형상을 그릴 수 있을 터. 형상을 그리게 해서 꿈의 형상과 일치한다면 짐이 용서하려니와 한 치의 오차라도 생기면 죽음을 면치 못하리라. 꿈의 형상을 그리겠는고, 아니면 곤장을 맞고 죽겠는고?

　솔거　 － (고개를 떨어뜨린 채 말이 없다) ……

　왕　　 － 어서 대답하렷다!

　솔거　 － (이윽고) 그림을 그리는 것은 죽음이 두려워서가 아닙니다. 화공이기 때문임을 알아주셨으면 합니다.

　왕　　 － 화구 일체를 갖다 줘라.

　시녀들 － 솔거는 조금도 주저함이 없네.

　　　　　십일면관음보살상을

　　　　　왕과 신하들이 지켜보는 데서 그리네.

　　　　　만면에 미소를 머금은,

　　　　　두 손은 만백성을 제도하는

　　　　　대자대비한 보살상을 그리네.

　　　　　주위는 한없이 고요한데도

　　　　　숨소리조차 들리지 않네.

　　　　　신필이 움직이는 소리만이 들리네.

　　　　　하루가 되기 전에 완성했네.

　　　　　관음보살상을 본 사람들의 입에서는

　　　　　소리 없는 감탄이 절로 솟네.

　시신 1 － 정말 신필입니다그려. 신필이 아니고는 보지도 못한 관음보살상은 그릴 수도 없었을 것입니다.

시신 2 - 관음보살이 재림한 것만 같습니다.

시신 3 - 대자대비한 관음보살상, 아니 살아있는 관음보살이 재림한 것과 다름없습니다.

- 솔거는 붓을 놓고 허리를 편다. 사람들은 관음보살이 재림은 했으나 눈 먼 보살을 보고 의아해 한다.

왕   - 그래, 짐이 꿈에 본 그대로를 그렸는고?

솔거   - 마마, 그러합니다.

왕   - (여전히 솔거를 멸시하는 시선을 거두지 않은 채) 그렇다면 봐야지. 꿈속의 보살상을 재현시켜 놓았는지.

시중   - (그림을 왕에게로 가져가며) 여기 있습니다.

왕   - (아무리 눈을 닦고 보아도 꿈에 본 보살상의 재현임에 분명하자) 그대의 관음보살상은 신이, 그것이오. 꿈속에서 본 관음상 그대로의 재현이 분명하오. 그런데……

솔거   - 마마, 그런데라니요?

왕   - 두 눈은 어째서 그리지 않았소?

솔거   - ……

- 왕은 꿈에 본 보살상과 너무나 빼닮아 심술이 솟아 솔거를 일부러 골탕 먹이려고 엉뚱한 질문을 던진다.

그런데 솔거의 대답은 침착하다. 너무나 침착해 옆에서 듣는 사람이 되레 민망할 정도이다.

솔거   - 마마는 꿈속에서 관음보살상의 눈을 보셨습니까?

왕   - 눈 같은 것은 보지 못했소.

솔거   - 그럴 테지요. 해서 그리지 않았습니다.

왕   - 듣던 대로 그대의 마음은 곧소.

솔거   - ……

왕   – 그대의 누명은 이제 백일하에 벗겨졌소.

솔거   – ……

왕   – 부탁이 하나 있소. 들어주겠는고?

솔거   – (시큰둥해서 여전히 말이 없다)……

왕   – 짐이 통일의 기초를 다지기 위해 불교 중흥에 심혈을 기울이고 있다는 것쯤 알고 있을 것이오.

솔거   – 들어서 알고 있습니다.

왕   – 벌써부터 황룡사 사찰 안에 약사여래전을 지어놓고 장육존상까지 조소해서 안치시켜 놓았소. 장인들이 철 3만5천근과 황금 1만 푼이 들어갔소. 그리고 목조 9층탑을 조성한 지도 오래 되었소.

솔거   – (왕의 설명에도 반기는 기색이 없다) …

왕   – 그런데 분황사 약사여래전 북벽은 지금까지 비어놓았소. 그것은 보살상을 그릴 화공을 찾지 못했기 때문이오. 그대가 비어둔 북벽에 대자대비한 관음보살상을 그려 주오. 종묘사직과 관련된 왕실사업이오.

솔거   – 마마, 지금 소신에게 어명을 내리시는 겁니까?

왕   – 어명이 아니라 부탁하는 게요.

솔거   – 최초의 응제화(應製畵)가 될 관음보살상.

　　　　어명이 아닌 왕의 부탁이라는 데야

　　　　품었던 반감을 씻어 버리고

　　　　그림을 그리려 했으나 어찌 된 영문인지

　　　　보살상이 좀체 떠오르지 않아

　　　　손도 댈 수가 없었네.

　　　　달포가 흐르고 두 달, 석 달이 지났으나

　　　　붓은 들어보지도 못했네.

(왕에게 탄원하기를) 소인의 무딘 재주로는 관음상을 그릴 수 없습니다. 다른 화공을 불러 그리도록 하소서, 마마.

왕　　　 － 서둘 것 없소. 시간은 얼마든지 주겠소.

솔거　　 － 소인의 재주로는 그릴 수가 없습니다.

왕　　　 － 천천히 그리라고 하라고 하지 않소?

솔거　　 － 그릴 수가 없습니다, 마마.

왕　　　 － (불같은 성미도 어쩔 수 없었던지) 그렇다면 할 수 없지요. 소원대로 물러가도 좋소.

♧

3막 1장

무대　　 － 분황사 사찰 내 승방과 약사여래전 북벽

등장인물－ 솔거, 주지, 보정, 아기, 스님들, 신도들.

솔거　　 － (짐을 싸들고 퇴궐했으나 갈 곳이 없어 분황사로 가 주지 스님에게) 저 솔거라는 하찮은 화쟁이입니다. 갈 곳이 없어 기거 좀 부탁드립니다.

주지 스님 － (조금도 주저함이 없이) 저 유명한 화성 솔거가 아닙니까? 어서 선방으로 드시지요.

솔거　　 － (합장하며) 나무관세음보살!

－ 솔거는 분황사에 머물며 보살상을 구상했으나 관음보살상은 안개 속의 구름. 병까지 얻어 시름시름 앓다가 끝내 몸져눕는다. 주지스님이 찾아와 걱정을 해 주었고 신도들도 쾌유를 빌었으나 병은 악화되기만 한다.

솔거　－삼 주야나 시달리며 헛소리까지 하다니.

　　　　나흘째 되는 날은 신열이 숙졌으나

　　　　고열에 시달린 탓인지 시력까지 잃다니.

　　　　그것은 숙명인지도 모르지.

　　　　시력을 잃은 뒤에야

　　　　그렇게 애 태우던 대비상이 떠오르다니.

－솔거는 병든 몸을 이끌고 약사여래전 북벽으로 간다.

　　　　화구를 펼쳐놓고 천수관음상을 구상하느라고

　　　　물 한 모금 입에 대는 것도 잊은 채

　　　　온종일 벽을 응시해 윤곽은 잡았으나

　　　　눈이 보이지 않아 손도 댈 수 없다니.

　　　　벽면을 응시하기 사흘째 시력이 되살아났네.

　　　　되살아난 시력으로

　　　　한 순간도 놓치지 않고 벽면을 주시했지.

범패　－저 관음보살의 대자대비한 모습,

　　　　과거세에 있어 관음보살은

　　　　일천 손, 일천 눈으로 중생을 제도했는데

　　　　그런 일천 손, 일천 눈을

　　　　어떤 모습으로 구현해야 할까.

솔거　－두 손 밖으로 스무 손을 배치하고

　　　　손바닥에다 스물다섯 손을 그리면

　　　　모두 합해 일천 손을 그릴 수 있지.

　　　　동일한 구도로 일 천 눈도 그리면 될 터.

　　　　일체의 중생을 제도하겠다는 소원이

　　　　이런 구상을 할 수 있게 했지

또한 온갖 고통으로부터 해탈해

원을 성취시켜 보겠다는 일념으로 가능했지.

그런데 이 무슨 운명의 장난인지

아홉 밤 열 날에 걸쳐 천수관음상을

완성한 순간, 회복되었던 시력을 상실했으니.

　－스님과 신도들이 벽화 앞에 몰려와 법고를 울리며 범패에 곁들어
재를 올린다. 신도들도 솔거의 영혼이 천수관음상으로 빨려 들어갔다
고 믿고 기도한다.

범패　　－우연한 기회에 영험이 나타났네.

　　　　　보정(甫正)은 늙도록 자식이 없어

　　　　　천수관음상 앞에서 천일기도를 드렸네.

　　　　　그런 기도를 드린 뒤

　　　　　태기가 들어섰고 낳으니 아들이었네.

　　　　　그것만으로 천수관음상의 영험이

　　　　　세상에 알려진 것은 아니네.

　　　　　보정이 아들을 얻은 지

　　　　　석 달째 드는 날, 왜구가 들이닥쳐

　　　　　사태는 매우 위급했네.

　　　　　팔순 노모를 업고 피난을 가자니,

　　　　　아들을 데리고 갈 수 없어서였네.

보정　　－(아이를 보료에 싸 예좌 밑에 두고)

　　　　　왜구가 쳐들어와 사태가 매우 위급합니다.

　　　　　어린 자식으로 말미암아

　　　　　노모에게 누를 끼친다면

　　　　　그것은 제가 바라는 바가 아닙니다.

천수관음상께서 아이를 주셨으니

또 자비를 내리시어 돌보아 주옵소서.

그렇게 해서

부자가 상봉하는 기쁨을 주소서.

왜구가 물러가고 아이를 맡긴 지 여드레째

헛걸음 삼아 천수관음상을 찾아갔지

그런데 죽은 줄로 여겼던 아이가

살아 있는데다

입에서는 젖 냄새까지 진동했으며

생글생글 웃고 있는 것이 아닌가.

♣

4막 1장

무대　－ 분황사 약사여래전 북벽 관음보살상 벽화 앞.

등장인물－ 희명, 아이, 수많은 신자들, 범패합창단, 승무무용단.

손순　－ (여명의 하늘에서) 당신, 노래를 지어 아이에게 부르게 하오. 당신도 함께 부르면서 기도하오. 정성이 지극하면 아이의 눈이 떠질 것이오. 어서 노래를 지어 아이에게 부르게 하면서 정성을 다해 기도하오.

희명　－ (석종소리는 은은하게 다가와 그네의 귓전을 후려치자 깜짝 놀라 눈을 뜨면서) 이게 무슨 소리지? 꿈에도 보이지 않던 당신이 여명의 하늘에 나타나다니… (잠시 나태했던 마음을 다잡고 가슴 밑바닥까지 달달 훑어) 아이가 태어난 지 겨우 다섯 살입니다. 생매장하려는 순간, 석종의 신조로 되살아난 아이가 갑자기 눈이 멀었으니 땅을 치며 얼마나 몸부림쳤는지. 대자대비하신 관음보살님이시여! 저는 가난에 더부살이하면서도 남편에게 순종했고 늙은 시어머니를 지성으로 봉양했으나 정성이 부족하고 박덕한 탓인지 시어머니며 남편까지 잃은 데다 아이까지 눈이 멀었으니 어떻게 합니까. 아이의 눈이라도 뜨게 해 주셔야지요.

  범패   - 그네는 기구한 팔자임에 분명했으나
          팔자를 거부하고 운명에 항거했네.
          항거라고 해서 거창한 것이 아니네.
          아이의 광명을 찾아주기 위해
          전국 방방곡곡을 누비고 다니다가
          분황사 약사여래전 좌벽 천수관음상 앞에서
          기도하는 모성애를 발휘하는 항거.
          가슴 밑바닥에서 우러나온 노래에 덧붙여
          눈 먼 아이에게 노래를 부르게 하는
          애 타는 모습은 스스로에게도 안타깝게 비쳤네.
  희명   - 아이가 다섯 살 들어 갑자기 눈이 멀자
          사찰이란 사찰은 다 찾아다녔지.
          그러다가 생각난 것이 천수관음상이었네.
          200여 년 전 보정이 그랬듯이
          천수관음상에 기도만 하면
          영험이 내려 구원을 받을 수 있다는,
          관음보살만이 눈 먼 아들의 운명을
          좌우할 수 있다는
          절대 존재로 와 박힌 것은 우연이 아니었네.

범패   - 관음신앙은 인간 세상의 온갖 고난을
         구제하는 것을 근본으로 삼았네.
         번뇌와 고통을 구제함은 물론
         중생의 기원을 들어준다는 생리로 말미암아
         전래되면서 백성들 사이에
         급속도로 번져 나갔지.
         남아를 원하는 사람에게는 사내를,
         여식을 원하는 여인에게는 여식을
         낳을 수 있게 해 준다고 믿었네.
         관음보살은 응화신으로 33신이 있는데
         그 많은 응화신 중에서도
         주로 백의관음, 십일면관음,
         천수관음보살을 섬겼네.
         천수관음보살은 천수천안천벽천설천벽을 가진
         관자재보살의 약칭으로
         일천 손과 일천 눈을 가졌네.
희명   - 시간이 지날수록 더 더욱 자연스럽게,
         그것도 당연하다는 듯이 기도하네.
         천수관음상의 벽화 앞에서
         안으로 안으로만 우려내어 노래하네.
         엄격한 형식에 매여 기도하는 것이 아니라
         한결같은 호흡과 토로로
         고난구제의 기원을 담아 기도했지.

(눈 먼 아이를 달래고 구슬리며) 아가야. 두 무릎을 가지런히 꿇어 기
도히는 지세부터 갓취아 하지 않겠니? 힘이 들더라도 그렇게 하렴(아

이에게 두 손을 모아 합장케 하고 기도하게 한다).

    아이   — 엄마. 나, 엄마가 시키는 대로 다 할 게요.

    희명   — 그래. 넌 착해서 그렇게 하고도 남아.

    아이   — 웅, 엄마.

    희명   — 아가야, 소원을 빌기 전에 자세부터 갖춰야지.

            아가의 눈을 뜨게 하느냐 마느냐 하는

            절박한 심정으로 관음상을 찾았으니

            경건한 마음의 준비는 갖췄다고 하더라도.

            신비롭고 경이로운 천수관음상의

            일천 개 눈을 본 순간, 전율한 데다

            온갖 고난이며 재화까지도

            해결해 주는 관음상에 압도당했지.

            아가의 눈을 뜨게 해 달라고 기원하는 어미로서는

            천수관음상은 너무나 멀고 높은 데다

            위대하고 경건해서 압도당할 수밖에.

            소원이 간절한 만큼 절로 자세가 가다듬어졌고

            마음마저 엄숙해질 수밖에 없는 자세,

            그런 자세부터 노래로 옮겼네.

          — 저는요 무릎을 꿇고 꿇어

            두 손은 모아 모아서 괴고

            천수관음상 앞에, 관음상 앞에

            숙원의 말씀 아뢰나이다.

    범패   — 벌써 세속적인 모든 것을 잊고

            무아경의 경지에 들어섰네.

            끝내 눈을 뜨게 해 달라는 기원을 담아

천수대비상께 의지했는데도
정신적인 자세가 부족했든지
감정이 북받쳐 오르네.
일천 손, 일천 눈을 가진 보살을 보는 순간,
두 눈을 상실한 아가의 어미로서
엄청난 부러움에 직면했고
도달할 수 없는 거리감에 몸을 떨어댔으니.
절대자의 위력과 존재에 비해
아가의 처지가 너무나 초라하고 불쌍해.
관음보살은 어떤 지난한 일도
능히 해낼 수 있는 신력을 가지고 있어
일천 눈에서 하나를 덜어 눈을 뜨게 해 주리라.
그것마저도 신력이 위대성으로 끝나서는
아니되며 현실로 나타나
아가의 눈을 뜨게 하는 호소력이라야
보살을 움직일 수 있음이니.

희명   － 일천 손 일천 눈에서
하나를 내놓거나 하나를 덜어
두 눈이 다 먼 저에게
하나라도 주어 고쳐주소서.

범패   － 두 눈이 없는, 아비마저 없는 아가가
앞으로 험한 세상을 살아가자면
얼마나 참담할 것인지를 알려
보살의 신력이 지체 없이
발휘되도록 오금을 박아 노래하네.

절대자에 대한 의존과 절대 간청이 있다면

부수되는 것은 소원성취뿐.

해서 애원의 묘처를 숨기기까지 하네.

하나의 눈이라고 겸손을 내세웠으나

두 눈이 먼 아가에게는

두 눈이 필요한 것은 지당했으므로.

하나라도 베풀어 달라는 데는

하나를 얻는다면 둘도 얻을 수 있을 터.

하나를 짐짓 달라고 하면

관음보살의 자비로 보아 하나만 줄 리 없지.

되레 가상히 여기고 두 눈을 줄 테지.

희명 ─아아, 제게 끼치어 주신다면

내놓으신 자비 크오리다.

범패 ─지은 가사를 아이에게 곧장 가르쳐

기도하게 한 것은 아니네.

먼저 수백, 수천 번 노래했네.

입술은 부풀어 터졌고

피는 흥건히 흘러 목을 적셨으며

저고리 앞섶까지 물들였네.

노래를 할 수 없을 정도로

혓바늘은 수십 군데나 솟았네.

급기야 입만 뺑긋 해도

피가 흘러 노래할 수 없게 되었네.

희명 ─(그제야 아가를 보고) 얘야, 내가 노래를 가르쳐 주, 줄 것이

니, 그대로 외었다가 기도하는 사이사이 노래해라(한 소절 한 소절씩

선창한다).

　아이　－(더듬더듬 따라 하다가 이내 외워 노래한다)

　　　　저는요 무릎을 꿇고 꿇어

　　　　두 손을 모아 모아서 괴고

　　　　천수관음상에, 관음상에

　　　　숙원의 말씀 아뢰나이다.

　　　　일천 손 일천 눈에서

　　　　하나를 내놓거나 하나를 덜어서

　　　　두 눈이 다 먼 저에게

　　　　하나라도 주어 고쳐주소서.

　　　　아아, 제게 끼치어 주신다면

　　　　내놓으신 자비 크오리다.

　범패　－아이가 노래하며 기도하네.

　　　　수천, 수만 번 노래하네.

　　　　아이의 입술도 터져 피가 흘러 목을 적시네.

　　　　그런데도 노래를 중단하거나

　　　　기도를 그만두지 않네.

　　　　아가가 잉어처럼 입만 달싹이자

　　　　눈 먼 두 눈이 소리를 대신하네.

　　　　모자가 노래하며 기도한 지

　　　　아홉 밤 열 날이 되는 새벽,

　　　　솔거가 관음상을 완성하고

　　　　회복되었던 시력을 또 상실한 시각과

　　　　우연히 일치하면서

　　　　아가만이 아는 이적이 일어나고 있네.

아이 － (기어드는 소리로) 보살님, 저 그렇게 나쁜 짓하지 않았어
요. 저 못된 아이도 아니에요. 그런데도 제게 이런 기막힌 시련을 주셨
으니, 이제는 거둬 가실 때도 되지 않으셨나요. 보살님, 관음보살님, 저
좀 도와 주서요. 저보다도 저희 엄마가 불쌍하지 않으서요. 대자 대비
한 보살님이시여, 엄마를 보더라도 눈 좀 뜨게 해 주서요.

범패 － 솔거가 잃었던 시력을 회복해서

　　　　일천 손, 일천 눈, 일천 발,

　　　　일천 혀, 일천 어깨를 빈틈없이 그려냈는데

　　　　지금의 천수관음상에는

　　　　일천 손, 일천 발, 일천 혀,

　　　　일천 어깨는 그대로 있는데

　　　　일천 눈만은 구백아흔아홉 개가 남았네.

　　　　하나는 어디로 갔는지 알 수 없네.

　　　　관음상의 눈이 없어진 줄도 모르고

　　　　희명은 쉬지 않고 기도하네.

　　　　솔거가 시력을 또 상실한 순간과 일치하면서

　　　　관음상에는 또 하나의 눈이 사라졌네.

　　　　사라진 관음상의 두 눈이

　　　　어느 새 눈 먼 아가의 눈으로 들어와

　　　　여명처럼 광명을 발산하네.

　　－ 막이 내리면서 「천수대비가」가 여운을 끈다.

　　　　　　　　　　　　　　　　　　　　『하늘 꽃밭』에서

3. 중편소설

하얀 두더지

하얀 두더지

전국적으로 면 단위 출신이 없는 데가 없다는 광산촌, 온통 보이는 것은 검은 빛, 산들이래도 푸른 산이 아닌 마치 거대한 벌레가 산을 파먹고 그들이 토해놓은 배설물로 인해 산들이 죽어가고 있는 것 같은 강한 인상을 받아서가 아니라 단 하루도 이곳 생활을 견뎌낼 것 같지 않던 처음 생각과는 달리 그런 대로 생리에 적응되어 가고 있었다.

나는 고아원 출신답게 밑바닥에 밝은 면이 있었다.

열일곱에 고아원을 뛰쳐나와 구두닦이부터 시작해서 넝마주이, 중국집 보이, 심지어는 똘마니 짓을 거쳐 왕초노릇까지 아니해 본 것이 없을 정도로 바닥을 전전했었다.

그런 생활 속에서도 영장은 날아들었다.

나는 군대에 들어가 훈련을 마치고 전방에 배치되자 베트남 전쟁에 지원했었고 일년을 기다려서 차출되어 베트남에 갔고 소총소대에 배속되자 그야말로 박박 기었다. 그런 생활도 일년으로 부족해서 1년 더

연장까지 하면서 삶과 죽음에 초연할 수 있었다.

나는 제대 말년에 귀국을 했고 고스란히 송금한 전투수당(병장 일당 1불 90센트)으로 헌 트럭 한 대를 사 사업을 시작했다.

처음에는 그런 대로 재미를 보았기 때문에 운수업에 본격적으로 손을 대려다 뜻하지 않은 사고를 당했었다. 안면도에서 천일염을 싣고 나오다가 엔진에 이상이 생겨 어떻게 손쓸 수도 없었다. 갯벌에 차를 처박아 둔 채 발만 동동 굴렸다. 썰물이 들어와 트럭째 바닷물에 잠기기를 사흘째. 겨우 차는 건졌으나 바닷물에 부속이 삭아 아무 짝에도 쓸모없는 고철이 되고 말았던 것이다.

나는 보험회사에 보험금을 청구했으나 그들은 쉽게 지불하려 하지 않았다. 그런 경우는 사고가 아니며 순전히 운전수 과실이므로 지불이 어렵게 되었다고 차일피일했다.

나는 생각다 못해 변호사를 찾아다녔다. 변호사도 아닌 서기장들이 내 몰골에 시큰둥했다.

해서 나는 어쩔 수 없이 월남서 함께 싸웠던 전우를 찾아갔다. 그의 형이 유명한 변호사였기 때문에 통사정을 털어놓았다.

강혁기 변호사는 나의 형편을 듣고 모든 것을 자기에게 맡겨두면 좋은 소식이 있을 것이라고 장담했다.

강변호사는 "사건이 해결되자면 시일이 걸릴 텐데, 그 동안 어떻게 지내려나?" 하고 말했었다.

"막연히 기다리는 수 밖에는요."

"여섯 달은 걸릴 테니까, 그 동안 있을 자릴 소개해 줄까?"

"소개시켜 주시면 고맙겠습니다."

"서울이 아니라서 흠이긴 해."

"어디 달고 가릴 처진가요."

“그렇다면 소개하지. 황지에 있는 천도광업주식회사라고, 내 동창이 투자한 회사인데, 총무 자리가 비어 있다는 게야.”

“변호사님, 소개해 주십시오.”

“박군 정도의 경험이라면 일을 능히 해낼 게야.”

나는 천일도 사장을 만나 강변호사의 부탁 탓으로 총무 자리를 얻어 걸리게 되었고 청량리로 나가 밤차를 타고 황지에서 내려 회사로 찾아 갔을 때는 실망이 너무나 컸었다.

사무실은 서너 평 남짓했고 초라한 책상이 두엇, 사원이라고는 경리 부장 오광일, 경리를 보는 눈이 큰 윤경임 뿐이었다.

나는 부장에게 소개장을 내밀었다.

“댁이 박이도요? 잘해 봅시다.”

오 부장은 손을 내받았다.

나는 엉겁결에 손을 잡으며 “잘 부탁합니다.” 하고 굽신했다.

“미스 윤, 인사하지. 이번에 새로 온 박 총무야.”

“윤경임이에요. 귀엽게 봐 주세요.”

그녀는 배시시 웃었다.

나는 꽤 귀여운 아가씨라고 생각했다. 커다란 눈, 붙임성 있는 말씨, 미운 데라고는 없는 밝은 얼굴이다.

오 부장은 만만치 않은 상대가 굴러왔다고 생각했음인지 “나, 약속 이 있어 나가 봐야 하니까, 회사 일은 미스 윤에게 물어서 하시오.” 하 고 휑하니 나가버렸다.

나는 불쾌해서 “세상에 저런 퉁명스런 사람도 다 있어.” 하고 혼자 중얼거리는데, 미스 윤이 “오 부장님의 전매특허예요. 박 총무님도 만 성이 되려면 꽤 시간이 흘러야 할겁니다.” 하고 조심스럽게 내 눈치를 살피면시 한 마디 히는 것이 아닌가.

나는 "만성이라, 만성……" 하고 만성을 수없이 되풀이했다.

총무라는 직책은 사무실에 앉아 책상을 지키기보다는 현장에 나가 있는 시간이 대부분이다.

나는 부임 다음날로 현장에 나가려고 서두는데, 미스 윤이 "총무님, 장화 준비하셨어요?" 하고 물었다.

"비도 오지 않는데 장화는요?"

"장화 없인 단 하루도 생활할 수 없다는 걸 모르셨어요?"

"금시초문인데."

그녀는 또 배시시 웃는다. 여자가 웃을 때는 덧니 하나가 살짝 내비쳤다. 나는 참으로 귀엽다는 생각이 들었다.

"다음에 준비하지요. 오늘은 처음이니까."

"총무님, 혼자서 찾아갈 수 있겠어요?"

"누가 있나요, 함께 가게."

"혼자 찾아가긴 힘들어요. 저도 한번밖에 가 보진 않았지만 박 총무님이라면 기꺼이 동행해 드릴 수 있답니다."

"그렇게 생각해 주니, 다음에 한 턱 쓰지."

우리는 버스에서 내려 함백산 중턱을 향해 올라갔다. 보이는 곳마다 폐석이 산더미처럼 쌓여 있었고 그것은 탄을 그만큼 캐 먹었다는 것을 보여주고 있었다. 나는 지나는 사람마다 검은 옷에 검은 장화를 신은 블루 칼러인 검은 두더지들뿐인데 비해 양복에 넥타이를 맨, 화이트 칼러인 하얀 두더지가 되어 있었다.

한 시간 남짓 걸었을까.

미스 윤이 "다 왔어요." 하면서 심호흡을 했다.

나도 숨이 가빴다. 우리는 꽤 높이 올라와 있었다.

"총무님, 이런 길을 매일 오르내리시겠어요?"

“이게 총무의 일이라면 할 수 없지요.”

“전의 총무는 한 달도 못 채우고 그만뒀어요.”

“나더러 들으라는 소린 아니겠지요?”

“총무님도 그만둘까 걱정예요. 전 싫거든요.”

현장은 함백산 정상 바로 밑이었다. 그 정도 높이라면 1천 3백 미터는 될 것이었다. 웬만한 사람의 산행이라면 엄두도 못 낼 높이인데도 인간 두더지는 검은 황금을 찾아 높이고 깊이고 구애받지 않았다.

남쪽으로 태백산이 그림처럼 다가왔다.

동6항 바로 옆에 현장 사무실이 있었다.

사무실은 벽이라고 판자를 이리저리 걸쳐놓은 탓인지 책상에는 바람이 불 때마다 날려 와서인지 석탄가루가 쌓여 있었다.

덩치 큰 사내가 들어서는 미스 윤에게 “웬일로 예까지 다 올라와. 내일은 해가 서쪽에서 뜨겠는데.” 하고 의아해 했다.

“새로 온 총무님을 모시고 왔어요. 항장님이셔요. 인사해요.”

“저, 박이도라고 합니다. 잘 부탁드립니다.”

“반갑습니다. 지형석이라고 합니다.”

항장은 손을 내밀어 악수를 청했다. 나는 손을 잡고 그가 하는 대로 뒤 번 따라 흔들었다. 금시 손바닥은 석탄가루가 까맣게 묻어났다.

“총무는 자재공급이 주 업무이지만 두더지들의 고충을 대변하는 데도 관심을 가져야 합니다. 하얀 두더지는 총무뿐이니까.”

항장은 하얀 두더지에 악센트를 넣어 강조하더니 회사 돌아가는 형편을 털어놓았다.

민영은 석공이나 삼척탄좌 같은 큰 회사와는 달랐다.

본래 동6항은 함백 탄좌 소속이었으나 탄을 파먹을 만큼 파먹고 민간업자에게 팔아넘겼는데 천일도는 내막도 모른 채 일확천금을 노려

동6항을 인수했다. 그랬으니 새로운 광맥이 나타나지 않아 어려움은 한두 가지가 아니었다. 그렇다고 기약 없이 투자만 할 수도 없었다.

지금에 와서는 나자빠진 상태나 다름없었고 될 대로 되라는 식으로 재투자를 하려들지 않았으며 오 부장에게 전적으로 맡겨둔 채 발걸음도 하지 않는다는 것이었다.

"현상유지는 되니까, 붙들고 있는 게 아닙니까?"

"비수기인 여름에는 자금 순환이 더디어 압박을 받지만 성수기인 겨울철로는 그런 대로 현상유지는 될 겁니다."

"저 항장님, 회사 총 인원은요?"

"백 명 남짓 될까. 들고 나는 변동이 심해 정확한 숫자는 알 수 없어요. 심지어 하루 일하고 그만두는 경우도 있으니까요."

광원은 뜨내기일까. 비수기는 광원이 남아돌아 광원으로 취직을 하려면 돈을 주고 부탁했고 성수기는 사람이 부족해서 두당 몇 만원씩 받고 소개하는 실정임을 나중에야 알 수 있었다.

나는 미스 윤에게 먼저 돌아가게 한 뒤, 갱내를 둘러보기 위해 전에 근무하던 총무의 옷으로 갈아입고 항장의 안내를 받아 탄차를 타고 막장까지 들어갔다. 통발을 세운 버팀목이 방금이라도 무너질 것 같은 압박감으로 섬뜩했으나 사치라고 생각했다.

항장은 홀리듯이 "총무치고 당신 같은 사람은 처음 봤소. 당신 외엔 막장에 들어온 사람이 없었소." 하고 말했다.

"비행기 태우지 마십시오. 사장이야 들어왔겠지요?"

"어떻게 생겨 먹었는지 코빼기도 모르오."

"오 부장인가 하는 그 사람은요?"

"이곳에 들어오려고 하지도 않소. 가끔 올라오더라도 옷에 묻은 석탄가루나 털고 있는 인간이오. 우리는 그를 하얀 두더지라고 하오. 그런 인간을 믿고 회사를 맡긴 사장도 불쌍하오”

나는 막장을 보고 못 올 데를 온 것 같았다. 아름드리 갱목을 등에 지고 경사도가 가파른 막장으로 기어 올라가서 엎드린 채 톱질을 하고 도끼로 쪼아서 버팀목을 세우고 그 위에 통발을 얹는, 세 명이 한 조가 되어 통발 한 톨을 세우고 나면 탄을 캐어 탄차에 싣는, 몸을 펴서 작업하는 것이 아니라 허리를 잔뜩 굽히고 오무린 상태에서 일을 하고 있기 때문에 높은 노동 강도를 확인할 수 있었다.

“지난 번 총무는, 2십만 원 받았는데 광원들은 3십만 원이나 받는다고 투덜대더니 한 달도 못 되어 그만 뒀수다.”

항장은 빈정대는 투로 말했다.

나는 막장에 들어와 보기를 잘했다고 생각했다.

봉급 2십만 원이 그들에 비해 못하지 않음을 알았다. 그로부터 막장에 들어가 작업의 진척을 확인할 때마다 주머니를 털어 담배 한 갑을 선물하는 조그만 성의를 잊지 않았다.

“박 총무도 이 점은 알아둬야 할 게요. 지금은 두더지 생활을 하고 있지만 광원들도 꿈이 있다는 걸 말이오. 돈을 모아 언젠가는 고향에 땅을 사서 농사를 짓겠다는 꿈들을 가지고 있어요. 그러니께 막가는 인생으로 보지 마시오. 사기문제도 있으니까.”

어떻게 들으면 그의 말은 곡해할 수도 있었다. 그러나 나는 조금도 섭섭하게 들리지 않았다. 오히려 흐뭇했다.

나는 한 달을 어떻게 보냈는지 모른다.

자재구입이다, 작업의 진척에 따라 정부보조금 신청이다 해서 바쁜 한 달을 보냈다. 그렇게 되고 보니까 미스 윤과는 식사 한번 나눌 기회도 없었다. 나는 미스 윤에게 적이 미안했다.

“미스 윤, 시간 있어요? 저녁 식사라도 함께 했으면 하는데.”

"총무님이 저녁 사 주시겠어요?"

"그 동안 친절 고마왔어. 해서 식사대접이나 할까 해서."

"그런 소리하심, 전 따라가지 않을래요."

"그건 데이트 하고 싶은 핑계에 지나지 않는데도……"

"그렇다면 당당하게 데이트를 신청하셔요."

"한 대 얻어맞은 셈이군."

그녀는 또 배시시 웃는다.

나는 사무실을 정리하고 거리로 나섰다. 시월 초순 날씨치고 공기가 차가왔다. 거리는 교대한 광원들이 더러 있었다.

"경임이, 뭘 먹고 싶어? 어디 말해 봐요."

"뭐든지 사 주시겠어요?"

"물론이지. 한턱 쓰려고 단단히 벼르고 있었으니까."

"총무님을 믿고 떼써 볼까. 함박 스틱 먹을래요."

"미스 윤, 겨우 고거야?"

"얻어먹는 처지에 그것도 용기를 낸 거예요."

"천만에, 무슨 그리 섭한 말씀. 얻어먹다니."

"그렇다면, 나 취소할래요."

우리는 양식 코너로 들어가 적당한 자리를 잡고 앉았다.

"저 이런 곳 처음이에요."

"미스 윤이 말하는 것이니까, 그렇게 믿어주지."

경임이 사방을 두리번거리면서 말했다.

"믿어주지가 다 뭐예요"

그녀는 나비넥타이를 맨 웨이터를 신기한 듯 바라본다.

"저, 어떻게 먹는지 몰라요."

경임은 센스가 있었다. 그녀는 내가 총무소리를 듣기 싫어한다는 것을 어느새 눈치 채고 입 밖에 내지 않았다.

경임은 식사가 나오자 정말 당황하기 시작했다. 겉보기와는 영 딴판이었다. 나는 당황해 하는 모습이 귀여워서 경임을 지켜보았다.

그녀는 울상을 지었다.

너무 했다 싶어서 친절하게도 "자, 스카프를 이렇게 무릎 위에 깔고……" 하고 하나하나 가르쳐주었다.

경임은 얌전하게 따라 했다.

"이건 스프. 후춧가루를 조금 치고 스푼으로 이렇게 먹어요."

나는 먼저 먹어 보였다.

스프를 먹는 그녀는 이마에 땀이 송송 뱄다.

스프 그릇을 가져가고 함박 스틱이 나왔다.

"칼은 오른손에 들고 포크는 왼손에 들고 잘라요. 자른 다음에는 칼은 왼편에 놓고 오른손에 포크를 쥐고 이렇게 먹어요."

"아이, 힘들어 죽겠네. 함박 스틱 먹기가 이렇게 힘든지."

경임은 힘들어하면서도 맛있게 먹어주었다.

나는 그러는 그녀가 대견해 보였고 흐뭇하게 여겨졌다.

"경임인 양식이 처음인 모양이지?"

"네 이도 씨, 그래요."

"그런데, 함박 스틱은 어떻게 알았어?"

"고등학교 다닐 때, 내 짝이 자랑하잖아요. 얼마나 부러워했는지 몰라요. 첫 데이트 때는 함박 스틱을 먹으려고 별렀어요."

"행운을 잡은 셈이군. 데이트 상대가 시시해서 어쩐다?"

"이도 씨는 그 점이 밉더라. 입은 바로 박혀 있으면서."

"밉다고 하면 더 하고 싶어지는데."

"아서. 관두세요. 어울리지 않아요."

경임은 어른스럽게 말했다. 나는 웃었다. 그녀는 눈을 흘기다가 마침내 따라 웃었다. 우리는 크게 웃고 떠들다가 경임은 안녕 하고 돌아섰고 나는 그녀가 보이지 않을 때까지 지켜보았다.

경임은 헤어져 돌아서는 길로 우울증이 재발했다.

한껏 웃고 떠든 것이 아득한 옛날처럼 느껴졌다. 언제나 혼자 있을 때는 웃음기가 사라졌고 침울해 있었다. 그녀는 밝은 면이라고는 없는 어두운 그림자에 주눅이 들곤 했다.

그것은 환경 탓이었다. 그런데도 그녀는 남 앞에 나섰다 하면 주름살 하나 없는 밝은 표정을 잃지 않았다.

어린 나이에 비해 대단한 인내심이었다. 경임은 아버지 따라 광산촌으로 왔을 때만 해도 행복했었다.

그녀의 아버지는 몸이 건장해서 광원으로 일자리를 구할 수 있었다. 소작농으로 입에 풀칠할 때보다야 한결 주름살이 펴졌다.

아버지는 풍족했던 가산을 노름으로 탕진했고 소작농으로 빚을 가리다 못해 고향을 도망쳐 나올 때만 해도 앞이 캄캄했었다. 그는 지난 일을 뉘우치듯 참고 일을 해서 학교를 중도에 그만둔 딸을 상고에 보냈고 가구도 장만해 살만큼 틀이 잡혔다.

그랬던 것이 불의의 사고를 당했다.

윤성일은 을반에 배속되어 막장에서 작업을 하던 중이었다. 버팀목을 세우고 통발을 얹었다. 채탄을 하기 위해 발파도 끝냈다.

자욱한 탄가루 속에서 탄을 캐어 탄차에 싣고 있을 때였다. 우지끈하고 통발이 부러지면서 탄이 무너져 내렸다.

윤성일은 우직한 성미대로 부러지는 통발을 받치기 위해 어깨를 들이밀어 버텼다.

그때, 또 다른 통발이 천정에서 떨어지며 그의 허리를 휘감았다. 그는 힘 한번 써 보지 못한 채 쓰러져 의식을 잃었다.

그는 구조되어 병원에서 깨어났다. 생명은 건졌으나 상태는 중증이었다. 목에서 일곱 번째 척추를 다쳐 평생 엎드려 지내야 하는 산송장이나 다름없었다. 회사에서 병원비를 부담하고 재해보상금으로 기천만원을 내놓으며 합의를 보려들었다.

그것이 합당한 것인지 아닌지 알지 못했으나 수없이 드나드는 사건 부로커의 유혹에 넘어가 버렸다. 한 푼이라도 더 받아준다는데 마다할 사람이 없을 것이었다. 회사와의 합의를 거절하고 부로커의 말에 따라 변호사를 대어 재판에 넘겼다.

민사재판이라는 것이 한없이 시일을 잡아먹었다. 2년이나 질질 끌다 보니 소송비니 변호사비니 해서 숱하게 생돈이 들어갔고 판결이 났을 때는 수중에 거머쥔 돈은 하잘 것이 없었고 병신 몸만 덩그렇게 남아 있었다. 이제는 고향으로 돌아가 소작농이라도 얻어 살 수도 없게 되었다. 벌이가 없으니 살림은 말이 아니었다.

마누라는 선탄 작업부로 내보내고 졸업을 앞둔 딸은 기십만 원 받는 개인회사 경리로 들어가 입에 풀칠을 하는 신세로 전락했다. 그렇게 되니 가정은 무덤 속과 같았다.

경임은 마당에 들어서기도 전에 아버지의 신음소리부터 들었다. 소리 내어 앓는 아버지는 성질만 살아 소리를 질러댔다. 그것도 하루 이틀도 아니고 2년이나 들으려니 짜증이 앞섰다.

그러나 경임은 조금도 싫은 내색을 하지 않았다.

어머니는 아직도 귀가하지 않았다.

요즘 들어 어머니는 귀가가 늦어지는 날이 많았다.

경임은 부엌으로 들어가 밥상을 차려 방으로 들어섰다.

"이 요년, 싸댕기디기 이계아 와."

아버지는 보자마자 성화부터 끓이었다.

"회사 일이 밀려서 늦었습니다."

"또 그 핑계. 너도 니 어미 닮아 가?"

"시장하실 텐데 진지나 드셔요."

"밥 안 먹는다. 이대로 굶어죽을 티여."

아버지는 밥상을 엎어버렸다. 경임은 엎질러진 밥상을 챙겨 내가는 데 "요년아, 이불 밑이나 치워." 하고 역정을 냈다.

이불을 들추니 구린내가 진동했다.

아버지는 똥을 싸 뭉개어 요란 요는 누런 똥칠이었다.

경임은 물을 데워 엉덩이를 씻어주고 요를 갈아 폈다. 재차 상을 차려들고 가서는 밥을 먹여주었다. 그제야 받아먹었다.

밥 한 그릇을 다 비운 아버지는 "다, 내 죄니끼. 네 애비 못난 탓에 너까지 고생시키고." 하고 꺼우꺼우 울었다.

"아버지, 이젠 그런 말씀 그만하셔요."

아버지는 성깔을 파락 냈다가도 이내 숙어지고 죽었다가도 성질을 내는 정서가 몹시 불안정했다.

그것은 어머니 때문만은 아니었다. 어머니는 남편의 찰고집에 무던히 속을 끓였다. 젊어서는 노름판에 나돌아 손수 들일을 했고 가을이면 쌀 한톨 안 남기고 노름빚으로 몽땅 타작마당에서 실어내는 아픔 속에 살았다. 사니 못 사니 하고 대판 싸움이라도 하면 살 센 남편은 주먹부터 앞세웠다. 끝내 조상이 물려준 옥답마저 날리고 고향을 쫓겨나다시피 했을 때는 남편 탓보다도 팔자를 더럽게도 타고 난 자신을 원망했다.

그랬는데 광산촌으로 들어오고부터 남편이 마음잡고 일을 나가면서 시집온 지 스무 해만에 처음으로 부부애를 맛보았다. 그것도 이태. 남편이 사고를 당한 뒤로 사이가 벌어졌다.

모두가 보상금 때문이었다. 회사에서 주는 대로 받아 구멍가게라도 내어 가족의 생계를 꾸려가자는 어머니의 의견을 묵살하고 남편은 더 많은 돈을 타내기 위해서 사건 부로커에게 맡겼다가 돈 한푼 건지지 못한 것을 남편의 허영심으로 돌렸다.

어머니는 학교에 보내던 딸을 그만두게 하고 그것도 취직이라고 회사에 출근시키던 그날, 내내 울었다.

들어서는 딸을 보고 어머니는 퉁퉁 부은 눈으로 "이게 내 죄여. 내 팔자 잘못 타고난 죄여." 하더니 딸을 안고 밤새 또 울었다.

그로부터 며칠 뒤였다. 어머니는 소개료를 지불하고 선탄부로 들어가 일당 2천원의 돈을 벌어왔다. 그런 생활도 몇 달이 지나자 어머니는 취해 돌아왔고 그런 밤이면 어머니는 울었다.

시간이 지날수록 이틀이 멀다 하고 취해서 들어왔다.

그때마다 아버지의 언성은 높아만 갔다.

"이년, 남편이 벌겋게 살아 있는데 술 처먹고 늦게 들어와."

어머니도 지지 않고 "옛날에 정신 차렸으면 이 고생 안하지. 이게 누구 때문인데." 하면, 살림이 날아갔다.

장농 부서지는 소리로 집안이 시끌벅적했다.

그런 환경 속에서도 중학교에 다니는 동생은 공부를 곧잘 해 시름을 덜어 주었고 또한 누나를 끔찍이도 생각했다.

"나 공고 졸업 때까지만 참아. 그땐 광원이 되어 돈 벌게."

"광원 소린 입에도 담지 마."

"이곳에선 광원밖에 더 할 게 있어?"

"학교를 졸업하면 이곳을 떠나."

"난 누나 곁을 떠나고 싶지 않은데."

"요 것이 누나 밑에 꼬리를 달아."

경임이 알밤을 먹이자 태식은 돌아앉아 책을 펴들었다.

오늘밤도 어머니는 늦는 모양이었다.

어디서 무슨 짓을 하느라고 늦는 것일까. 잠이 설핏 들었는데 어머니가 돌아왔다. 어머니는 집에 들어서자마자 아버지와 티격태격 다투느라고 날 새는 줄 몰랐다.

나는 사무실로 들어서는 경임에게 "경임이, 얼굴이 안 좋아 뵈는데, 간밤에 잠을 설친 모양이지." 하고 말을 건넸다.

그런데 경임은 의외에도 "네, 그래요. 간밤은 총무님 생각하느라고 잠을 설쳤어요." 하고 밝은 얼굴로 말했다.

그러는 그녀에게 간밤의 어두운 그림자라곤 찾아볼 수 없었다.

"출근부터 이 광영, 어떻게 보답하지?"

"총무님은 농담도 좋아하셔."

"누가 남의 다리를 긁고 있는데."

"제가 긁어 드렸잖아요."

경임은 죽는 시늉까지 하며 내숭을 떨었다.

오광일이 사무실로 들어서면서 분위기는 일변했다. 그의 뒤에는 우락부락한 광원 서너 명이 따르고 있었다.

우리는 어눌한 표정을 지었다.

홀쭉한 광원이 오광일에게 다가서며 빚 독촉하듯이 했다.

"오 부장님, 가불 좀 해 주시우."

"회사 자금 사정이 좋지 않아, 안 되겠어."

"어제는 가불해 준다고, 하시라도 찾아오라고 하지 않았소?"

"지금은 사정이 달라."

오광일은 거만하게 말했다. 가진 자의 배짱을 발휘했다.

"그러지 말고 사정 좀 봐 주시우."

“어디 봅시다. 미스 윤, 전표철을 가져 와.”

경임은 전표철을 갖다 주며 “어제까지 정리되어 있습니다.” 하고 지극히 사무적으로 말했다.

오광일은 전표철을 뒤적였다. 그러다가 눈이 휘둥그레지며 “박천석!” 하자, 박은 뒤통수를 긁적였다.

“겨우 3일 일하고 가불을 해 달라고?”

“부장님, 형편이 형편인지라……”

“형편 좋아하시네. 이 회사가 당신 삼촌 것인 줄 아시오.”

“정말 그렇게 나온다면 나도 할 말 있수다. 당신, 가불까지 해 주면서 노름판 벌일 때는 언제고 이제 와선 큰소리요?”

“그땐 그때고.”

오광일은 큰소리쳤으나 속이 구린 모양이다.

“그땐 그때라니? 어폐가 있수다.”

“이번이 마지막인 줄 아시오.”

오광일은 미스 윤에게 가불금을 지불해 주라고 지시했다.

경임은 얼굴을 찌푸리다 못해 기어드는 소리로 “금고에는 돈이 한 푼도 없는데 어떻게 하지요?” 하고 말했다.

“돈이 없다고? 말이나 돼.”

경임은 자기 잘못인 양 홍조가 되었다.

오광일은 지갑을 꺼내어 돈을 차용해 주는 방법으로 가불을 해 주었는데 서너 명의 광원들에게 가불을 해 주었다. 가불을 해 주고 나더니 속이 메스꺼웠던지 트림을 한참 하다가 “더러운 회사, 문을 닫든지 해야지.” 하면서 나가버린다.

“저 친구 오늘따라 왜 저래?”

나는 하는 짓을 보다 못해 경임에게 물었다.

"저건 아무 것도 아니에요. 저 혼자 있을 때는 안하무인이었어요. 총무님을 의식하고 있나 봐요. 그런 눈치를 가끔 보여요."

"벼룩의 간도 내먹을 친구야."

오광일은 사무실을 휑하니 나와 거래처로 향했다. 거래처라고 해야 일숫돈이나 챙기고 이자나 꼬박꼬박 받으러 가는 것이 고작이었다.

젊은 사람치고 이재에 빈틈이 없었다. 외삼촌이 광산업에서 손을 떼려 했을 때, 누구보다도 반대하고 나섰다.

신용조합에 다니던 직장을 집어치우고 광산촌으로 뛰어와 회사를 손에 넣다시피 했다. 천일도는 형식상의 사장일 뿐 그의 손에서 좌지우지했다. 오광일은 회사의 자금이 동이 나면 사채를 끌어들였다. 그런 반면 그가 가진 돈은 사채로 끌어들인 체해서 이자를 꼬박꼬박 챙겨 넣었고 조금이라도 싼 사채를 끌어다대고는 높은 이자를 받아내어 차액을 닦아 넣었다. 경리부장이 아닌 철저한 부로커가 되어 있었다.

광원이 부족하면 사람을 데려와서 소개료를 받아 챙겼고 광원이 남아돌면 취직을 미끼로 두당 기만 원씩을 뜯어냈으며 가불을 해 주는 조건으로 구전을 뜯어먹었다.

동6항 옆 목욕탕에는 임시 숙소가 있다. 양호실 비슷한 휴게소였는데 그곳이 그가 경리부장으로 오면서부터 노름판의 온상이 되었다.

그는 노름을 좋아하는 광원에게 가불을 해 주거나 뒷돈을 대주어 실속을 차렸다. 하룻밤에 한 달 노임이 날아가기도 했고 늘 일해 보아야 노름판으로 돈을 날리는 광원이 늘어났다.

그런데 회사가 남의 손으로 넘어가지 않고 그 정도로 버틸 수 있었던 것은 그의 능력이라고 할 수 있었다. 비수기로는 자금을 둘러대고 성수기로는 탄을 팔아 회사를 지탱시켜 나갔던 것이다.

오광일은 단골 요정으로 들어섰다. 마담 이가 반겨 맞았다.

"아이고, 오 사장님, 어서 오세요. 기다리다 눈 빠지겠어요."

오광일은 술집에서 사장으로 통했다.

"입술에 침이나 바르고 말해."

"왜 이러실까. 순정도 모르는 사람."

"미스 정 좀 오라고 해."

"오 사장님은 미스 정만 찾더라."

마담 이는 투정하는 체했다. 그러나 싫은 기색은 아니었다. 오 사장은 단골일 뿐만 아니라 때로는 손님을 몰아와 큰 돈을 흘리기도 해서 마담 이에게는 물주나 다름없었다.

미스 정이 "오셨어요." 하고 방으로 들어섰다.

"미스 정, 이리 다가와 앉지."

오광일은 미스 정에게 유독 은근하게 대했다. 그가 그런 태도로 나올 때는 반드시 부탁이 있었다.

"좀 있으면 공장에서 박 총무라고 올 테니까 알아서 처리해."

"누구 부탁인데 거역하오리까."

그러는 미스 정은 되바라진 여자로밖에 보이지 않았다.

나는 마담 이의 안내를 받아 방으로 들어섰다.

"제가 늦었습니다. 죄송합니다, 부장님."

"천만에, 내가 일찍 왔소이다."

내가 자리에 앉자마자 미스 정이라는 아가씨가 달라붙었다.

나는 그녀가 달라붙는 것이 오히려 성가셨다.

"미스 정, 인사 드려. 박이도 총무라고, 미남이시지."

"저 미스 정이라고 해요. 잘 부탁드립니다."

"서른 미만의 총각이니까, 미스 정의 국수를 먹을지 아나."

"부장님, 오늘따라 왜 이러십니까."

“한 상 내 오지. 박 총무, 술은 뭘로 하려나?”

“소주나 한 잔 하시지요.”

“이런 자리에서 소주라니. 나인 큰 걸로.”

오광일은 자기 기분대로 주문했다.

술잔이 몇 순배 돌았으나 나는 자리 탓인지 술이 오르지 않았고 내켜서 먹는 술이 아닌 탓인지 흥도 일지 않았다.

오광일은 혼자 마시고 독판으로 지껄여댔다.

“박 총무, 잘해 보자구. 나, 나쁜 사람 아냐.”

“제가 무슨 소리했습니까?”

“무슨 소리했다는 것보다는……”

그는 횡설수설했다. 나는 자리에 앉아 있는 것이 고역이었다.

남의 주정을 받아줄 만큼 넉살이 좋은 것도 아니었고 그렇다고 뿌리치고 당장 일어설 주제도 못 되어 기회만 노렸다.

“박 총무, 당신이 무서워. 모든 것을 알면서도 말 한마디 없는 게 아니꼽단 말씀야. 자, 이 오광일에 대해 한 말씀하시지.”

“부장님, 취하셨습니다. 그만 일어서지요.”

“천만의 말씀. 미스 정, 잘 모시라구.”

오광일은 지폐를 꺼내 그녀의 가슴에 구겨 넣으면서 말했다.

“뒷일은 내게 맡기고 미스 정과 몸을 풀라구. 미스 정은 깨끗해. 조가비에 석탄가루나 묻혀 아양 떠는 년과는 다르다구.”

미스 정이 매달렸다. 나는 그녀를 의식적으로 밀어냈다.

“왜 이러실까. 박 총무는 고자신가.”

미스 정의 손이 곧장 사타구니로 들어왔다. 나는 파고드는 그녀의 손을 떼어내다 못해 비틀었다.

그러자 미스 정이 “아야, 뭐 이런 새끼가 다 있어!” 하고 발악했다.

“박 총무, 너무하다고 생각지 않나?”

“부장님, 뭘 너무하다는 게요?”

“애교로 받아들여야지.”

“부장님, 가 보겠습니다. 대접 잘 받았습니다.”

“박 총무를 위해 마련한 자린데 없어지면 뭐가 돼?”

“말씀만 들어도 고맙습니다.”

“박 총무, 이렇게 나오기야?”

오광일은 성깔이 있었던지 발끈했다.

“제가 어쩌기라도 했습니까?”

“내 체면도 생각해야지.”

“부장님 체면 때문에 지금껏 앉아 있었습니다.”

그러면서 나는 일어섰다.

오광일이 따라 일어서며 “박 총무, 잘해 보자는데, 이럴 수 있어. 나도 생각이 있다구.” 하고 협박조로 나왔다.

마담이 뜯어말렸다.

“오늘 대접은 다음에 갚아 드리겠습니다.”

나는 방을 나와 신을 신고 있는데 “이 새끼!” 하는 소리가 뒤에서 났고 이어 눈에 불똥이 튀었으나 대항하지 않았다.

그랬는데도 오광일은 뜰로 내려서 내 목을 틀어쥐었다.

“이 새끼, 여기가 네 안방인 줄 알아?”

“이거 놓으십시오, 부장님.”

하자 그의 손이 정면으로 날아왔다. 식식대며 주먹을 연달아 내질렀다. 나는 뒤 번 피하다 못해 그의 주먹을 허공으로 날려 보내고 모양 좋게 한 주먹 내받자 오 부장은 나가 떨어졌다.

“오 부장, 이 바닥이라면 당신보다 위일 거요.”

나는 술집을 나와 버렸다. 밤은 추위가 찾아와 있었고 초열흘 달은 산막에 걸려 있었다.

시월 들어 경임은 좋은 곳을 안내해 주겠다고 거듭 말했었다.

어디를 둘러보아도 암울한 색깔뿐, 경치 좋은 곳이 있을 것 같지 않았으나 경임의 말을 믿기로 했다.

오늘은 격주로 쉬는 일요일이었다. 나는 가벼운 차림으로 버스 정류장에 나와 경임을 기다리고 있었다. 약속 시간이 지났는데도 경임은 좀체 나타나지 않아 나를 초조하게 만들었다.

약속 시간을 한 시간이나 지나 경임이 나타났다. 그녀는 보통 때와는 다른 화사한 옷차림을 하고 나왔다.

"이도 씨, 미안해요. 기다리게 해서."

"난, 바람맞은 줄 알았어."

"그랬어요? 미안해서 어떡해……"

"사내라면 그 정도는 기다려야지."

"정말 그렇게 생각하세요?"

경임의 표정이 이내 밝게 돌아섰다. 경임은 일찍부터 서둘렀으나 본의 아니게도 약속시간을 어겼다. 그녀가 밀린 빨래며 아버지 방 청소하며 분주히 일을 끝내고 서둘러 집을 나섰다.

그때 동생이 "누나, 아부지 똥 쌌어." 하고 뛰어왔다. 해서 되돌아가 뒤처리를 하고 오느라고 늦었던 것이다.

"이도 씨, 미안해요. 어서 가요."

"그래, 갑시다."

우리는 서둘러 통리행 버스에 올랐다. 길은 확장 중이어서 버스는 마냥 덜컹이었다. 반시간도 못 되어 통리에 닿았다.

우리는 버스에서 내려 건널목을 건너 신리재로 들어섰다.

“경임이, 어디 가지?”

“이도 씨 정말 궁금하셔요?”

“그렇잖다면……”

“미인폭포를 구경하러 가요.”

“미인폭포라니?”

나는 말만 들어도 가슴이 설   다. 폭포가 미인처럼 예쁘다는 것일 게고 미인이 폭포처럼 아름답다는 것일 게다. 그도 아니면, 어떤 진한 사연을 가진 미인이 폭포에 몸을 던져 죽기라도 했다는 것일 게다.

호젓한 산길이었다. 너무 외진 곳이어서 사람이 없었다.

경임이 내 손을 잡았다. 나는 손을 뿌리치지 않았다. 더러 겪은 하룻밤의 여자와는 전혀 다른 시월의 신선함을 느꼈다.

그런데 경임은 발걸음을 멈추더니 “오 부장이 이도 씨를 대하는 태도가 달라졌어요. 무슨 일 있었어요?” 하고 물어왔다.

요정에서의 일이 있은 뒤, 오 부장이 대하는 태도가 달라진 것만은 분명했다. 그러나 정중동이었고 언젠가는 약점을 잡고 늘어질 공산이 있었다. 그런 것을 눈치 채지 못할 내가 아니었다.

“경임이, 미인폭포 얘기나 들려주지.”

“미안해요, 이도 씨. 눈치 없이 굴어.”

“경임이 더 예쁠까, 폭포가 더 예쁠까. 우리 내기할까.”

“이도 씨, 제발 놀리지 마세요.”

“놀리다니, 천만의 말씀. 나는 경임이 쪽에 걸 거야.”

“좋아요. 나만 예뻐야 되니까.”

오솔길은 벌써 단풍이 지고 있었다.

경임은 콧노래까지 흥얼거렸다. 그녀로서는 나와 데이트하는 것이 마냥 즐거운 모양이었다.

우리는 폭포로 내려가는 가파른 길로 들어섰다.

갑자기 수향(樹香)이 신선함을 가져다주었다.

"이도 씨, 무슨 소리 안 들려요?"

"아니, 아무 소리도……"

"걸음을 멈추고 귀 기울여 들어보세요."

"들리는데, 들려. 이게 무슨 소리지?"

"무슨 소린지 알아 맞춰 봐요?"

"아, 알았다. 경임이 가슴 뛰는 소리."

"농담 마시고 들어보세요."

분명히 골짜기와 숲을 건너온 소리가 있었다. 그것은 폭포에서 떨어지는 굉장한 물소리였다.

우리는 손을 잡아주며 비탈길을 내려갔다. 오른쪽으로는 고찰이 있고 맞은편으로 하얀 물줄기가 보였다.

"이도 씨, 보셔요, 물줄기를. 굉장하지요?"

"굉장해. 저런 폭포는 처음 봐."

가까이 다가갈수록 폭포소리로 귀가 멍멍할 지경이었다.

물 떨어지는 소리에 취해 발이 건성으로 놀아났다.

드디어 우리는 폭포 정면으로 나섰다.

폭포는 우람하다기보다는 어딘가 엉성해 보였다. 폭포는 30미터쯤에서 수직으로 떨어지다가 도중에 바위 돌출부분이 있어 물줄기가 튕기면서 하얀 물보라를 뿜어내고 있었다. 물이 튈 때마다 일어나는 물보라가 날아와 옷깃을 촉촉이 적셨다.

나는 장엄한 폭포에 홀려 멍하니 서 있었다.

거침없이 쏟아지는 물줄기는 우렁찬 물소리와 함께 소에서 출렁이다가 아래로 흘러내렸고 폭포 주변은 온통 자줏빛 투성이인 바위마저 물줄기와 한데 어울려 앙상블을 연출하고 있었다.

게다가 구름 한 점 없는 하늘과 더욱 어울려 장엄했다.

"폭포도 폭포지만 바위도 절경인데."

"그만 말하고 감상이나 하셔요."

나는 경임의 말대로 수천만 호의 동양화를 개인소장하고 감상하는 대부호가 된 기분이 들었다.

자주 빛깔은 폭포 주변만이 아니었다. 폭포 왼쪽으로 올려다 보이는 어마어마한 단애도 자주색 층암이었다. 깎아지른 단애는 모두 폭포로 집결했다가 협곡으로 돌아나가고 있었다.

"이도 씨, 고개를 젖히고 위를 올려다보세요."

그녀의 속삭임에 나는 고개를 뒤로 젖혔다. 옥경산 위로 단애의 끝이 보였다. 요란한 단애였다.

우리는 계곡을 건너 폭포 물줄기로 다가갔다.

갑자기 온몸이 으스스 추워왔다.

"이도 씨, 우리 저쪽 바위에 앉아 폭포를 올려다봐요."

그녀가 내 손을 잡고 끌었다. 나는 물을 건너뛰어 바위에 앉아 폭포를 위 아래로 바라보았다. 전혀 새로운 느낌이 들었다.

"경임인 여러 번 와 본 모양이지?"

"세 번째예요. 볼 때마다 보는 느낌이 달랐어요."

"볼 때마다 기분이 다를 만도 해."

"폭포를 바라보듯 저를 새로운 마음으로 대해 주세요."

"잘 나가다가 갑자기 삼천포로 빠지기는."

이제는 폭포소리로 귀가 멍했다. 폭포소리 이외는 아무 소리도 들리지 않았다. 그런데도 나는 그 소리 하나만은 놓치지 않았다.

그것은 경임의 가쁜 순결이었다. 경임은 단 둘이 있는 어색한 분위기를 느꼈던지 전설 하나를 추성이었다.

"폭포가 우람하다면, 폭포에 서린 전설은 애절해요."

"전설 따라 미인폭포이었것다."

"말 붙이지 말고 듣기나 하세요. 옛날, 옛날 머언 옛날, 폭포 위 골짜기에 준수한 용모하며 행동이 민첩한 장군 한 분이 살고 있었대요. 그는 바깥나들이를 할 때마다 백마를 타고 일부러 폭포 위로 건너뛰는 모험을 좋아했다나 봐요. 그에 재미를 붙인 장군은 평소처럼 폭포 위를 건너뛰었는데 말이 실족을 했대요.

해서 말과 함께 폭포 밑으로 떨어져 숨을 거뒀대요. 나중에 절세미인인 부인이 폭포에 떨어져 죽었다는 소식을 듣고 까무러쳤다가 깨어나 폭포로 달려갔대요. 부인은 남편의 죽음이 사실임을 알고 자신도 아득한 소를 향해 몸을 날려 남편의 뒤를 따랐다고 그래요."

그녀는 직접 본 것처럼 사뭇 감동적으로 이야기했다.

"경임이, 나 미녀나 건져 함께 살까."

"꿈 깨서요. 지금은 우주시대예요."

"……"

"이도씬, 아무런 감동도 못 느껴요?"

"난 별로. 흔한 이야기인데."

"아, 재미없어. 정서가 저렇게 메말라 가지곤."

"그건 사실이야."

"이제부터라도 정서 좀 기르세요."

"알았어. 내 노력할게. 노력하면 되겠지."

"마음먹기에 달린 걸 모르세요?"

"성녀를 만난 셈이군."

"몰라도 한 참 모르네. 전 성녀가 아니에요. 평범한 여자이고 한 남자에게 사랑 받고 싶은 그런 여자에 지나지 않아요.”

“경임인 착한 처녀니까, 좋은 남자 만나 행복하게 살 거야.”

“저, 비행기 태우지 마세요.”

“나 같은 가난뱅이에게 비행기가 있어야지 태우지.”

그녀는 깔깔 웃었다. 웃는 모습이 앙증스러워 나도 웃었다.

“다른 전설도 있는데 들려줄까, 말까?”

“입모습만 보아도 즐거우니까.”

경임은 입을 삐쭉 내밀었다가 전설을 엮어내었다.

“또 전설 따라 삼천리. 선조 때였나 봐요. 신리 마을 유씨 문중에는 천하절색인 미인이 있었더랬어요. 그 미인에게는 하늘이 정해 준 천생배필이 있었다나 봐요. 그런데 인연이 없었던지 미인은 정해진 배필과 결혼할 수 없었대요. 미인은 비관하다 이곳 폭포로 와 몸을 날려 목숨을 끊었다고 해서 미인폭포라고도 한대요.”

“갑자기 내 배가 이렇게 아프지. 이런 적이 없었는데.”

“이도 씨, 아침 먹은 것 체하셨어요? 왜 그래요?”

“아니, 그런데도 배가 이렇게 아프니….”

“아, 알았다. 절세미인을 놓쳤다는 아쉬움 때문이다.”

나는 공연히 심술을 부렸고 이를 달래는 그녀가 귀여웠다.

우리는 점심을 하늘에 떠 있는 조각구름과 함께 먹었다.

한낮이 벌써 기울고 있었다.

경임이 “혜성사에 들렀다 가요.” 하고 말해서 절로 들어섰다.

“이도 씨, 부처님께 시주하고 가요.”

경임이 내 소매를 잡아끌었다.

나는 신앙에 대해 관심을 가져본 적이 없었다. 절이 있어도 그냥 지나치기 일쑤였다. 해서 나는 흘리는 소리로 물었다.

“불교 신자인가, 경임인?”

그녀는 고개를 흔들었다.

“어릴 때 할머니 손을 잡고 절에 가 본 적은 있지만 신자는 아니에요. 그러나 이런 절경 속의 절은 지나치기 아쉽잖아요.”

“오늘만 날인가. 내일도 있고 모레도 있는데.”

“무슨 남자가 그렇게 말꼬리가 길어요.”

그 말에 나는 그만 아무 소리도 할 수 없었다.

혜성사는 비구니가 거처하는 정사인지 모르겠으나 단출했다.

경임은 대웅전으로 들어가 시주하고 절을 했다.

경임이 “이도 씨도 절을 하세요. 절에 오면 당연히 해야지요.” 하는데도 나는 머뭇거렸다.

그때 옆모습이 매우 아름다운 비구니가 “절을 해도 해 될 것 없으니까, 하세요.” 하고 말했다.

나는 잠시 난감해 하다가 그녀를 따라 절을 했다.

절을 하자 비구니가 물었다.

“두 분 약혼했는가 보죠? 너무너무 다정해 보여요.”

나는 빙그레 웃었다. 굳이 아니라고 부인하고 싶지도 않았다.

그런데 경임이 “우리가 그렇게 보여요?” 하고 물었다.

“아니라고 부인하고 싶겠지요. 인연 있을 때, 두고두고 사랑하세요. 그게 불가에서 말하는 사랑이랍니다.”

“스님은 사랑해 보셨어요?”

“사랑하는 사람이 있었다면 왜 중이 되었겠어요.”

“저, 실례지만 스님께서 입문하신 지는?”

“삼 년째 들었어요. 처음은 하루도 못 참을 것 같더니 벌써 삼 년이란 세월이 흘렀어요. 이젠 마음도 잡혀간답니다. 속세에 대한 미련으로 번

민하다가도 폭포로 내려가 정좌하고 떨어지는 물을 보면 마음은 어느새 맑아져 있어요. 인생도 떨어지는 저 물과 같거니 생각하면 오히려 잘한 일이라고 생각해요.”

스님의 눈은 너무 맑고 깨끗했다.

“전 세상살이와 부대끼면서 사는 것도 재미있다고 생각해요.”

“그럴 수 있겠지요. 저도 그렇게 생각했었어요. 일찍 양친을 여의고 고생만 하다가 출가했어도 세상에 대한 미련이 아직도 남아 있는 걸요. 속세의 미련을 떨쳐 버리지 못했다고 할까.”

스님의 얼굴 표정은 어두운 그림자라곤 없었다.

“스님의 불도를 위해, 나무아미타불 관세음보살.”

경임은 아주 자연스럽게 합장을 했다.

스님은 뒤따라 나오며 멀리까지 지켜보고 있었다.

“이도 씨, 나, 머리 깎고 중이나 될까 부다.”

경임이 장난기가 어린 음성으로 말했다.

“총각귀신 하나 생기겠군.”

“이도 씨가 총각으로 늙는다면 난 중이 될 테야.”

“누가 총각으로 늙는댔어.”

“그러니까, 중이 못 되지.”

그녀는 실눈을 뜨고 생긋 웃었다.

나는 한없이 맑은 그녀의 이마에 키스해 주었고 돌아오는 발걸음마다 그녀의 마음을 내 마음속에 듬뿍 넣었다.

나는 자재구입을 한다고 오전 내 바쁘게 돌아다녔고 오후 늦게야 구입한 자재를 싣고 동6항 현장 사무소에 도착했다.

사무소 주변은 비질을 해서 오물 하나 버려져 있지 않았고 사무실 안도 깨끗이 청소되어 있었으나 항장 지형석도, 갱외 근무자도 보이지 않았다. 의아심이 들었다.

항상 그들은 내가 올라오는 것을 보고 박 총무 올라온다며 나와서 맞이하곤 했는데 오늘은 무슨 일이 일어났음에 틀림없다고 생각했다.

갱내사고가 아니기를 빌었다. 가끔 갱내사고가 발생했을 때마다 환자를 급송하느라고 현장을 비운 일이 있어서였다.

나는 누구라도 나타나 주기를 기다리며 현황판을 손질했다.

동6항은 하나의 갱에서 지네발처럼 12개의 지갱이 있었고 지갱마다 막장에서 작업을 하고 있었다. 지갱 하나에 투입된 인원은 1개 반 3명, 총 36명이 작업에 투입되어 있었다. 하루에 갑 을 병 3개 반으로 편성되어 8시간씩 24시간 내내 작업했다.

작업은 항장의 감독 아래 반장이 분담했고 그들을 뒷바라지하기 위해 갱외 근무자, 캔 탄을 실어내는 운전기사, 새로운 광맥을 탐색하는 광산기사 등 총 1백 20여 명의 인원이 투입되어 탄을 캐고 있었다.

이를 운영하는데 하루에 3톤 차로 2백여 개의 탄을 실어내야 겨우 현상유지가 가능했다. 그런데 동6항의 광맥은 동이 났고 또 다른 광맥을 찾아 탐색 중이었기 때문에 작업의 진척도는 뚝 떨어져 있었다. 더욱이 달포를 두고 폐석만 캐어 실어냈다.

기사 윤일주는 폐광이나 다름없는 갱에서 새로운 광맥을 발견한다는 것은 쉬운 일이 아니었으나 나름대로 최선을 다하고 있었다.

그런데도 광맥을 찾지 못해 의기소침했고 자기에게 집중되는 따가운 시선을 늘 의식하고 있었다.

보름 전, 내가 현장에 다가가자 윤 기사는 사표를 내밀었다.

"그만둬야 할 것 같소. 면목이 서지 않아서요."

나는 사태를 짐작했음에도 의외의 표정을 지었다.

“윤 기사, 도대체 이게 뭡니까?”

“펴 보면 알게 될 거요.”

“이런 걸 받을 처지에 있지 않다는 것을 아시면서 주는 거요?”

“당신이 처리하라는 게 아니라, 오 부장인가 하는 그 작자에게 전해 주라는 게요. 총무의 일이 아니오?”

오 부장이 윤 기사에게 새로운 광맥을 찾아내지 못한다고 어지간히 닦달을 한 모양이었다. 윤 기사는 부득부득 사표를 내밀었다. 그는 이 바닥에서만 십 년이나 굴러먹은 베테랑이었다. 지금 사표를 제출하더라도 내일 당장 새로운 직장을 구할 수 있을 것이었다.

“윤 기사, 우리 좀더 참고 함께 일해 봅시다. 이대로 그만두면 무능하다는 소리밖에 더 듣겠소.”

“나, 내일부터 출근하지 않을 테니 그리 아시오.”

그는 뚱하니 산을 내려가 버렸다.

항장이 다가와, 어젯밤에 오 부장에게 불려가 책임추궁을 당했다는 둥, 그는 아침부터 전혀 말이 없었다는 둥, 오 부장은 해도 너무한다는 둥, 불평을 늘어놓았다.

나는 자재를 챙겨놓고 산을 내려와 윤 기사를 찾아 나섰다. 갈 만한 다방이나 술집 등으로 황지 바닥을 헤매고 다녔다.

그런데 그는 엉뚱하게도 하숙집에 처박혀 담배만 뻑뻑 빨아대고 있었다. 방문을 여니까 담배 연기가 나를 밀어내었다.

“윤 시사, 이게 무슨 청승이오? 술이나 합시다.”

나는 그를 끌어내려고 했다. 회사 일 때문이 아니라 그간 정의로 술 한 잔을 하자고 달랬으나 그는 여전히 말이 없었다.

나는 그를 부추겨 술집으로 끌어냈다.

그는 술집에서도 말이 없었다. 우리는 말없이 한동안 거푸 술잔만 비웠다. 어느 새, 얼굴이 벌겋게 달아올랐다. 술은 인간의 벽을 허무는 데 주효했던지 그의 무거운 입도 술 앞에서는 허물어졌다.

해서 세상 돌아가는 일로부터 말문이 트여 그에게 나의 전력을 털어놓았다. 그는 다행히 마음의 문을 열었다.

그는 이야기 끝에 있는 불만, 없는 불만을 털어놓았다.

"이놈의 회산 사장이 코빼기를 내밀어, 뭣 하나 광원을 생각해 주는 게 있어! 인간다운 대접이라곤 하나 없으니……"

"그 점에 대해선 나도 전적으로 동감이오."

"탄만 많이 캐 주기를 바라는 두더지로 취급하니……"

"하얀 두더지가 검은 두더지를 등쳐먹는……"

"박 총무는 솔직하게 시인하는 점이 좋아요."

"쓸데없는 소리. 자, 술이나 들어요. 그런 얘긴 앞으로 두고두고 해도 시간이 남아돌 테니까, 취해 봅시다."

"비록 내 손으로 사표를 제출했으나 광맥을 찾아내어 존심을 회복하고 싶소. 해서 오 부장인가 하는 그 작자에게 큰소리치고 그만두려고 했었는데. 이거, 영 무시당해서."

"자, 자, 술이나 듭시다."

나는 되도록 회사 일을 도마 위에 올리지 않고 술만 마셨다.

늦게 일어나니 머리가 띵했다. 얼마나 술에 곤죽이 들었던지 어떻게 하숙집으로 돌아왔는지 기억에도 없었다.

윤 기사를 부축하고 하숙집에 들어선 것만은 분명한 데 윤 기사는 보이지 않았다. 사무실에 들러 오 부장에게 윤 기사 문제는 나에게 전적으로 맡겨 달라고 부탁했다.

그는 잘해 보시오 하고 시큰둥했다. 나는 오 부장이 어떻게 나오든 조금도 개의치 않고 내 생각대로 일을 밀고 나갔다.

나는 사무실 잔무를 처리하느라고 늦게 현장으로 올라가 갱내 옷으로 갈아입고 막장까지 들어갔다. 막장에서는 폐석을 캐어 차에 싣고 있었다. 김 반장이 기다렸다는 듯이 말했다.

"제 2지갱에 윤 기사가 있습디다. 무슨 감을 잡았는가 봐요."

나는 김 반장을 대동하고 2천8백 미터나 되는 제 2지갱 막장으로 그를 찾아갔다. 윤 기사는 일에 열중해 있었기 때문에 내가 다가서는 것도 알지 못했다. 윤 기사는 고개를 갸우뚱했고 설레설레 흔들다가 나를 보고 비식 웃기까지 다했다.

나는 눈웃음으로 인사를 건넸다.

그런 일이 있은 뒤, 윤 기사는 정열을 다해 광맥을 찾았다.

이틀 뒤, 현황판을 정리할 때였다.

갱 안에서 사람들이 몰려나오며 떠들썩했다. 나는 급히 달려 나갔다. 항장이 윤 기사를 옹위하고 다가오고 있었다.

윤 시사의 얼굴이 한결 밝아 보였다.

지형석이 흥분을 감추지 못해 하며 "박 총무, 끝내 윤 시사가 한 건 한 것 같소." 하고 희색이 얼굴 가득했다.

나는 너무나 반가워 윤 시사의 손을 덥석 잡았다.

"윤 기사, 정말 잘 참아 주었습니다."

"아직 속단은 금물이오. 큰놈이 걸려든 것만은 분명한데……"

윤 기사는 어느 때보다도 자신 있는 어조로 말했다.

"얼마나 큰놈일 것 같소?"

"내 측량대로라면 50만 톤은 넘을 거요."

"그렇다면 3년은 캐먹을 수 있겠어."

"아마 그 정도는 충분하리라 봅니다."

니는 흥분되어 사장에게 보고할까 말까 하고 갈팡질팡했다.

그러는 나에 비해 윤 기사는 냉정했다.

"측량이 맞아떨어질지 모르니 석공지사에 의뢰해 보시지요."

항장도 "아마 그게 좋을 것 같소." 하고 동의했다.

철저히 조사한 다음 보고해도 늦지 않을 것이다.

나는 흥분을 가라앉히고 석공지사에 정밀탐색을 의뢰했다.

이덕구 탐사팀은 3일이나 걸려 정밀탐색을 했고 결과, 70만 톤이 넘을 것이라고 오히려 더 밝은 전망을 확인해 주었다. 그것도 암반을 조금만 파면 노다지로 양질의 탄이 묻혀 있을 것이라고 했다.

광원들이 몰려와 윤 기사를 헹가래쳤다.

나는 서울에 있는 천일도 사장에게 전화를 걸었다. 천 사장은 집에 없었다. 몇 번 시도한 끝에 겨우 통화를 할 수 있었다.

"저 박이도인데요, 새로운 광맥을 발견해서 보고 드립니다."

그런데 들려오는 사장의 목소리는 실망만 안겨줬다.

"올라와서 서면으로 보고하게."

"사장님께서 내려오셔서 직접 현장 확인도 하실 겸……"

"올라와서 보고하라는 데도."

"사기문제도 있습니다. 사장님께서 내려왔으면 해서요."

"알았네. 수일간 내려가겠네."

사장은 보고도 끝내기 전에 제 편에서 전화를 끊어버렸다.

나는 한 대 된통 얻어맞은 듯했으나 사장이 내려올 테니, 그때까지 현장 확인을 할 수 있도록 광맥을 뚫어 보라고 부탁했다.

광원들은 신바람이 나 일의 진척은 예상외로 빨랐다.

폐석을 캐어 실어내기 이틀, 무진장한 탄이 우수수 무너져 내렸다. 광원들은 삽으로 떠서 싣기만 하면 되는 노다지에 묻혀 작업했다.

내려온다던 사장은 사흘이 지나도 나타나지 않았다.

나는 도시 사장의 마음을 이해할 수 없었다. 내 마음 같아서는 당장 달려오지 않고는 못 견딜 심정일 것 같았으나 가진 자의 배짱은 그게 아닌지 몰랐다. 흥분한 내 자신이 열없어 했다.

이레째 되는 날이었다.

사장이 나타났다. 그는 오 부장과 미스 윤을 대동하고 현장에 나타났다. 오 부장이 들어 항장과 반장들을 인사시킨다, 현황보고를 한다 하고 민첩하게 행동했다.

나는 서울에서 보았을 때 천 사장을 다소 존경하는 마음이 있었으나 이제야 나타나는 그에게 존경심마저 달아나고 없었다.

나는 오 부장이 보고를 끝낸 틈을 타 말했다.

"사장님, 막장에 들어가 보셔야지요. 광원들에게 격려도 하시고요. 윤 기사에게는 광원들 앞에서 격려금도 드리고요."

그리고 미리 준비해 둔 광원복을 그의 하얀 양복, 하늘색 넥타이를 맨 코앞에 들이밀었다.

사장은 옷에 탄가루가 떨어질까 물러나면서 "박 총무, 옷을 갈아입고 막장에 들어가야 하나." 하고 어눌한 표정을 지었다.

"광원들에게 일체감을 보여 주셔야지요."

오 부장이 들어 나를 힐난했다.

"박 총무, 그런 일은 내가 처리할 테니까, 상관하지 마시오."

나는 오 부장을 무시한 채 "사장님, 옷을 갈아입으세요. 그냥 들어갈 수는 없지 않습니까." 하고 거듭 독촉했다.

그것은 막장에 광원들과 윤 기사를 대기시켜 놓은 탓도 있어서였다.

사장은 "이제 본께 박 총무, 당돌한 데가 있어." 하다가 항장과 반장들의 눈을 의식했는지 "내 옷을 갈아입고 들어가긴 하겠네. 그런데 위험하지 않을끼" 히고 거듭 반문했다

“광원들은 24시간 내내 일을 하고 있습니다.”

“그래도 혹시나 해서……”

천 사장은 작업복을 이나 낀 듯이 받아서 갈아입고 “자, 들어가 보세.” 하고 마지못해 따라나섰다.

나와 항장은 사장을 모시고 갱내로 들어섰다. 갱 안은 시설한 지 오래되어 갱목이 들쑥날쑥 했고 위험한 곳이 방치된 채 그대로 있었다.

천 사장은 겉으로 드러내지 않았으나 내심 불안과 공포에 젖어 떨고 있었다. 반쯤이나 들어갔을까.

천 사장은 몸이 불편하다는 핑계를 대고 되돌아섰다.

“박 총무, 눈치껏 처신해요. 사람이 저렇게 맹해 어데 쓰나.”

갱을 나온 사장은 오 부장과 산을 내려가 버렸다. 그 뒤에 대고 항장과 반장들이 손짓으로 시늉까지 해 보이며 욕을 퍼부었다.

나는 내가 더 있을 곳이 못 된다는 것을 비로소 깨달았고 서울에서 좋은 소식이 오기를 기다리는 초라한 신세가 되었다.

해가 저물어 사무실로 돌아왔다. 경임이 기다리고 있었다.

“사장님이 기다리세요. 어서 가 보세요.”

“경임은 오라고 하지 않았어?”

“오라고 했어요. 한 턱 낸다나. 그런데 가고 싶지 않아요.”

“사장의 초청인데 일단 가 보기로 하지.”

나는 경임과 함께 약속된 장소로 갔다. 안내를 받아 방안으로 들어서니 이미 술판이 벌어졌다.

사장은 아가씨를 끌어안고 있다가 “어, 박 총무 늦었어. 내 술 한 잔 받게나.” 하고 술잔을 내밀었다.

나는 무릎을 꿇고 잔을 받았다. 아가씨가 술을 따라주었다.

내가 술을 받아 마시기도 전에 사장은 “박 총무, 사람을 그렇게 난처하게 만들기야. 도대체 거기가 어디라고 나 보고 들어가자는 게야.” 하고 못마땅하다는 듯이 쏘았다.

나는 배알이 뒤틀렸으나 참고 술잔을 비웠다.

“사장님, 한 잔 받으시지요.”

“그래, 그렇게 하지.”

잔을 받은 사장은 경임이 앞으로 잔을 내받아 술을 따르라는 시늉을 했다. 그녀는 내 눈치를 보더니 술을 거칠게 따랐다.

“경임이라 했지. 얼굴은 쓸 만한데 솜씨가 거칠어.”

경임은 몸 둘 바를 몰라 했다. 술좌석이 길어질수록 그녀의 고개는 점점 떨어졌다. 사장은 주기가 한껏 올랐다.

“너네들은 물러앉고 자, 미스 윤이 내 옆으로 와 앉아.”

술집 아가씨가 입을 비쭉비쭉하더니 한 마디 했다.

“세상에 아다라시가 어딨어. 우릴 괄시하기예요.”

“물러나라는 데두. 미스 윤, 이리 다가와.”

경임은 홍당무가 무색했다. 당장 뛰쳐나가고 싶었다.

그런데 그 순간, 누워 신음하는 아버지의 모습이 떠올랐다. 두 동생의 초롱초롱한 얼굴이 얼른거렸다.

경임은 눈물을 짜고 사장 옆으로 다가앉았다.

“너네들 잘 들어. 이제부터 나, 이 천일도 사장, 돈방석에 올라 앉았다구. 검은 황금이 팡팡 쏟아져 들어 온다구, 알았어!”

사장은 거들먹거리며 으스댔다.

“미스 배라고 했것다. 자, 옷을 벗지. 이곳 아가씨들은 밑천까지 석탄 가루로 번쩍인다면서. 어디 한번 보여 주게나.”

“사장님, 왜 이러실까. 벌써 취하셨나.”

“니네들, 이 천일도 사장을 어떻게 보고 그래.”

천 사장은 속주머니에서 악어지갑을 꺼내어 시퍼런 지폐 한 다발을
배라는 아가씨의 젖가슴에 찔러 넣었다. 경임의 가슴 속에도 돈을 찔러
넣으려 하자 그녀는 고추잠자리가 되어 뒤로 물러났다.

"술집에 오면 다 그런 게야. 미스 윤은 서울 아가씨와 다르군. 젖이라
도 만져봐야 팁이라도 주지. 세상에 공짜가 어디 있어."

나는 뒤꼬이는 배알을 바로 펴고 말했다.

"사장님, 그런 돈은 윤 기사에게 격려금으로 드리시지요."

"월급을 받는 윤 기사에게 격려금이라니, 난 그런 돈 없네."

사장은 겸임에게 다가앉아 가슴 속으로 돈다발을 들이밀려고 했다.
그녀는 뿌리치다 못해 눈물을 한 움큼 걸렀다.

미스 배는 젖무덤 사이에 돈 다발을 비벼대며 밑천을 까발렸다.

"사장님, 이래 뵈도 깨끗해요. 사장님과 전 총각과 처녀예요."

"저 말투, 처녀라니?"

"처음 만나 사랑하면 처녀 총각 아니에요?"

그녀는 천사장의 허리띠 속으로 손을 밀어 넣자 경임은 울음을 터뜨
리며 바깥으로 나가버렸다.

천 사장은 "박 총무, 가서 데려오게. 오지 않겠다고 하거든 당장 해고
해. 버릇이라곤 없는 아가씨야." 하고 소리쳤다.

술좌석은 난장판이 되고 말았다.

나는 분노를 씹으며 바깥으로 나섰다. 차디찬 별들이 내게 내려앉아
가슴을 도려내고 있었다.

간밤에 눈이 내렸다. 첫눈 치고 많이 내려 발목이 달렸다.

경임은 첫눈이 내리기를 학수고대했으면서도 조금도 기쁘지 않았
다. 그녀는 지난밤을 뜬눈으로 지새웠었다.

잠을 설치는 그녀에게 눈 내리는 소리는 유난히도 크게 들렸다.

요새 들어 어머니는 들어오지 않는 날이 빈번했다. 지난밤도 어디서 어떻게 밤을 지새웠을까. 더욱이 아버지의 병은 날로 더해 오늘내일 하는데 어머니는 해도 너무 한다고 생각했다.

그러나 그녀는 어머니를 원망하지 않았다.

경임은 새벽부터 일어나 아버지 방의 똥오줌 자리를 깨끗이 치우고 뜰 안의 눈을 말끔히 쓸었다. 그리고 부엌으로 들어가 밥을 지어 두 동생에게 주고 누룽지로 미음을 만들어 아버지의 입에 떠 넣었으나 아버지는 흘러 넣는 족족 모조리 토해냈다. 그녀는 뼈만 남은 아버지를 들여다보다가 눈물이 왈칵 치밀어 방을 뛰쳐나왔다.

경임은 등산차림을 하고 집을 나섰는데 동생이 따라 나왔다.

"누나, 지금 어디 가?"

"나 등산 좀 하고 올게. 아버지 좀 잘 보살펴 드려."

"나도 같이 가면 안 돼?"

"아버지는 누가 돌보고."

"참, 그렇지. 일요일이니까. 걱정 말고 잘 다녀와."

"그래. 속히 다녀올게."

경임은 종종걸음을 쳤다. 약속시간은 이미 지나 있었다.

그녀 편에서 첫눈이 오면 태백산으로 등산을 가자고 했으면서도 발걸음이 한없이 무거웠다. 어쩌면 스무 해 동안 지켜온 순결을 그에게 주어야 한다는, 아니 강제로 내맡겨야 한다는 강박관념이 그녀의 발길을 무겁게 했는지도 모른다.

그런 강박관념은 서울에서 천사장이 내려오고 난 뒤부터였다.

천사장이 자기의 가슴에 지폐를 찔러 넣자, 그녀는 수치심으로 방을 뛰쳐나왔었다. 그랬는데 다음날 퇴근 무렵, 오 부장이 경임일 요정으로 불러냈다. 그녀가 자리에 앉기두 전에 닦달했다.

“미스 윤, 사장에게 그런 모욕을 주는 게 어디 있어. 사장이 당장 해
고하라고 고래고래 소리쳤어. 이 눈치 없는 아가씨야, 그럴 때는 못 이
긴 척하고 가만히 있는 게야. 그것까지는 눈감아 줄 수도 있어. 그래, 사
장이 올라가는 데도 배웅도 안 나와. 그게 회사에 몸을 담고 있는 사원
의 태도야. 이제 어떻게 할 거야?”

“죄송합니다, 부장님. 용서하세요.”

경임은 죽는 시늉을 했다.

“내 미스 윤의 형편을 잘 알고 있어 주저하고 있으나, 사장의 진노가
워낙 대단해서 해고 아니 할 수도 없구. 어떻게 한다?”

“부장님, 절 도와주세요. 어제 저녁은 제가 잘못했습니다.”

“그래 아버지 병환은 어때?”

“전혀 차도가 없습니다.”

“동생은 학교에 다닌다지?”

“네. 그래요, 부장님.”

“미스 윤이 벌어 가정을 꾸려 나가겠군.”

“……”

“미스 윤, 회사에 계속 나오고 싶어?”

“네. 제발 해고하지 마세요.”

“그렇다면 좋아요. 앞으로 박 총무와는 거리를 두고 그놈을 감시해.
그리고 내 말에 절대 복종하구. 미스 윤은 눈치가 없어 탈이야. 회사의
실권이 누구 손에 있는지도 모르니.”

“……”

“자, 이 돈으로 아버지 병환에 보태 써.”

오 부장은 지폐 한 다발을 내밀었다.

“자, 그러면 술이나 한 잔 할까.”

오 부장은 경임에게 술잔을 내밀어 술을 따르게 했다. 경임은 마지못해 술을 따랐고 그의 강권에 못 이겨 술을 받아 마셨다.

경임은 오 부장을 구슬리며 몸을 사렸다. 그것도 잠시뿐이었다. 오 부장은 술이 오르자 경임에게 달려들었다.

경임은 동생을 생각하고 눈물을 짰다.

"부장님, 다음 기회도 있잖아요. 성급하게 구지 마세요. 저 오늘부터 손님 들었거든요. 다음 기회에 받아들이겠습니다."

"미스 윤, 도망가려는 수작이지?"

"아니에요. 자, 보세요."

경임은 스커트를 들어올렸다.

오 부장은 탐욕스런 눈으로 보다가 "내려. 재수 더럽게 없군." 하고 투덜대다가 "다음 기회도 있으니까, 오늘은 곱게 보내주지." 해서 빠져나오기는 했으나 직장에 붙어 있는 한, 그의 손아귀를 벗어나기란 도저히 불가능할 것 같았다.

그녀는 오 부장에게 몸을 더럽히기 전에 좋아하는 박이도에게 처녀성을 주고 싶었다. 그것도 첫눈이 내린 날에 주고 싶어 그녀 편에서 약속을 간청했던 것이다.

첫눈이 내린 탓인지 오가는 사람의 표정마다 한결 밝아 보였다. 박이도는 약속 장소에 나와 있지 않았다.

경임은 오 부장과의 사이를 눈치 채지 못했을 리 없다는 생각이 들수록 바람 맞는 게 아닌가 하는 생각이 들었다.

나는 한 시간이나 지나서야 약속 장소로 나갔다.

경임은 "바람맞는 줄 알았어요." 하면서도 팔짱을 꼈다.

"바람도 불지 않는데……"

"엉뚱한 소리로 피하지 마세요. 왜 늦으셨어요?"

“간밤에 폭주를 해서 일어나지 못했어.”

“그렇다면 다행이에요.”

경임은 나를 장성행 버스로 이끌었다. 버스 안은 텅 비어 있었다. 등산복 차림의 노부부가 타고 있을 뿐.

할아버지 쪽에서 “댁들도 등산 가우?” 하고 말을 걸었다.

경임이 상냥하게 “네, 그래요. 할아버지께서는?” 하고 반문했다.

“우리는 눈 구경 나왔다우. 젊은이들은 어디서 내릴 거유?”

“장성 입구 못 미처 등산로 입구에서요.”

“임자, 우리도 그곳에서 내리지.”

버스는 눈 속을 미끄러지며 속도를 늦췄다.

우리는 버스에서 내렸다. 노부부도 함께 따라 내렸다.

“할아버지께서도 태백산 등산하시게요?”

“아니네. 늙은 몸으로 등산이 당키나 한가.”

“할아버지, 부럽습니다.”

“부럽다니, 오히려 젊은이들이 한없이 부럽네.”

이번에는 경임이 말했다.

“잉꼬부부를 보는 것 같아서요. 그림이 매우 아름답습니다.”

“당신, 이 젊은이를 좀 본 받수.”

“나도 임자를 업고 가라고 하면 갈 수도 있소.”

“누가 업히라면 못 업힐까.”

이를 지켜보던 경임이 부러운 듯 말을 건넸다.

“재미있는 부부서라. 이 길은 백련암으로 가는 길이에요.”

“젊은이는 어디로 가우?”

“저 휜 태백산 중턱에 있는 황지에 가려고 해요.”

“이따 백련암에서 만나요. 그곳 찻집에서.”

"할머니는 여러 번 오셨나 봐요."

"일 년에 너댓 번 온다우. 계절이 바뀔 때마다 오곤 했수."

"멋쟁이 부부님, 이따 찻집으로 가겠습니다."

"차 한 잔 대접할 테니 꼭 오슈."

우리는 등산로로 들어섰다. 선객이 지나가지 않아 마치 태고를 걷는 기분이 들었다. 나는 앞서 걸었고 경임이 뒤따랐다.

산은 점점 높아졌고 길은 험했다. 우리는 따로 떨어져 오르다가 자연스럽게 붙들어주고 이끌어주었다.

눈이 쌓인 곳에 빠지면 끌어올렸고 끌어올리다가 엎어지면 한 몸이 되곤 했다. 두 몸은 하나 되어 산을 올랐다.

나무 위의 눈덩이가 그녀의 이마에 떨어지면 나는 다가가 입으로 닦아주고 입과 입을 겹쳤다. 원시의 설원 위에서 암컷과 수컷이 농탕치듯 우리는 장애나 제약을 받지 않고 어울렸다.

우리는 한낮이 기울어 황지(黃池)에 닿았다. 경임은 하얀 김을 뿜어내며 "이곳이 낙동강의 또 다른 발원지예요." 하고 말했다.

"이곳을 보기 위해 이 고생을 다했어?"

"그래요. 이도 씨는 감정이 없더라."

황지의 물은 얼어 있지 않았다. 오히려 물은 뽀얀 김을 모락모락 뿜어내며 조금씩 흘러내리고 있었다.

"다 얼었는데 이곳만은 얼지 않았으니 신기하지 않나요?"

"솟은 물이니까 얼지 못했겠지."

"아이, 똑똑도 하셔라."

나는 "그래"하고 김을 뿜어내는 그녀를 포옹하고 입술을 덮쳤다.

그녀는 입술을 떼어내며 "이곳이 낙동강의 시작이듯이 우리도 이곳에서 우리 둘만의 인생을 시작해요." 하고 속삭였다.

“해서 오자고 했군.”

“이도 씨, 절 사랑해 주세요. 저 후회 안할 게요.”

“후회 안 한다? 세상에 그런 말이 어디 있어.”

“이도 씨, 절 사랑하지 않으세요?”

“아니.”

“이도 씨, 정말이세요?”

“정말이지 않구. 누구보다도 좋아하지만 사랑하지는 않아.”

“거짓말이지요?”

“거짓말이라면 할 수 없구……”

경임은 눈물을 내비쳤다. 나는 그 눈물을 입술로 훔쳐 주었다. 그녀
는 여전히 눈물을 글썽이며 애원하듯이 속삭였다.

“절 사랑하지 않아도 소유하고 싶지 않으세요?”

“소유하고 싶지 않다면 그건 남자 아니게.”

“그런데 왜 망설이는 거예요? 저, 이렇게 소원하잖아요.”

“난, 경임이 같이 착한 사람, 사랑할 자격 없어.”

“왜, 왜죠? 이도 씨, 말해 봐요.”

“주제파악을 했으니까.”

“주제파악이 뭐예요? 그런 것도 있어요.”

“천애고아라는 신분.”

“그게 왜 우리 둘에게 장애가 되나요?”

“내게 있어서는 암 같은 존재야.”

“제가 치료해 드리겠어요.”

경임은 배낭 속에서 타월을 꺼내어 눈 위에 펼쳤다. 그리고 하늘을
향해 눕더니 “자, 이제. 소유하세요. 어서요.” 했다.

나는 당황했다. 경임을 사랑하지 않는 것은 아니었다. 사랑하는 마음

이 영글어질수록 그녀를 소중히 가꾸고 싶었다. 어쩌면 나 자신보다도 그녀를 소중히 아꼈는지도 모른다.

경임이 이렇게까지 나오는 데는 분명히 까닭이 있을 것이었다.

그 원인은 오 부장 때문일 것이었다. 사장이 해고하라는 미끼를 내세워 경임을 협박했음에 틀림없었다.

나는 경임을 데리고 서울로 달아나고 싶었다.

그런데 누워 있는 그녀 아버지가 마음에 걸렸다. 해서 결단을 내리지 못하고 있었다.

오늘 약속 시간에 늦은 것은 경임이 때문이었다.

서울 친구한테서 편지가 왔었다. 사건이 곧 해결될 것이며 그 동안 적당한 자리를 물색해 놓겠다는 것이었다. 그러니 그곳을 청산하고 올라올 준비를 하라는 내용이었다.

그러나 경임을 두고는 떠날 수는 없을 것 같았다. 좋은 소식인데도 반갑지 않았다. 오히려 고민에 빠졌다. 해서 늦었다.

나는 화를 벌컥 내어 그녀에게 말했다.

"정말, 이렇게 나와야 하겠어?"

"나오지 않고요. 저, 이도 씨 사랑하지 않아요. 다만 오 부장에게 스무 해 동안 간직한 처녀성을 주지 않기 위해서예요. 이도 씨 아니래도 아무 남자에게나 주고 싶어요. 어서요."

겸임의 눈에서는 눈물이 볼을 타고 흘러내렸다. 나는 분노 같은 것을 깨물면서 그녀를 찾아 나섰다.

....

....

....

백설 같은 하얀 사랑이 끝난 뒤, 경임이 울먹이며 말했다.

"고마워요, 이도 씨."

"나 경임이 사랑해. 앞으로 두고두고 사랑할 거야."

"……"

"때가 되면 말하겠어. 지금은 말할 수 없지만."

"저 싫어요. 부담 가지면."

"내가 언제 부담 갖는댔어?"

"좋아요. 이제 홀가분해요."

"그건 나도 마찬가지야. 경임이, 오늘을 잊지 말자."

눈 쌓인 길을 내려오는 걸음은 가벼웠다. 내 발걸음보다도 그녀의 발걸음이 한결 가볍게 느껴지는 것은 무슨 이유에서일까.

우리는 느지막하게 백련암에 닿았다. 그때까지 노부부는 기다리고 있다가 우리를 반겨주었다.

"댁들은 어디까지 갔다 오셨수?"

할머니가 부러운 듯 물었다.

"정상까지 오르지 못하고 황지까지만 갔다가 되돌아왔어요."

경임이 상기되어 대답했다.

"젊을 때 열심히 다니슈. 늙으면 몸이 말을 듣지 않는다우."

"저도 그럴까 해요, 할머니."

"젊은이들, 뭘 드시겠소?"

"커피를 마셨으면 해요."

"역시 젊은이라 커피를 좋아하시네. 당신 무엇으로 들겠소?"

"우리도 커피 들지."

"커피를 두 잔이나 들고 또 커피우? 홍차나 드시지."

할머니는 커피와 홍차를 시켰다.

“난 가자는 데 저 양반이 만나보고 가자고 우기질 않겠수. 등산하고 내려온 사람을 대하면 등산한 기분이 난다면서.”

분위기 탓인지 커피 맛은 감칠맛이었는데 나는 커피를 마신다기보다는 경임의 마음을 속속들이 음미했다.

사무실 안은 썰렁했다. 냉기가 적막을 몰아내고 있었다.

나는 사무실을 지킨다기보다 등산의 여독으로 책상에 기대어 있었는데 전화벨이 요란하게 울렸다.

수화기를 집어 들고 “천도광업입니다.” 하는데, “경임이 누나 좀 바꿔주세요.” 하고 울먹이는 목소리가 낯설었다.

“자리에 없는데, 급한 일이라도 있습니까?”

“아버지가 돌아가셨어요. 누나에게 알려주세요.”

“알았어, 알았다구요.”

나는 수화기를 급히 내려놓고 사무실을 나왔다. 경임이 갈 만한 곳은 다 찾았으나 그녀는 보이지 않았다.

다방 앞을 지나치려는데 오 부장이 다방을 나오고 있었다.

“부장님, 미스 윤을 못 봤습니까?”

오 부장은 딴 짓을 피우다가 “나 못 봤소.” 하고 가 버렸다.

나는 다방 안으로 들어섰다.

들어서니 구석진 자리에 경임이 앉아 있었다.

그녀는 울고 있었다. 나는 그녀에게 다가가 “경임이!” 하고 불렀다. 그녀는 놀란 토끼처럼 나를 올려다보았다.

“자, 일어나지. 아버지께서 돌아가신 모양이야.”

나는 그녀를 일으켰다. 그리고 흐느끼는 그녀를 부축해서 택시를 타고 그녀 집으로 향했다. 집은 산비탈에 있는 판자집이다.

그녀는 방으로 들어서면서 아버지 시신에 엎어져 “아버지!” 하고 울

부짖었으나 목이 메여 울음은 자지러들었다.

나는 남매를 돌보며 장례 준비를 서둘렀다. 친척들에게 연락을 한다, 장의사에 부탁을 한다 하고 정신이 없었다. 사방에 연줄을 넣어 경임의 어머니를 찾았으나 그녀의 어머니는 장일에 나타났고 마지막 가는 길이 저렇게 쓸쓸할 수 있을까 싶게 칠촌 아저씨 한 분이 오고 손아래 누이동생이 달려왔을 뿐, 다른 친척은 나타나지 않았다.

나는 장례를 치르고 돌아서는 발걸음이 한없이 무거웠다.

12월도 보름을 넘어서자 거리는 징글벨 소리에 묻혔다.

나는 들뜬 분위기에 젖어 출근했다. 경임은 벌써 출근했다. 그런데 그녀는 들어서는 나를 보고 눈인사도 하지 않았다.

그녀의 밝은 표정도 사라졌다.

아버지를 잃은 충격, 동생을 부양해야 하는 부담감, 오 부장에 대한 적당한 거리 유지 등 그녀가 감당하기에는 벅찬 일일는지 모른다. 나마저도 경임을 위해 힘이 될 수 없는 무력감에 휘말려 있었다.

오 부장이 사무실에 나타났다. 그는 경임을 유심히 지켜보다가 시선을 돌려 나에게 의미심장한 미소를 던지더니 사무실을 횡 하니 나가버렸다. 그의 미소는 음흉했다.

나는 그것이 마음에 걸려 일이 손에 잡히지 않았다.

경임에게 월급을 받아 사무실을 나서면서 "나 찾거든 현장에 올라갔다고 해요." 하면서 거들떠보니 그녀의 눈빛이 초점을 잃은 듯했다.

나는 마음이 착잡했다. 대낮부터 술집에 처박혀 술이나 실컷 마셨으면 싶었으나 현장 사무소로 올라갔다. 작업 진척을 확인해서 정부보조금을 신청하는 일이 밀려 있었던 것이다.

나는 교대 차량에 편승해 소도리를 지나 함백산 중턱에서 내렸다. 길이 빙판 져 차로는 더 이상 갈 수 없어서였다.

나는 광원들과 뒤섞여 동6항을 향했다. 그들은 월급날이어서인지 수당에 대해 불만을 털어놓으며 산을 오르고 있었다. 일을 열심히 하는 축들은 불평이 적었으나 게으름을 피우는 축들 편에서 되레 말이 많은 것도 그들 세계의 생리였다. 해서 나는 일체 대거리를 하지 않았다. 소외감을 자청했다고 할까, 묵묵히 밑만 보고 걸음을 재촉했다.

나는 현장 사무실에 들러 신청서를 작성했고 막장에 들어가 작업 진척을 확인하다 보니 짧은 해도 설핏 기울고 있었다.

월급날이면 항장도 갱외 근무자도 얼씬거리지 않는다. 이유는 목욕탕이 딸린 숙소에서 손금을 보고 있기 때문이다.

오늘따라 나의 발길은 임시숙소로 향하고 있었다. 그것은 모든 것을 잊고 투전으로 봉급을 몽땅 날리고 싶었는지도 모른다.

목욕탕은 수리를 하지 않아 물이 새고 있었고 광원들은 온수가 공급되지 않아 목욕도 하지 못한 채 돌아가기 일쑤였다. 유명무실한 목욕탕, 그 목욕탕이 오늘만은 제몫을 단단히 하고 있었다. 목욕탕을 지나 숙소로 다가서기도 전에 담배연기가 자욱이 뿜어 나오고 있었다.

대낮부터 투전판이 벌어졌음에 틀림없었다.

아니나 다를까. 십여 평 남짓한 숙소는 다섯씩 여섯씩 둘러앉아 눈에 쌍심지를 켜고 있었다.

담배 연기가 20촉 전구의 불빛을 가려 누가 누군지 알 수 없었다.

사람이 들어서도 누구 하나 거들떠보는 사람이 없었다. 하나같이 담배를 꼬나물고 눈은 지그시 감은 채 화투짝에만 충혈된 눈을 부릅뜨고 있었다. 나는 사람들 틈새를 비집고 끼어 앉았다.

항장이 끗발을 조이다가 나를 힐끔 거들떠보았다.

그는 끝내주는 끗발이 나왔는지 "총무가 웬일여? 한 자리 끼려나?" 하고 미소 지었다. 비로소 사람들의 시선이 내게로 집중되었다.

그 시선 속에는 오 부장도 들어 있었다. 그는 대낮부터 판에 끼어들었는지 그의 앞에는 판돈이 수북이 쌓여 있었다.

나는 넌짓 넘겨짚어 말했다.

"부장님, 이 바닥에서 손 씻은 줄 알았는데요."

김 반장이 끼어들었다.

"씻다니, 말이나 돼. 판돈의 뒷돈은 오 부장의 주머니에서 나온 것인디. 우리가 현찰이 있어 이 짓하고 있는 줄 아는감?"

항장이 나서며 두둔했다.

"김 반장, 오 부장 아니면 누가 물주로 나서겠어."

나는 오 부장에게 의중부터 떠보았다.

"부장님, 저도 끼워 주시겠습니까?"

오 부장은 실눈을 더욱 치뜨고는 "총무가 낀다는데 반대할 수 있겠수." 하고 자신만만한 태도를 지었다.

나도 한때 이 바닥에 흠씬 빠져 숱한 돈을 날렸었다. 그 덕에 투전판의 생리를 알게 되었다. 지나친 욕심은 화근을 자초하며 홍분하는 것은 절대금물이다. 내 화투짝보다도 상대방의 화투패에 눈독을 들일 것이며 속지 않는다면 큰돈을 잃지 않는다는 것 등.

다섯 장으로 짓고 땡, 판돈은 시퍼런 지폐 하나, 한 판에 잘만 하면 서너 장이 굴러오는 큰 노름이었다.

처음엔 좀처럼 끗발이 좀처럼 오르지 않았다. 한 시간도 못 되어 기십만 원을 날렸다. 시간이 흐를수록 오 부장에게로 돈이 몰렸다. 오 부장은 신이 나서 연신 손바닥에 침을 퉤퉤 뱉으면서 화투짝을 돌렸다. 그리고 언제나 한 끗 차이로 판을 쓸었다.

아무래도 손바닥에 침을 뱉어 암수를 만드는 것이 분명했다.

그렇다면 더 이상 속아줄 수 없다는 생각이 들자 나는 판을 서서히 몰아갔다. 잃었던 것을 회복했고 그 돈만큼 쓸어왔다.

그럴수록 판은 점입가경으로 무르익었다.

어느 새, 그 앞에 수북이 쌓였던 돈은 내 앞에 와 있었다.

오 부장은 연신 시계를 들여다본다. 그는 무슨 중대한 약속이라도 있는 듯했다. 그런데도 좀체 자리를 떨치고 일어나지 않았다. 이미 이성을 잃고 있는 탓인지도 모른다.

나는 미심쩍어 "약속이라도 있습니까?" 하고 물었다.

"약속이야 뭐. 박 총무 솜씨가 보통이 아냐."

오 부장은 아홉 시에 경임과 만나기로 약속했다. 분위기를 보아가며 그녀를 덮치려고 계획까지 짜 놓았다. 경임을 덮치려면 지금쯤 산을 내려가야 할 것이었다. 경임은 이미 수중에 들어온 새, 그녀를 덮치는 것은 내일도 있고 모레도 가능할 것이다.

그런데 현찰을 잃고 그냥 내려갈 수는 없다고 생각했다.

오 부장은 시간에 신경이 쓰여 돈을 잃는다고 생각했던지 시계를 풀어 바지주머니에 쑤셔 넣었고, 속주머니에서 시퍼런 지폐 다발을 꺼내 놓고 본격적으로 달라붙었다.

나는 적당히 잃어 주기도 했고 따기도 하면서 오 부장의 오기를 돋웠다. 그러다가 자정이 지날 무렵, 패를 몰아 판을 쓸었다.

오 부장은 쌍심지를 돋우고 대들었다.

"이거, 속이는 게 아냐?"

"부장님, 속이다니요. 막 볼 사람도 아닌데."

오 부장은 품에서 비수를 꺼내어 바닥을 찍으면서 말했다.

"이제부터 속이는 현장에서 들키면 이 칼로 손등을 찍기요. 발각되는 날엔 판돈을 포기하기요. 약속할 수 있소?"

그만 깽에 길 내기 아니었다. 나는 질세라 응수했다.

"좋소이다. 원한다면 그렇게 합시다."

"들었지? 당신들이 증인이오."

모두들 고개를 끄덕였다. 이미 다른 판은 끝나 있었고 스물이나 넘는 눈알들이 우리 둘에게 쏠려 있었다. 당사자인 노름하는 사람보다도 지켜보는 눈들이 잔뜩 긴장해서 숨을 죽이고 있었다.

판은 칼을 꽂아놓은 채 열기로 후끈거렸다.

나는 한 끗 차이로 판 서리를 해 버렸다.

오 부장은 분해 씩씩거렸다. 그는 품안에서 돈 다발을 꺼내더니 "박 총무, 피차 있는 돈 몽땅 걸고 단판으로 끝냅시다." 하고 대들었다.

그의 눈빛은 이미 정상이 아니었다.

나는 그의 마음을 읽고 있었으나 못 이긴 듯 대답했다.

"그렇다면 좋소이다. 오 부장님의 원대로 합시다."

"나중에 뒷말 일체 없기오. 알았소?"

"이 바닥의 생리 정도는 알고 있소."

나는 저녁 내내 딴 돈을 모두 판돈에 걸었고 그는 시퍼런 지폐 한 다발을 내놓았다. 오 부장은 패를 잡는 데까지 신경을 써 순순히 그에게 패를 넘겨줬다. 오 부장은 맵시 있게 패를 돌렸다.

나는 그의 손에 신경을 곤두세웠다.

그랬는데 그는 오른손 안에 화투짝을 끼고 패를 돌리는데 뒷전에서 구경하는 사람도 눈치 챌 수 없는 민첩한 손놀림이었다.

나는 석 장으로 지어놓고 두 장은 보지 않아도 알 수 있었다. 국화 두 장, 구땡임에 분명했다. 오 부장은 내게 구땡을 지어주고 있었다.

그렇다면 오 부장은 단풍잎 두 장임에 틀림없었다.

이제 손안에 든 화투짝 하나는 어떻게 처리하나 두고 볼 일이었다. 내가 그 기회를 놓쳐서는 보기 좋게 패할 것이었다.

"자, 구땡!"

나는 화투짝을 뒤집어 하고 돈을 끌어왔다.

그랬는데 내가 예상한 대로 오 부장은 "어딜 감히 겁 없이 끌어가, 자." 하고 왼손을 치켜들며 화투짝을 뒤집었다. 장땡이었다.

오 부장은 기고만장해서 돈을 끌어가기 위해 오른손을 내밀었다.

바로 그 찰나, 그의 오른손이 돈에 닿는 순간을 놓칠세라 나는 오른손에 집어든 비수로 그의 손등을 내리찍었다.

"으악!" 오 부장보다도 구경꾼들이 으악 하고 소리를 질렀다. 그에 비해 오 부장은 "윽!" 하고 신음을 죽이며 상을 찌푸렸다.

구경꾼들은 영락없이 속았을 것이다.

아픔에서 흘러나오는 소리라고.

그러나 그게 아니었다. 그것은 들켰다는 신음이었다.

그것도 모르고 항장은 항의하듯 "박 총무, 속이지도 않았는데 어쩔려고 그러시오?" 하고 걱정했다.

나는 "서서히 손을 치켜드시지." 하고 은근히 협박했다.

오 부장은 이미 포기했는지 순순히 손을 들어올리자 손등을 관통한 비수 끝에는 솔 한 장이 꽂혀 있었다.

구경꾼들은 다시 한번 경악하는 순간, 오 부장이 방을 뛰쳐나갔다. 이어 산을 뛰어 내려가는 발자국 소리가 요란했다.

항장이 신기해 못 견디겠다는 듯 물었다.

"박 총무, 그런 솜씨를 어디서 배웠수?"

"옛날에 다 해 본 나머지요."

"총무의 솜씨는 보통이 아닙디다."

"나, 이런 솜씨로도 돈 따본 적 없어요. 그러니, 아예 노름할 생각도 마시오. 노름판에 뛰어들면 패가망신뿐이오."

나는 잃은 돈을 가져간 나머지를 챙겨 숙소를 나섰다.

찬바람이 귓전을 호되게 때렸다.

항장과 김 반장이 따라나섰다. "박 총무, 어디 가서 한 잔 합시다. 이거 영 면목이 없어서……"

"저도 한 잔 푸고 싶소이다."

우리들 셋은 을반 교대 버스를 타고 시내로 들어섰다.

이미 새벽 세 시가 지나 여명이 가까웠다. 우리는 광원을 상대로 철야 영업을 하는 술집에 들러 아침까지 술을 마셨다. 날이 새면서 해장국집으로 가 해장을 하고 헤어졌다.

나는 옷을 갈아입기 위해 하숙집에 들렀다. 방안에는 편지 한 통이 떨어져 있었다. 속달이었다. 서울 강변호사 사무실에서 온 편지였다.

나는 겉봉을 뜯었다.

박이도 씨에게

제번하고. 사건이 해결되어 보상금이 나왔습니다. 그곳을 정리하고 올라오시기 바랍니다. 세차장이 하나 나왔는데 전세를 얻을 수 있다고 합니다. 일은 강변호사님께서 주선하시겠다고 하십니다. 이만 총총

내가 경임에게 "서울로 살러 가고 싶지 않아?" 하고 물으면, "저 같은 게 가서 뭘 하게요." 하고 반문하지는 않을까.

"저 같은 게라니, 이제 경임일 책임질 수 있어."

"책임진다는 말 싫어요. 그러나 저야 제 벌이는 할 수 있지만 동생은 어떻게 해요?" 하고 말할는지 모른다.

"낮에는 세차장에서 일을 거들고 밤엔 야간에 보내면 되지."

"이도 씨, 오늘따라 정말 이상타. 정말이세요?"

“이상하긴. 내가 언제 실없는 말했어.”

“그런 것은 아니지만, 믿어지지 않아서예요.”

경임의 커다란 눈이 또 휘둥그레질는지도 모른다.

“자, 사표를 제출하고 서울 갈 준비나 하자고.”

나는 겸임에게 이렇게 말하기 위해 하숙집을 나섰다.

뿌연 하늘에는 눈발이 날리고 있었다. 아무래도 큰 눈이 한바탕 쏟아질 것 같은 날씨였다.

『우리 시대의 신화』에서

4. 장편소설에서

시로 쓴 편지
시로 남은 사람
세상에 어쩌면
진짜, 진짜, 왕괴담(王怪談)

시로 쓴 편지

시간 가까이 비포장도로를 달린 버스에 시달리면서 서울로 돌아왔는데도 나는 뜬눈으로 밤을 지새웠다.

추석 전날이라 고향 생각이 간절한 탓도 있었으나 하영의 갑작스런 태도 때문이었다. 꽁한 성격 때문인지 모르나 밤새 생각해도 그녀의 갑작스런 태도가 이해가 되지 않았다.

한계리로 가서 부모님께 인사를 하자며 우겨서 약속을 받아놓고 서울행 버스가 달려오자 그 사이 마음이 변했던지 일방적으로 차를 세우더니 안으로 밀어 넣었다. 왜 갑자기 그랬을까?

물론 가자고 했다가 막상 생각해 보니 난처한 일이 한두 가지가 아닐 것이라는 것쯤은 이해할 수 있다. 그렇다고 하더라도 사전에 양해를 구하거나 한 마디 귀띔 정도는 있었어야 하지 않았을까. 하찮은 일도 뒤틀리기 시작하면 한이 없고 사소한 일도 오해하기로 친다면 돌이킬 수 없다고 하지 않는가.

추석인데도 나는 시골에 가지 못해 쓸쓸했다.

해서 상욱에게 전화를 걸었다. 벨이 서너 번 울려서야 수화기 드는 소리가 들렸고 "남영동입니다." 하는데 상욱이 누나였다.

"저, 선웁니다. 추석은 잘 쇠셨습니까?"

"그래. 욱이 바꿔줄게."

조금 뒤 상욱의 음성이 수화기를 통해 흘러나왔다. 그만이 내가 강원도에 간 것을 알고 있었다. 그에게서 카메라를 빌리자니 이유를 말하지 않을 수 없었기 때문이다.

🏵비원

그는 전화를 받자마자 책망부터 했다. 하룻밤만 자고 온다고 말했었는데 이틀 밤이나 자고 왔으니 걱정이 된 모양이었다.

"야 임마, 너, 어제 몇 시에 도착했니?"

"열 시쯤. 그건 왜 묻니?"

"이 짜샤야. 내가 얼마나 걱정한 줄 아니?"

그는 걱정이 되어 집까지 왔으나 내가 어디 갔는지 들통이 날까 물어보지도 못한 채 기웃거리다가 그냥 돌아갔다고 한다.

"그래, 고맙다. 너 지금 나올 수 있겠니?"

"갑자기 왜 그러니?"

"만나서 말할게. 두 시까지 돈화문 앞으로 나와라."

"늦더라도 기다려."

시계를 보니 한 시였다. 서두르지 않으면 늦을 것 같았다.

해서 대문을 나서면서부터 뛰기 시작했다. 정류소로 달려가 떠나려는 버스에 뛰어올랐다. 한강교를 신나게 달렸으나 신용산에 이르러 마냥 늑장을 부렸다. 초조하다 못해 안달이 들었다.

3가에서 내리자마자 뛰어갔다.

돈화문 앞에는 사람들로 북적댔다. 차례를 지내고 친척끼리 비원을 구경하기 위해 온 사람들인 모양이었다. 아가씨나 부인들은 한복으로 곱게 차려입어 더욱 예뻐 보였다.

약속 시간이 지났는데도 욱은 좀체 나타나지 않았다. 그가 나타나기를 기다리는 동안, 한복으로 정장한 아가씨들에게 눈길이 자꾸 쏠렸다. 하영도 한복을 입는다면 저렇게 예쁠 수 있을까.

그런 생각이 들자 그녀가 더욱 그리워졌다. 그녀의 생각에 빠져 있는데 누군가 어깨를 툭 친다. 돌아다보니 욱이었다.

"많이 기다렸지? 미안하다."

"말하면 잔소리지."

"미안해. 표는 내가 살게."

돈화문을 지나 곧장 비원으로 향했다.

건물 일부가 연못 위로 나와 있는 부용정(芙蓉亭), 어수문(漁水門), 주합루(宙合樓)를 둘러보고 애련정(愛蓮亭)으로 갔다.

비원은 사람의 손으로 조성했는데도 자연경관을 방불케 하는 궁중 전통의 조경미가 빼어났으나 그런 것을 감상할 여유가 없었다. 오직 머리 속은 하영이 생각으로 그득 차 있어서였다.

"너, 버진에 대해 아는 것 있니?"

"이 바보야, 세상에 버진이 어디 있어."

"남은 심각하게 묻는데 농담하기야?"

그랬는데도 상욱은 여전히 농담으로 받아넘겼다.

"니가 찾아간 강원도 여자 때문이지?"

"그래. 그러니 이야기해 줘라."

"처녀가 뭐 그리 중요해. 아무 것도 아냐. 그보다는 사랑하느냐, 사랑한다면 얼마만큼 사랑하느냐가 중요하지."

"그건 그렇다 치고."

"수놈끼리 이게 무슨 청승이니. 남들은 봐라. 하나씩 꿰어 차고 데이트를 즐기는데, 넌 부럽지도 않니?"

"그게 뭐가 부러워서 그러니?"

"입시를 앞둔 처지에 넌 도대체 어떻게 생겨 먹은 놈이야."

"남이야 왜? 어떻게 생겨 먹었든."

"남이라니? 남이 아니니까, 이렇게 달려왔지. 지금이 어느 때니? 인생을 좌우하는 중요한 시기야. 넉 달밖에 남지 않았어."

욱은 넉 달 앞으로 다가온 입시를 걱정했다.

나는 상욱을 만나 속 시원한 소리를 듣지도 못한 채 헤어지고 집으로 돌아오자 그리움의 한 바다에 빠졌다.

책을 펼치고 앉기만 하면 하영이 생각만 짠했다. 보고 싶었다. 보고 싶어 안달이 났고 달려가고 싶어 몸살을 앓았다.

눈에 넣고 다녀도 전혀 아프지 않을 것 같은 하영이, 그런 그녀는 지금쯤 무슨 생각을 하고 있을까. 나를 생각이나 하고 있을까. 나는 먼 곳을 두 번이나 달려갔었는데 그녀는 내가 보고 싶다고 하면 달려올까.

하영이 생각에 집착하다 보니 불현듯 나 혼자만 안달득달하면서 짝사랑이나 하고 있는 것은 아닌지 모른다는 생각이 들었다. 그런 생각이 들수록 생각은 삐뚤어지기만 했다.

나 같은 인간은 일시적인 노리개에 지나지 않았다는 생각에 왜 그렇게 집착하는지. 그래, 맞아. 한계리로 가 그녀의 부모님께 인사를 드리자고 간청한 사람이 누군데 돌연 취소한 것만 보아도 알 수 있어. 하영인 나를 가지고 논 거야. 처음 찾아간 사람을 단칸방에 재워 준 것만 보

아도 그렇고, 잠을 자다 말고 무서운 꿈을 꿨다며 가슴으로 파고든 것
만 봐도 그렇고…

이런 생각은 공연한 푸념일 수도 있었고 엉뚱한 핑계에 지나지 않는
다고 할 수 있었다. 그러나 생각을 돌리려고 마음먹었으나 허사가 되었
으며 더더욱 엉뚱한 생각에 집착했다.

번뇌

나는 밤마다 베개를 끌어안고 몸부림쳤다. 갯골이 그리워 가슴을 저
몄다. 아니, 뼈 마디마디를 도려냈다는 것이 보다 정확한 표현일 것이
다. 얼마나 가슴을 저몄으면 갯골을 찾아간 것이 후회스럽기까지 했다.
생각을 지우려고 책상에 머리를 박기도 했다. 이런 고민에 빠질 줄 알
았으면 애초에 찾아가지 말 것을. 갯골에서 지낸 두 번의 2박 3일. 그것
은 추억이라기보다는 마약이었다.

나는 번민의 나날을 보냈다. 편지를 부쳤다면 오고도 남았을 텐데 회
답조차 없었다. 편지마저 내가 먼저 해야 마지못해 답장을 하는 것인
지. 쓸데없이 잠까지 설쳤다.

그녀는 단 한번의 사랑으로 절교를 했는지도 모른다는 불안감, 공연
히 동정만 상실했다는 망상 같은 것에 시달렸다. 그런 생각이 들수록
심술이 솟아 속을 끓였다.

나는 속을 끓이다 못해 편지를 썼다. 하영이 생각으로 밤마다 잠을
이룰 수 없다는, 공부는 뒷전으로 밀려난 지 오래라는, 조금이라도 생
각한다면 한번 찾아오라는, 만약 찾아오지 않는다면 하영의 처녀성마
저 의심하겠다는 편지를 썼다.

써서는 부칠까 말까 고민하다가 결국은 부쳤으나 열흘이 지나고 보

름이 지나도 회답이 오지 않았다. 해서 이래저래 울화가 치밀기도 했으나 결국 걱정 하나를 더 만든 셈이었다.

그녀에게 무슨 일이라도 생긴 것은 아닐까 하는. 그런 걱정은 사람을 미치게 했고 기다리다 못해 또 편지를 썼다. 지난 편지에 대한 사과는 물론 어떻게 된 셈이기에 회답조차 없느냐는 것이며 하영, 당신을 사랑한다고, 사랑이라는 단어를 수도 없이 나열했다.

그렇게 써서 분실될까 등기로 보냈다. 그런데도 회답은 오지 않았다. 처음에는 혼자서 공연히 애만 태우는 것 같아 울화가 치밀었으나 시간이 지날수록 그녀의 안부가 걱정되어 잠도 오지 않았고 먹는 것도 살로 가지 않았다. 내가 다녀간 뒤, 무슨 일이 생긴 것은 아닐까?

무슨 일이 생긴 것이 분명했다. 당장이라도 달려가고 싶었다. 달려가서 어쩐다? 달려가서 결혼하자고 매달릴 수도 없었다. 정신 나간 사람이 되어 귀중한 시간만 축냈다.

보름 만에 편지가 오긴 왔으나 그녀의 편지가 온 것이 아니라 내가 부친 편지가 되돌아왔던 것이다.

비로소 긴가민가했던 것이 사실로 확인되었다. 그녀에게 어떤 사태가 발생했음을. 편지가 되돌아온 바로 다음날인, 10월 17일 새벽, 갯골을 향해 나는 달려갔다.

버스를 타고 가면서도 하영이 죽었을지도 모른다는 불길한 생각이 떠나지 않았으며 만약 살아 있기라도 한다면 석고대죄라도 해서 불찰을 용서받으리라 다짐하고 다짐했다.

버스는 마석을 지나면서 북한강을 끼고 달렸다. 바야흐로 단풍의 절정기였다. 산이란 산은 불이라도 붙은 듯 활활 타고 있었으나 하영이 생각으로 단풍을 감상할 여유조차 없었다. 버스는 청평을 지나면서 강변을 끼고 달렸고 강촌을 건너다보면서 질주했다.

나는 춘천에서 양구를 거쳐 가는 대진행 버스로 갈아탔다. 버스는 춘천을 벗어나자 소양강을 끼고 달렸다.

차창에 스치는 주변 경관은 달포 전과는 완전히 달랐다.

그때는 녹음의 세계였는데 지금은 온통 단풍의 세계, 파란 강물과 단풍 든 산이 조화를 이뤄 색의 경연을 벌이고 있었다.

※ 문

버스는 한 시간 가량 색의 경연 속을 달리다가 양구로 들어섰고 손님을 태우자 곧 출발했다.

양구를 지나자 가을걷이가 한창이었다. 벼를 베어 말리거나 타작을 하고 있는 농부들. 고향에서는 벼 벨 생각도 하지 않을 텐데 벌써 타작을 하다니, 북쪽을 여행하고 있음을 실감했다.

버스는 가파른 재를 헐떡이며 올랐고 이어 삼팔교를 지나자 헤어졌던 소양강을 다시 만났다. 일방통행을 지나면 군축령이다.

버스는 군축령을 넘어 인제읍으로 들어섰다.

나는 남북리 입구에서 내렸다.

가을 해는 서쪽으로 기울고 있었다. 갯골로 향하는 골짜기의 단풍은 북한강변을 끼고 달리는 버스에서 본 단풍과는 달리 벌써 제 색깔을 잃어가고 있었다. 단풍은 물이 들려고 하는 순간이 아름답지 그 시기만 놓치면 되레 칙칙해서 볼품이라곤 없었다.

지금이 그랬다. 갯골로 가는 골짜기마다 철 지난 단풍이 황량한 내 마음을 더욱이나 황량하게 했다.

나는 해가 기울고 있기 때문에 철 지난 단풍마저 감상할 겨를이 없었다. 오직 갯골을 향해 뛰는 데만 열중했다. 뛰고 또 뛰었다. 목안에서 단

내가 날 때까지 뛰었다. 뛰면서도 마음은 얼마나 급했던지 본드로 발을
땅에 붙여놓은 것만 같았다.

제발 만날 수만 있다면, 만나 보기라도 한다면 그 이상 소원은 있을
것 같지 않았다.

내 너를 알고부터
너의 문만 두드렸습니다.
지금도 싫다는
네게로 가 문을 두드리고
있는지 모릅니다.
너의 고운 손으로 못질한 문은
굳게 닫혀 있는데.
허기진 꿈을 안고
잘려나간 허공 앞에서
오늘도 문을 두드리고 있습니다.   「문」

얼마나 뛰고 뛰었던지 해가 지기도 전에 향토학교를 볼 수 있는 모퉁
이를 돌아설 수 있었다. 이 모퉁이만 돌면, 이 모퉁이만 하는 생각으로
뛰다가 학교가 보이자 가슴은 그야말로 팡팡 뛰었다. 더욱이 하영이 제
발 살아 있기만 한다면 하는 초조감으로 가슴은 죄어드는 듯했다. 죄어
들다 못해 심장이 멎는 듯했다.

마음이 텅텅 비어서 그럴는지도 모른다.

운동장으로 들어서는 순간, 학교는 황량하기 짝이 없었다. 손길 하나
닿은 것 같지 않은 화단이며 구석구석 낙엽이 수북이 쌓여 있는데도 쓴
흔적조차 없었다. 하영이 여름내 가꿨다는 옥수수 밭은 폐허처럼 변했

다. 순간, 나는 그녀가 없다는 예감이 스쳤다. 그러자 심장이 죄어들다 못해 뚝 하고 멎는 것 같았다.

나는 초죽음이 되어 사택으로 다가갔다. 다가가서도 인기척을 내지 못해 시간을 끌다가 간신히 "여보세요. 계십니까?" 하고 기어드는 소리로 말했으나 아무런 반응이 없었다. 해서 이번에는 더 큰 소리로 "이 선생님, 계십니까?" 하고 큰소리로 말을 해서야 문이 빠꼼 열리더니 얼굴을 내밀었다. 바로 김이숙이었다.

"안녕하셨어요? 이 선생은 어디 가셨습니까?"

"그만둔 지 오랜데, 그것도 모르고 왔군요."

나는 얼마나 충격을 받았던지 가슴이 억장처럼 무너지는 것 같았으며 입술은 굳어버려 말을 할 수도 없었다.

"언제쯤 그, 그만뒀습니까?"

"아마도 보름쯤 전이었을 겁니다."

"보름쯤 전이라……"

순간 나는 눈물이 왈칵 솟구쳤다. 서울을 한번 다녀가라고 편지를 했고 그것을 받아보았을 무렵임이 분명했다.

이숙에게 눈물을 보이지 않으려고 참고 참았으나 흐르는 눈물을 주체할 수 없었다. 그리고 난처함을 빨리 벗어나고 싶어 "마, 말씀해 주, 주서서 고맙습니다." 하고 돌아섰다. 돌아서는 순간, 이제 살아생전에 하영을 만날 수 없다는 절망감이 엄습했다.

고향 주소라도 알아뒀다면 이럴 때 요긴하게 써먹을 수 있을 텐데 고향 주소를 물어 보지 않은 것이 그렇게 후회될 줄은 몰랐다.

"저, 한 말씀만. 이런 말을 해도 되는지 모르겠습니다만."

이숙이 말했다. 나는 구원이나 받은 듯 돌아섰다.

"이런 말을 하기는 뭣하지만요, 고향으로 찾아가 보세요."

"한계리라는 것만 알 뿐 정확한 주소는 모른답니다."

"인제읍에서 오육 십리쯤 되는 거리라고 했었는데. 북면 한계리라 했던가. 이제 기억나요. 북면 한계리가 맞을 거예요."

"북면 한계리라…… 구체적으로 말씀해 주세요."

"한계령과 진부령의 갈림길 부근이라고 들은 기억이 나요. 시골이라 쉽게 찾을 수 있을 겁니다."

"지금 나가면 한계리를 지나는 버스가 있을까요?"

"건 잘 모르겠습니다."

"고맙습니다."

인사를 하는 둥 마는 둥하고 뛰려는데 또 불러 세웠다.

"잠깐만요. 지금 인제로 나갈 수 없어요. 곧 어두워지는 데다 길도 멀고 험해 위험해요. 여기서 자고 아침 일찍 찾아가세요."

"아, 아닙니다. 자다니요."

"해가 곧 질 텐데, 가시겠어요?"

"말만 들어도 고맙습니다."

나는 자는 것 때문에 시간을 지체할 수 없었다. 더욱이 인제로 나가는 것이 저물고 길이 험해 어떤 위험이 닥친다고 하더라도 하영의 안부가 걱정되어 자고 갈 수는 없었다.

10월 중순 무렵의 오후는 짧았다. 벌써 골짜기마다 검은 그림자가 드리워지기 시작했다. 일초 일분도 아껴야 했다. 믿을 것이라곤 오직 다리뿐. 다리의 힘만 믿고 뛰었다. 뛰고 또 뛰었다. 한때는 달리기 선수까지 했으니 뛰는 데는 자신이 있었다. 뛰고 또 뛰었다.

입안에서 단내가 솟았으나 계속해서 뛰었다.

뛰다 보니 갯골을 벗어났다. 국도로 올라서서 인제읍 쪽을 향해 걷기 시작했다. 얼마 걷지도 않았는데 버스가 달려왔다.

행선지도 묻지 않은 채 버스를 세워 타고 나서야 물었다.

"기사님, 한계리를 지나갑니까?"

"지나갑니다."

요금을 지불하면서 기사에게 부탁했다.

"한계리에 좀 세워 주세요."

빈 자리로 가서 앉았는데도 마음이 놓이지 않았다. 여전히 가슴은 디딜방아를 찧어댔다. 버스는 인제읍을 지나 소양강을 따라 북진했고 원통에 잠시 정차했다가 출발했다. 이어 한계령과 진부령의 갈림길을 지나 북천을 끼고 질주했다.

나는 하영을 만나게 되면 무슨 말부터 할까, 골몰하는데 별안간 버스가 찍 하는 마찰음을 내며 급정차했다.

"손님, 방금 한계리를 지나쳤소. 내리시오."

나는 서행하는 버스에서 뛰어내렸다.

이미 땅거미가 찾아들고 있었다. 그런데 사방을 둘러보아도 지나는 사람은 눈에 띄지 않았다. 늦도록 일을 하다 귀가하는 사람이라도 있지 않을까 해서 주위를 살피는데 저만치 집으로 돌아가는 농부가 띄었다. 구세주나 만난 듯이 뛰어가서 물었다.

"실례합니다. 이곳이 한계리입니까?"

"그렇소."

"2반은 어디쯤 됩니까?"

"한참이나 지나쳤소. 오던 길을 되짚어 두 마장쯤 가시소. 가다가 보면 갈림길이 나올 거요. 갈림길에서 원통 쪽으로 가다 보면 산밑에 이십여 호 마을이 있을 거요. 그곳이 2반이라오."

농부는 친절하게도 손가락질하며 가리켜줬다.

나는 고맙다고 인사를 하고 또 냅다 뛰기 시작했다. 마음이 급했던지 뛰어도 제 자리에 맴도는 것 같았다. 마음은 왜 그렇게 조급한지, 하영을 만나보는 것도 급했으나 잠자리 때문이었다.

한계리는 시골이라 여관이 없을 것이었다. 버스마저 끊긴 지 오래였고 그녀를 만난다고 하더라도 만난 뒤 시오리나 되는 원통까지 또 가서 잘 일을 생각하니 조급해 하지 않을 수 없었다.

도로변 가까이 있는 외딴집으로 다가갔다. 다가가서 맨 먼저 마주친 사람에게 앞뒤 생각할 겨를도 없이 물었다.

"이하영 씨댁은 어느 집입니까?"

"타작을 하고 있는 저 집이오."

알고 보니 하영의 집은 엎어지면 닿을 데 있었다.

나는 앞뒤 생각할 여유가 없었다. 이곳이 좁은 시골이라는 것과 누가 들고나는지 빠삭하게 아는 좁은 마을이라는 것도 생각하지 않았다. 만나 보겠다는 조급한 마음 때문에 낯선 총각이 찾아왔다는 소문이라도 퍼진다면 하영이 난처해질 수도 있다는 것을.

사람이 다가서는데도 일에 열중한 나머지 거들떠보는 사람도 없었다. 가까이 다가가서 보니 머리에 수건 쓴 사람이 하영이임에 분명했다. 그녀는 타작을 하는데 볏단을 한 줌씩 갈라주고 있었다.

고향에 돌아와 일손을 돕고 있었던 것이다.

하영이 살아 있다는 안도감 때문이었을까. 나는 볏단을 갈라주고 있는 하영을 보자 화가 치밀었다. 편지 한 장이라도 했다면 이런 고생은 사서하지 않았을 텐데 하는. 그녀는 머리에 수건을 두른 채 짚단을 갈라주느라고 옆에 사람이 서 있는 줄도 몰랐다.

얼마나 지났을까. 하영이 짚단을 갈라주다 말고 고개를 돌렸다. 그 순간 그녀의 눈길이 내게 와 머물렀다.

❧대면

그녀는 천만뜻밖이었던지 볏단을 갈라주는 것도 잊은 채 한동안 몸을 떨기만 했다. 떨다가 아버지도 있고 엄마도 있으며 동네 사람들이 있는데도 하던 일을 팽개치고 다가왔다.

그녀의 눈에는 눈물이 그렁그렁했다.

나는 그녀의 눈물을 보지 않으려고 시선을 돌렸다.

"여기까지 선우 씨가 어떻게 왔을까?"

"오다 보니까 오게 됩디다."

하영은 믿어지지 않는다는 듯 어눌한 표정을 지으면서 "세상에 그런 대답이 어디 있어요?" 하고 곱지 않은 눈길을 주었다.

그녀의 눈길에서 아직도 나를 사랑하고 있구나 하는 생각이 들어 본의 아니게도 화가 치밀어 뚱딴지같은 소리만 했다.

"이렇게 서서 말하고 있지 않습니까?"

"여기까지 찾아오리라곤 전혀 생각지도 못했었는데."

"그런데 찾아왔으니 미안합니다."

"제가 걱정되어 찾아왔나요?"

"아닙니다. 걱정되다니요. 저 같은 사람이 어찌 하영 씨같이 훌륭한 분을 걱정할 수 있겠습니까. 그럴 자격이라도 있나요?"

"왜 이러실까? 비알 밭만 매고."

나는 말은 그렇게 했으나 그 동안 그녀가 죽었는지 살았는지 소식을 알 수 없어 얼마나 안달했던가. 혹시나 일이 잘못된 것은 아닐까 하고 영일을 잃었었는데 집에 와 있는 것을 보자 긴장감이 풀리면서 본의 아니게도 화까지 치솟았다.

저간의 일을 편지로라도 알려주면 어디가 덧나.

“저는 단지 죽었는지 살았는지 그것이 궁금해 찾아왔습니다. 이제 살아 있는 것을 내 눈으로 확인했으니 가겠습니다.”

나는 발길을 돌려 국도로 내려섰다.

하영은 왜 그러는지 이유도 모르고 소매를 잡고 말했다.

“이 늦은 시간에 어딜 가려고 그래요?”

“원통으로 가려고요.”

“선우 씨, 가지 말고 잠깐만 기다려요.”

그러는데도 나는 원통을 향해 걷기 시작했다. 집안으로 급히 들어갔다 나온 그녀는 기겁을 해서 뛰어왔다.

“선우 씨, 저 좀 봐요. 저 좀 보자니까요.”

하영이 그렇게 애원하는데도 나는 뒤도 돌아보지 않았다.

“좀 보자니까, 자꾸 가기만 해요. 선우 씨 참 못됐다.”

그녀는 뛰어오느라고 숨이 차 헐떡이며 손을 잡았다.

“왜 남의 손을 잡아요? 이 손 놓아요.”

“놓을 테니까 제 말 좀 들어요.”

하영이 하얗게 질려 간청하는 데야 더 이상 뿌리칠 수도 없었다. 마음이 여린 탓이었다. 못 이긴 체하면서 걸음을 멈췄다.

“선우 씨, 돌아가요, 네? 이 시간에 걸어서는 못 가요.”

“전 뛰어서라도 갈 수 있습니다.”

“고집 그만 피우고 돌아가요, 네? 이렇게 애원할게요.”

하영은 눈물을 비치며 애원했다.

나는 눈물을 보자 생각이 달라졌다. 어쨌든 예까지 왔으니 사정이나 들어보자고 마음을 돌렸다.

“선우 씨, 참 밉고 못됐다. 그렇게 못 될 수가 있어요?”

“……”

나는 대답 대신 어둠이 깃든 산으로 고개를 돌렸다.

"배고플 텐데 가서 저녁부터 먹어요."

하영은 내 소매를 잡고 어떤 집으로 데리고 들어갔다. 그녀의 집은 아닌 듯했다. 방문을 열더니 나를 방안으로 밀어 넣었다.

"우선 이 방에 들어가 있어요."

나는 낯선 방으로 들어서기가 싫었으나 떠밀리다시피 들어섰다. 시골치고 방은 깨끗했다. 서서 어정대고 있는데 하영이 들어왔다. 그녀가 집으로 들어간 것은 방을 마련하는데 있는 듯했다.

"시장하시지요? 제가 가서 저녁상 가져올게요."

"생각 없으니까, 가져오지 마세요."

"생각이 없더라도 드셔야지요."

하영은 방을 나가더니 잠시 뒤 밥상을 들고 들어왔다.

"남의 이목이 있으니까, 선우 씨 혼자서 드세요."

하영은 이목이 두려웠던지 밥상만 들여놓고 가 버렸다.

나는 가져다놓은 밥상은 거들떠보지도 않았다. 아침과 점심까지 굶었으나 밥 생각도 없었다. 시장기를 느끼지 않은 것은 아니었으나 단지 먹고 싶지 않았다. 서서 어정대며 하영을 기다렸다.

일단 사정이나 들어보고 원통으로 나가든지, 아니면 여기서 자든지 결정을 내리고 싶었다. 그녀는 좀체 나타나지 않았다.

탈곡기 돌아가는 소리도 멎은 지 오래였다.

뒤늦게 방으로 들어온 하영은 밥상이 그대로 있는 것을 보더니 의아해 하면서 "왜 드시지 않았어요?" 하고 눈치를 살핀다.

"한가하게 밥이나 먹으란 말입니까?"

"그러면 저보고 어쩌란 말이에요? 고집 그만 피우고 식사나 좀 하세요. 입맛이 없으면 물에 말아시리도 머어요. 그렇게 굶고 잔다면 어디

잠이 오겠어요. 밤새 도깨비만 보일 텐데.”

“밥상이나 가져가세요.”

그녀는 머뭇거리며 눈치를 보다가 상을 가져갔고 한참 뒤에야 돌아왔다. 그 사이 화장을 한 모양이었다. 수건을 쓰고 있었을 때는 몰랐었는데 수건을 벗은 그녀의 머리는 달랐다.

숱 좋은 생머리가 아닌 파마를 한 머리였다.

나는 파마를 한 그녀의 머리를 보자 이상한 생각이 들었다. 그렇다고 왜 파마를 했는지 물어 볼 용기도 나지 않았다.

하영은 자리에 앉자마자 흐느꼈다. 아니, 소리 내어 울었다.

이럴 때는 어떻게 한다? 이럴 때는.

나는 당황하지 않을 수 없었다. 실컷 울도록 내버려둘 수밖에. 좀체 그녀는 울음을 그치지 않았다.

그녀는 울만큼 울었는지 뒤늦게 훌쩍이면서 말했다.

“선우 씨, 치사해요. 남의 사정도 모르고. 서울로 찾아오지 않는다고 처녀성마저 의심하려 들고. 어찌 그럴 수 있어요?”

그녀는 그렇게 말해 놓고 또 우는 것이 아닌가.

“이제 그만 울어요, 네?”

나는 우는 데는 질색이었다. 어릴 때 내 별명이 울보였기 때문이었다. 한번 울기 시작하면 끝이 없었다. 하루 종일 울었다.

우는 데는 과연 챔피언이라고 할 수 있었다. 내가 그렇게 울었다고 해서 남이 우는 것을 좋게 보아주지도 않았다. 남이 우는 것을 보면 따라서 우는 버릇이 있기 때문인지도 모른다.

“그래요. 전, 처녀가 아니었어요. 선우 씨를 사랑하지도 않았고요. 단지 일시적인 불장난에 지나지 않았다고요. 선우 씨는 제 노리개였어요. 그랬어요. 이제 됐어요? 속 시원하세요?”

말을 해도 저렇게 모질게 할 수 있을까.

“편지 부치고 바로 후회했습니다. 해서 이렇게 달려왔고요. 석고대죄라도 하라면 하겠으니 울음부터 그쳐요.”

“누가 울어요? 저 울지 않았어요.”

나는 하영을 끌어안았다. 그리고 키스했다.

비로소 그녀의 울음이 진정되는 것 같았다.

뒤늦게 “학교를 그만둔 이유는 저 때문이지요?” 하고 물었다.

그녀는 아니라고 고개를 흔들었다.

“선우 씨 때문이 아니에요. 자진해서 제가 그만뒀어요.”

“자진해서 그만뒀다니, 말이나 됩니까?”

“부탁이에요. 더 이상 묻지 말아요.”

“말하지 않아도 알겠습니다.”

나는 이유를 듣지 않아도 알 수 있을 것 같았다. 내가 찾아간 것이 빌미가 되어 향토학교를 그만둔 것임을.

하영은 다소 마음이 진정되었는지 엉뚱한 것을 요구했다.

“사진 나왔으면 제 사진 다 돌려주세요.”

“날이 흐려 한 컷도 나오지 않았는데 어쩌지요?”

“난 다 찢어 버리려고 했었는데 잘 됐네요.”

그럴 수도 있을 것이었다.

서로 좋아서 사귈 때는 사진을 주고받다가도 싫어지면 사진을 돌려주거나 찢어 버리는 것이 상례가 아닌가.

그녀의 말이 무엇을 의미하는지 짐작되자 오히려 사진이 잘 나온 것보다 나오지 않은 것이 얼마나 다행인지 몰랐다.

그녀는 입술을 깨물면서 저간의 사정을 털어놓았다.

“선우 씨, 나 ㄱ 편지 받고……”

“해서요? 어서 말해 봐요.”

하영은 추석 전날 집에 왔다가 아버지의 닦달만 받았다. 마당 안으로 들어서기도 전에 아버지의 부름을 받았던 것이다.

“너, 거기 좀 앉아라.”

하영은 영문도 모른 채 사랑방으로 들어가 무릎부터 꿇었다.

“갯골 반장한테 다 들었다. 남자가 찾아와서 함께 잤다는데 사실이냐? 그것도 한번도 아니고 두 번씩이나 찾아왔다면서?”

“……”

“사실대로 말을 해. 입을 봉하기라도 한 게야, 말을 못하게. 말을 하지 않는 것을 보니 사실은 사실인가 보구나?”

“……”

“어쩌자고 그런 철없는 짓을 했어, 쯧쯧.”

“아버지, 죄송합니다.”

기어이 하영은 참고 참았던 울음을 터뜨리고 말았다.

“이 순간부터 갯골 갈 생각은 아예 말아라.”

추방

내가 처음 갯골을 찾아갔을 때부터 오성출은 우리 둘 사이를 곱게 보지 않은 모양이었다. 그에게는 우리의 행동이 도덕적으로 용납될 수 없었을 것이다. 해서 하영을 찾아와 손님을 돌려보내라고 종용했었나 보다. 그런데 그녀는 이를 묵살했었다. 그랬던 것이 추석 전날 인제읍에서 그녀의 아버지를 만난 기회에 귀띔했다.

“아버지, 사람 구할 때까지만 있게 해 주세요. 아이들이 불쌍해요. 제가 없으면 누가 아이들을 가르쳐요?”

“……”

“갯골 사정을 누구보다 아버지께서 잘 아시잖아요.”

“넌 자나 깨나 갯골 생각뿐이냐?”

“아버지, 허락해 주세요.”

“알았다. 다만 사람을 구할 때까지다.”

그녀로서는 정말 꿈같은 9월 한 달이었고 갯골은 좀체 경험할 수 없는 동화 같은 첫사랑의 산실이었다.

그런 사랑을 했으니 선우와 헤어진다고 해도 굳이 후회될 것 같지 않았다. 몸과 마음을 다해 사랑했으니까.

그런데도 결혼 같은 것은 생각지 않았다. 결혼할 처지가 아니라는 것을 잘 알고 있기 때문만은 아니었다.

깊은 산 속에서 길 잃은 왕자와도 같은 선우. 그와 좀체 경험할 수 없는 사랑을 했다는 것만으로도 이미 아련한 추억이 되었다.

순진하기만 했던, 아니 아무 것도 모르는 그에게 사랑을 깨우쳐 주었고 그리고 사랑을 받았으니 그 이상 바랄 것이 없었다.

하영은 밤마다 편지를 썼으나 부치지는 않았다. 자신이 선우에 비해 부족하다는 생각이 든 때문만은 아니었다. 선우의 편지부터 받아보고 난 뒤 쓰기로 마음먹었다.

그랬는데 선우로부터 편지가 왔다. 배달부로부터 직접 받은 것이 아니라 이숙이로부터 건네받았다. 받아 보니 봉투는 뜯겨진 것이 분명했다. 밥풀로 다시 붙인 흔적이 뚜렷했다. 그녀는 저녁을 하면서 읽다가 화가 나 봉투째 아궁이에 던져 버렸다.

뭐 그런 치사한 자식이 다 있어. 찾아오라는, 오지 않으면 처녀성마저도 의심하겠다니. 이런 것도 편지라고 보내.

그녀는 절교나 다름없다고 생각했다.

바람만 불면 떨어지는 솔방울 연앤가, 우리들의 연애는. 세상 사내란 다 그렇고 그렇지, 뭐. 선우라고 별 수 있을라고.

그녀는 어금니를 깨물었다. 그를 잊기 위해 노력했으나 잊을 수 없었고 단념하려고 해도 단념할 수 없었다. 눈물은 그렇게도 흔한지, 흐르는 눈물마저 주체할 수 없었다. 이숙이 미웠다.

남의 편지나 뜯어보는 짓을 하다니.

그녀는 저간의 사정으로 보아 이숙이 반장댁에게 보여 주면서 얼마나 낄낄댔을까를 생각하니 화까지 치밀었다. 더욱이 한 술 더 떠 반장댁은 남편에게 고자질하면서 당장 내보내라고, 그런 여자 밑에서 아이들이 배우면 뭘 배우겠느냐고 몰아쳤을 것이 뻔했다.

하영은 뜬눈으로 밤을 밝혔다.

날이 밝았는데도 머리가 깨지는 것같이 아파 누워 있었다. 누워 있는데 문간에서 인기척이 들렸다. 누굴까? 김 선생은 아닐 테고. 문을 열고 보니 생각지도 않은 반장이 와 있었다.

"이른 아침에 반장님께서 웬일이세요?"

"나보다도 이 선생이 더 잘 알 텐데."

"……"

"당신이 아이들을 가르치는 선생이오? 남자가 찾아오게 해서 한방에서 자지를 않나. 그것도 한번이 아니라 두 번이나 찾아오게 해서 자다니. 자원봉사라 해도 용납할 수가 없소. 당신같이 문란한 여자에게 어찌 아이들의 교육을 맡길 수 있겠소?"

"무슨 뜻인지 알겠습니다."

"더 이상 추문이 퍼지는 것을 나도 원치 않소. 하루 빨리 그만두시오. 그게 피차 좋을 게요."

성출은 돌아서면서 들으라는 듯 "처녀 주제에 드러내놓고 그 짓을 하다니.” 하는 말을 흘리면서 가 버렸다.

그녀는 정열을 다 바친 향토학교를 그만두기로 했다. 선우마저 떠나간 갯골, 더 이상 미련이란 있을 수 없었다.

짐을 챙겨 막 떠나려고 하는데 이숙이 나타났다.

“김 선생님, 긴말 하고 싶지 않아요. 학교를 그만두기로 했어요. 김 선생이 아이들을 돌봐 주세요. 아이들이 불쌍하잖아요. 그리고 부탁이 있어요. 제게 온 편지, 돌려보내 주시구요.”

“선생님, 지금 떠나려는 것은 아니겠지요?”

“떠날 바에야 빨리 떠나야지요.”

“아이들이나 만나보고 떠나세요.”

“아니에요. 지금 가겠어요.”

하영은 짐도 없었다. 옷가지 두엇이 전부였다.

이숙이 운동장까지 따라 나왔다.

하영은 이숙과 헤어져 물푸레나무 밑으로 갔다.

선우와 사랑을 나눴던 곳이니 쉽게 잊혀질 것 같지 않았다. 한동안 그 자리에 서서 움직일 줄 몰랐고 입술을 잘근잘근 씹으며 눈물을 찔끔찔끔 짰고 좀체 발길이 떨어지지 않아 애를 먹었다.

갯골을 나서면서 발길이 머문 곳은 한 군데, 시냇물을 건너다가 선우가 물에 빠져 떠내려가다가 죽을 뻔했던 장소였다.

눈시울이 뜨거워지면서 눈물이 홍건히 고였다.

한계리로 돌아온 하영은 모든 것을 잊고, 아니 모든 것을 잊으려고 어금니를 깨물었으나 잊을 수 없었고 더욱이 하루도 빤할 날 없이 울기만 했다. 너무 울어 울보라고 놀려댔다.

서울서 대학을 다니는 오빠가 주말에 다니러왔다. 그녀는 너무나 괴로워한 나머지 오빠에게 사실을 털어놓았다.

오빠는 듣기도 전에 꾸중이었고 책망이었다.

"병신 같으니. 철없는 짓을 하다니……"

"그래 난 병신이유. 오빠는 병신 동생을 둬서 좋겠어요."

"별 수 없지. 잊는 수밖에. 잊어."

"잊을 수 없으니까, 그렇지요."

울음보가 한꺼번에 터진 것처럼 그녀는 엉엉 울었다.

"하루라도 빨리 시집이나 보내야 할 텐데."

하영은 홧김에 "오빠가 들어 중매라도 서 주세요." 하는 말을 뱉었으나 진심에서 나온 말은 아니었다. 그렇잖아도 전부터 하영을 좋아해서 따르는 청년이 있었다. 오빠의 중학 동창인 박재구(朴載九)였다. 그는 C종고를 나와 정원수를 키우는 자영업을 하고 있었다. 여고를 다닐 때도 자주 놀러 왔고 방학이면 자고 가곤 했다. 더욱이 서너 번 갯골로 찾아온 적도 있었으나 하영은 그가 비집고 들어올 틈을 주지 않았다.

그랬는데 지금은 추근대며 접근하는 것이 싫지 않았다. 너무 괴로워한 탓일까. 선우가 한계리로 찾아오기 바로 사흘 전이었다. 갯골을 그만두고 집에 와 있다는 소식을 듣고 찾아와서 백담사 계곡으로 놀러 갔었다. 맑고 깨끗한 계곡을 거닐고 있을 때, 그가 청혼했다. 홧김에 바람 피운다는 짝으로 청혼을 받아들였다.

"내가 밉고 미울 거야. 한없이 미울 거야."

"왜 미울 거라고 생각하세요? 전 그렇지 않은데."

"그렇다면 날 사랑하는 거지?"

"사랑하지 않아요. 앞으로도 사랑하지 않을 거구요."

"난 사랑할 건데."

"이젠 선우 씨가 사랑한다고 해도 전 사랑하지 않아요."

그녀는 입술을 깨물어 피가 맺혔다.

“이미 늦었어요. 선우 씨가 오기 사흘 전이었어요. 다른 사람에게 시집을 가기로 했어요. 전부터 절 좋아해서 따라다니는 사람에게요. 그러니 지금에 와서 어쩔 수 없잖아요. 절 잊으세요.”

그녀는 그렇게 말해놓고 또 흐느껴 울었다. 별로 흐느껴 운 것 같지도 않은데 입술이 터져 턱에 피가 묻기까지 했다.

❀ 청혼

나는 그녀의 고백이 일부러 지어낸 말이라고 생각하면서도 긴가민가하는 의아심이 들었다. 이럴 때는 어떻게 한다? 이럴 때는? 그렇다고 당장 결혼하자고 할 수도 없고 더욱이 몇 년이고 기다려 달라고 말할 수는 더더욱 없었다. 오만간장이 찢어지는 듯했다.

나는 그녀의 입술에 묻은 피를 닦아주면서 “나, 하영을 사랑해. 앞으로도 두고두고 사랑할 거야.” 하고 포옹했다.

“저도 사랑해요. 사랑해요. 얼마나 사랑하는데요.”

지금 그녀가 한 말은 진심에서 우러나온 말이라는 생각이 들었다. 그리고 오해의 실타래를 하나하나 풀려고 애를 썼으며 그녀를 새삼 이해하기까지에는 그리 오랜 시간이 걸리지 않았다.

“선우 씨, 함께 자고 싶어도 동네 사람들의 이목을 의식하지 않을 수 없네요. 미안해요. 혼자서 자요.”

밤마다 하영과 함께 자고 싶어 하마나 안달득달했던가. 애꿎은 베개만 끌어안고 얼마나 몸부림쳤는지 모른다. 그런 사정도 모르고 하영은 가져온 요와 이불을 깔더니 나가려고 했다.

“이따가 가면 안 될까? 좀더 함께 있고 싶은데.”

“여긴 갯골이 아니잖아요.”

"내일 아침에 아버지를 만났으면 하는데, 뵐 수 있을까?"

"뭣 때문에 뵈려고 그래요?"

"인사도 할 겸, 하고 싶은 말이 있어서."

"좋아요. 원한다면 그렇게 해요."

"마음에 들도록 연습해야지."

"아버지도 선우 씨를 좋게 봤나 봐. 사람이 너무 좋아 보이고 인물도 잘 생겼다고. 그런데 너무 앳되다고 그랬어요."

"사실은 만나서 무슨 말부터 하지, 하고 걱정했는데 이제 하영이 말을 듣고 보니 자신감이 생기는데."

그녀는 키스하고 돌아갔다.

나는 그녀가 돌아간 뒤에 잠자리에 들었으나 잠이 오지 않았다. 이 생각 저 생각 끝에 눈을 붙였는가 싶었는데 날이 밝았다. 내리 덮이는 것 같은 눈두덩을 만지면서 방문을 열었다. 벌써 하영이 세면 물이며 비누와 수건을 갖다놓았다.

나는 떠다놓은 물로 세수를 하지 않았다. 비누와 수건을 가지고 집을 나섰다. 도로를 가로질러 한계천으로 갔다.

한계령에서 흘러내리는 물과 진부령에서 흘러내리는 물은 너무 맑아 수정 같았다. 수정 같이 맑은 물에 손을 넣으니 찬기가 손마디를 통해 가슴 속까지 와 닿았다. 세수를 하고 나니 간밤의 골치 아픈 걱정은 씻은 듯 사라지는 것 같았고 머리도 개운해졌다.

마을로 돌아오는데 동구 밖까지 나와 나를 눈여겨보는 사람이 있었다. 해서 좀더 어른스럽게 걸었다.

방으로 들어서니 아침상이 놓여 있었다. 나는 수저를 들다가 놓았다. 한가하게 식사나 하고 있을 때가 아니었다.

하영이 상을 가지러 왔다가 눈이 휘둥그레졌다.

“수저도 대지 않았네. 억지로라도 먹어요.”

“그런 걱정, 하지 않아도 됩니다.”

“물에 말아서라도 먹지.”

“한두 끼 굶는 것쯤이야. 아버지부터 만나 뵈야지.”

“만날 필요 없어요. 그냥 가세요.”

밤사이, 사태가 돌변한 것일까. 그녀가 아버지에게 만나보기를 간청했으나 거절당했거나 그도 아니면 그 반대일 수도 있었다.

“어제 밤에는 만나도 좋다고 해 놓고선?”

“아니, 그냥 가세요. 제가 곧 편지하겠어요.”

“그냥 가라는 데야 할 수 없지요.”

나는 머쓱해서 마주 보기가 민망했다.

“동네 사람들의 이목이 있어 멀리까지 배웅할 수 없어요. 그렇지만 선우 씨, 마당까지만 나와 보세요. 보여줄 게 있어요.”

나는 그녀의 요청에 의해 마당으로 나섰다.

“저기 보이는 저 산을 아버지께서 절 주신다고 그랬어요. 산 속에 분지가 있는데 목장으로 개발하기에는 안성맞춤이에요.”

“연약한 손으로 분지를 개간해서 목장으로 만든다?”

“그래요. 전 만들고 싶어요.”

“꿈 깨시지. 여자의 몸으로는 어림도 없어.”

“여자라고 못하나 뭐.”

“어릴 때부터 일을 해 봐 농사일이 어떻다는 것쯤 알아.”

“그렇다면 어쩐다? 선우 씨가 도와줬으면 했는데.”

“도와줄 수 없어. 난 판사나 교수가 되고 싶으니까.”

“판사나 교수가 될 때까지 난 뭐 하지?”

“기다려주기만 하면 돼.”

"기다리는 거야 할 수 있지만."

우리는 방으로 들어가 키스하고 헤어졌다.

그녀는 우느라고 따라 나오지도 않았다. 마당을 나서는데 그녀의 아버지와 어머니인 듯한 사람이 나를 유심히 살피는 것 같았다. 나는 그들의 시선을 의식하면서 국도로 내려섰다. 그리고 버스가 올 때까지 기다리지 않고 걸을 수 있는 곳까지 걸었다.

내가 걸어가고 있는데 뒤에서 수근대는 소리가 들렸다. 나는 걸음을 빨리 했다. 갈림길 방향에서 버스가 달려왔다. 버스를 타면서 뒤돌아보니 하영이 손을 흔들었다. 내가 타자 버스는 질주했다.

한계리는 순식간에 시야에서 사라졌다.

나는 얽히고설킨 이별의 실타래를 사리면서 서울로 돌아왔고 서울로 온 뒤, 책과 씨름했다. 갯골의 추억을 잊고 책에만 매달렸으나 잊는다는 것도 쉬운 일이 아니었다. 책갈피마다 그녀의 얼굴이 나타나 사라지지 않았다. 밤은 말할 것도 없었고 밝은 대낮에도 그녀의 얼굴은 영상처럼 나타나 사라지지 않았다.

그것도 너무 자주 나타났기 때문에 그녀의 얼굴이 확대되어 나타나기도 했고 때로는 축소되어 나타나기도 했다.

그런데 그녀의 얼굴은 온전하게 생긴 것은 하나도 없었다. 입술만 보이다가 왼쪽 눈만 어리다가 반쪽 얼굴만 나타나는 그런 불완전한 얼굴이었으며 그것도 환상이었다. 비디오를 되풀이해서 돌리고 돌리면 필름이 닳아 끊어지거나 화면이 흐려지듯이 시간이 흐를수록 그녀의 얼굴이 희미해지면서 망막에 차일까지 쳤다.

그럴 때마다 사진이라도 한 장 있었으면 얼마나 좋았을까?

그런 밤이면 눈물로 베개를 흥건히 적시곤 했다.

나는 그녀에게 긴긴 편지를 썼다.

모든 것은 내 잘못이라는 것과 그리고 잘못을 용서해 달라는 것은 물론, 지금은 입시 때문에 어쩔 수 없으나 명년 3월 3, 4일경이면 한계리로 가 부모를 만나서 담판을 짓겠다는 계획도 알렸다.

편지를 보내고 초조하게 기다린 지 열흘 만에 그녀로부터 등기편지가 왔다. 편지의 내용은 절박했다. 괴로워 견딜 수 없으니 어디든 좋으니 데려가 달라고 호소하고 있었다.

나는 사교적인 성격이 아니었다. 친구를 사귈 줄도 몰랐다. 해서 더욱 하영에게 빠져들었는지도 모른다. 친구라고 있다면 상욱이 하나. 찾아가서 사실을 털어놓고 솔직한 의견을 구했다.

"편지를 읽어 보니 사랑하고 있는 것만은 분명한데……"

"나도 같은 생각이야. 어떻게 좋은 방법이 없을까?"

"그런데 사랑만으로 세상을 살아갈 수 있을까? 니가 원한다면 가서 데리고 와. 데리고 와서 지게품팔이라도 해서 먹여 살려. 그러나 그게 오래 가겠어? 그러니 잘 생각해. 그녀가 너를 진짜 사랑한다면 기다려 줄 거야. 잊고 입시준비나 하라고. 대학에 들어가고 난 뒤에 생각해도 늦지 않아. 그때 가 결정하라고."

"윈저공은 사랑을 위해 왕관도 포기했다는데."

"니가 황태자로 태어난 것도 아니잖니. 친구 좋다는 게 뭐니? 이럴 때 들어야지. 입시를 앞두고 너 같은 놈 처음 보겠다."

🌸 시로 쓴 편지

나는 한계리로만 달려가는 마음을 달래기 위해 밤마다 편지를 썼다. 공부는 제쳐두고. 빠질 바에야 푹 빠지겠다는 오기도 있었다.

빠지나 보면 헤어날 날도 있으리란 생각을 하면서.

하영이! 지금은 깊은 밤. 그리움의 한 바다가 출렁입니다. 당신을 만난 것은 단 세 번, 날로는 여드레, 함께 지낸 밤은 나흘뿐인 데도 이렇게 그리움으로 몸부림치고 있습니다.

하영이! 당신은 눈에 넣고 다녀도 조금도 불편함을 모르는 콘텍트 렌즈. 지고한 여인이 밤마다 찾아와 선우의 마음을 지배하고 있답니다. 그러면 마음은 어느 사이, 한 마리 그리움의 새가 되어 당신에게 달려갑니다. 훨훨 그리움을 퍼덕이며 날아갑니다.

그것은 바로 하영이, 당신을 향한 「정」입니다.

이제부터 너와 나
만나지 말지니.
어쩌지 못해
실수로 만날지라도
정 주지 말지니.

그리움은 그리움대로
사랑은 사랑대로
별리는 별리대로 아픔만 낳는데.
전생의 업보(業報)로
만날지라도
정 주지 말지니.   「정」

이 밤도 안녕. 좋은 꿈 좀 나눠 주세요.

오늘밤은 별이 유난히 차게 느껴지는데 제 아무리 몸부림치며 그리 위해도 하영이, 당신의 실체는 제게서 자꾸만 멀어져 갑니다. 왜 그런지 저로서는 알 수 없습니다.

그대 소원이 뭐냐고 묻는다면
그대의 속눈썹이 되고 싶다고.
그대의 속눈썹 되어
그대의 세상 보고
그대가 슬퍼할 때
그 눈물에 가장 먼저 젖고
그대가 즐거워할 때
그 즐거움 남보다 먼저 알고
그대가 잠잘 때
그 곁에 잠들기 위해
그대의 속눈썹이 되고 싶다고.   「소원」

하영이, 당신의 모습이 눈앞에 어른거리는데도 손을 뻗어 잡을 수 없습니다. 점점 멀어져만 가는 하영이, 당신.
내게는 오직 「고운 얼굴」로 남아 있답니다.

너의 고운 얼굴을
지우고 또 지운다.
지워도 지워지지 않는 얼굴.
연필로 쉽게 쉽게 그렸다면
지울 수 있겠지.
약지 건지 깨물어

혈서 썼다면 지울 수 있겠지.
너의 고운 얼굴은
삼백예순 날
사모(思慕)로만 그렸는데.　　　　　　　　「고운 얼굴」

이 밤도 안녕, 하영이.

오늘밤은 날씨가 몹시 찹니다. 하영, 당신과의 만남은 하나의 드라마
였습니다. 그런데도 관람자들에게 철저히 외면당했으니 연출자가 얼
마나 속상해 했겠습니까? 그렇다고 누가 연출한 것도 아니지 않습니
까? 연출자는 우리 자신이었으니까. 아무리 가슴이 쓰리고 아프더라도
달게 받아야겠지요.
　제가 그렇습니다. 스스로 뿌린 씨앗, 스스로 거둬야겠지요. 체념하고
달게 받으려고 해도 남은 것은 눈물뿐입니다.
　이제 눈물은 「그때 가서」로 다가옵니다.

흐르는 여울물에
별빛 어리면
맥박으로 뛰는
그리움 있다.

이 생명 다해 여울이 되리.
여울 되어 흐르면서
사랑과 미움 씻어낸 다음,
그때 가서

잊지 못했노라.   「그때 가서」

하영이, 제 꿈도 함께 꿨다가 나눠줬으면 해요.

　이제 새벽도 머지않았습니다. 하영, 당신을 그리워하는데 눈물만 있는 것은 아닙니다. 가을밤에 숨겨둔 가지가지의 추억. 그것은 저에게 보이지 않는 힘이 될 것이며 두고두고 인생을 살찌우게 될 것입니다. 때로는 소리 없는 미소를 짓게도 하겠지요.
　행복은 순간적인 것. 오랜 기다림의 인종이 필요함도 알았습니다. 회자정리(會者定離)는 만남의 숙명. 하물며 거자필반(去者必返)은 기대할 수도 없으니까. 해서「선물」을 드립니다.

나는 네게로부터
불빛 속에서나 어둠 속에서나
사랑의 선물을 받았습니다.
나는 네게로부터
이별의 아픔,
뼈를 깎는 아픔의
선물도 받았습니다.

그러나 나는 미움의 선물,
한의 선물은
받지도 주지도 않으렵니다.   「선물」

잘 자요, 하영　전 밤을 꼬박 새우며 당신만 생각할래요.

오늘 밤은 별이 유난히 빛납니다.

하영, 당신은 하늘의 별인지도 모릅니다. 모르는 것이 아니라, 분명히 하영이, 당신은 하늘의 별입니다. 당신의 눈은 하늘의 별보다도 아름답고 더 빛나니까요. 그래요. 별보다 아름다워요. 그러기에 찬란한 그리움이 밤마다 익어 가는 것 아니겠어요.

그런데 그런 별과 눈이 보이지 않아요. 왜일까요? 하영, 당신은 제 곁에서 하루가 다르게 멀어지려고만 하기 때문입니다.

당신은 내게 「여울」이 되어 흐른 지 오래입니다.

새벽은 낯이 설어
골안개 속에서 빛을 부르고
이름 모를 산새
여명 마시다 메아리 만든다.

돌돌 흐르던 여울이
메아리만 주워
너의 메아리만 주워서
내게로 가져온다.   「여울」

하영, 당신의 고운 눈가에 키스하며 이 밤에는 안녕이란 말은 하지 않을래요. 안녕이란 말이 너무 서럽기 때문입니다.

오늘밤 따라 하늘은 마냥 흐려 있습니다. 눈이라도 펑펑 쏟아져야 갑갑한 마음이 좀 후련해지겠는데. 지난 10월 17일, 갯골을 찾아가는 나의 심정을 대변하는 것처럼.

그때는 하영, 당신이 살아 있기만을 열망했었는데. 당시의 심정을 시로 옮겼습니다. 그런 것이 좋은 시라고는 생각지 않으나 진솔한 표현임을 부정하고 싶지 않아요.

빗속에서 귀띔으로
속삭이다 못해
더러는 앞서가는 마음
또 더러는 뒤쳐지는 마음
돌려세우다
빗소리만 남아.

그 많은 그리움
다 놓쳐 버리고
젖지 않은 빗소리만 남아.   「빗소리」

하영, 잘 자요. 나를 생각해 주면서 단꿈도 꿔줘요.

어느새 자정도 지났습니다. 모르긴 해도 하영, 당신은 단꿈을 꾸고 있을 시간인지도 모릅니다. 세월이 약이라는 말도 있지만 나에게는 시간이 흐를수록 하영, 당신을 생각하는 시간만 늘어갑니다. 그만큼 하영이, 당신은 제게 있어 모든 것인지도 모릅니다.

오직 하영만을 위해서 오로지 하영, 당신만의 시간 속으로 여행하고 있답니다. 자나 깨나 짠한 하영, 당신은 「사념」입니다.

내 기다림은 생명 있어

가을볕에 곱게 익어
고개 숙이면 그리움 된다.

기다리다
기다리다 지친 세월
하늘 울린 사념 하나.

언젠가는 눈꽃으로
활짝 피겠지.   「사념」

하영 안녕. 제게도 당신이 꾼 꿈을 좀 나눠주세요.

밤도 깊은 지 오래인데 잠이 오지 않는군요. 모든 것은 선우의 일방
적인 행동이 야기한 것이라는 자책감 때문인지도 모릅니다. 지난 일은
후회해도 소용없고 오직 반성만이 있을 뿐인데도.
이제 남은 것은 「해일」만이 있을 뿐입니다.

하얀 봄날 저녁이면
한 줌 그리움을 네게 주고 싶고
가을 뜰에 내린
넉넉한 사랑 주고 싶다.
얼음에 베인 가슴
그 아픔만은 차마 줄 수 없어
십 리 밖 바다에 버렸더니
해일 되어 찾아와 또 가슴 찢는다.   「해일」

이 밤도 깊었습니다. 벌써 새벽이 성큼 다가왔습니다. 안녕.

하영, 당신에게 수도 없이 달려가고 달려가서 안기고 싶어 잠을 이룰 수 없습니다. 좀 꾸짖어 주세요. 잠이라도 좀 자라고.

그러나 너무 꾸짖지는 마세요. 꾸짖는다고 해결될 일도 아니잖아요. 저로서는 마음이 병폐니 어떻게 할 수 없답니다. 빠지고 빠져들다 보면 언젠가는 무슨 수가 생기겠지요.

이제 꿈길만이 남았습니다. 죽어도 못 놓을 꿈길인지도 모릅니다. 그러자니 밤마다 잠을 설칠 수밖에. 하영, 당신이 보고 싶어 밤을 꼬박 새웠으니까. 저 좀 재워 줄래요?

그대 보고 싶어
꿈길마다 찾는 길
흔적이 생겼다면
고속도로 열 개라도 뚫었겠다.

그대 보고 싶어
꿈길마다 찾는 길
빠르기로 친다면
우주선이 지구로 재돌입하는
순간의 빠르기보다
조금 빠르겠다.   「꿈길」

하영, 이 밤도 잘 자요.

나는 여드레 밤을 밝혀 시로 쓴 편지를 고치고 또 고쳤다. 오로지 편지를 쓰기 위해 태어난 사람 같았다. 그리고 65년 3월 3,4일 경 한계리를 방문한다는 추신을 달아 등기로 보냈다.

그러나 보름이 지나고 한 달이 지나도 그녀로부터는 편지 하나 없었다. 아니 소식조차 뚝 끊어졌다.

그럴수록 그녀는 내게 고운 여인으로 다가오기만 했다.

끝내 나는 자학했다. 내 시는 어디가 그렇게도 못나 사랑했던, 그리고 지금도 사랑하고 앞으로도 두고두고 사랑할 하영, 당신 하나 감동시키지 못하고 푸대접만 받는 <질경이> 신세랄까.

그런데도 문학을 하겠다니, 나 참.

시골 길가 질경이는
봄으로 움 튀어
오가는 사람에게
짓밟히는 재미로 자라고
누구도 읽어 주지 않는
내 시는 세상 나와
짓밟히는 재미로 쓰고

하나는 자연의 섭리
다른 하나는 똥고집
둘 사인 통하는 것이 있긴 있는가 보다   「질경이」

하영, 이 밤도 안녕.

『첫사랑 동화』에서

시로 남은 사람

지윤은 바다의 어둠이 집안으로 들어와서야 마음을 진정시킬 수 있었다. 마음이 진정되자 그녀는 탁자부터 훔쳤다.

혼자 앉아 커피를 마시면서 준에 대한 추억에 젖곤 했던 탁자, 낡은 탁자가 오늘따라 새삼 켜켜이 묵은 추억을 일깨웠다.

오래 묵혀 두었던 황초를 찾아 불을 밝혔다.

전기가 편리함이란 그릇으로 사람들의 정서를 빼앗아 갔으나 촛불은 여전히 그만그만한 정감을 일깨우는데 부족하지 않았다. 그것은 시집을 읽는 데 대낮처럼 밝은 전깃불보다는 촛불이 적당한 밝음과 어둠의 공간을 제공해 주기 때문일 것이었다.

지윤은 촛불이 밝히는 밝음의 공간에 묻혀 시집을 펼쳤다.

시집을 펼치는 그녀의 손은 파르르 떨렸고 여백의 공간에 드러나는 활자마다 추억이 되어 되살아났다.

지윤은 문학 지망생이었다. 물론 점수에 맞춰 대학을 지원한 때문도 있었으나 문학에 대한 미련을 버리지 못한 탓도 있었다.

그녀는 S대 국문과에 들어갔고 문학 서클에 들어 소설을 공부했었다. 시를 공부하라는 교수의 권유도 있었다.

그러나 그녀는 굳이 소설을 고집했다. 그리고 학교 신문사 주최 현상 공모에 소설을 응모해서 당선되는 행운을 누리기도 했으나 거듭 신춘문예에 떨어지는 불운을 맞기도 했었다.

지윤은 대학을 졸업하고 교편을 잡았는데 과중한 업무에 쫓겨 소설을 놓아버렸고 결혼한 뒤로는 후포에 눌러 살면서 생활에 부대껴 아예 문학을 잊고 살았었다. 나이가 들고 생활이 윤택해지자 잊고 있었던 문학에의 미련이 되살아났다. 그녀가 주동이 되어 관심 있는 주부들 대여섯 명을 모아 '주부문학'이란 동아리를 조직했다. 창작활동이라기보다는 독서 서클이라고 할 수 있었다.

주부들이 읽어야 할 책을 구입해서 윤독했고 때로는 독후감을 써 글을 합평하기도 했다. 시간이 흐를수록 글 솜씨가 늘어 문집까지 만들었다. 지윤은 '주부문학'을 이끌어 오면서 시를 쓴다거나 시집을 발간한다는 것이 얼마나 큰 고충인지 잘 알고 있었다.

『널 숨기고』의 시집은 전체가 8부로 기다림과 그리움의 시로만 묶었는데 그만한 분량을 가진 시집도 흔치 않을 것 같았다.

지윤은 시집을 보고 두 번이나 놀랐다.

143편이라는 시의 양에 놀라고 수록된 시가 한결같이 기다림과 그리움의 시라는 데 놀랐다.

지윤은 이별다운 이별도 하지 못한 채 준과 헤어졌었다. 그리고 헤어진 뒤로는 그의 소식을 전혀 알 수 없었다.

너무나 안타깝고 아쉬운 헤어짐이었다.

신파조로 울고불고 매달리면서 헤어졌다면 그래도 그리움이 덜했을까. 앙탈이라도 하고 떼라도 썼다면 아쉬움이 덜했을까.

방파제에서 낚시를 하다가 검은 지프에서 내린 수상한 사람들에게 그녀의 눈앞에서 그가 끌려가는 데도 앙탈 한번 하지 못했었다. 단지 바라보면서 가슴만 찢지 않았던가. 그가 그렇게 끌려가고 난 뒤, 지윤은 허리가 휘청 휠 것만 같은 삶의 무게로 살았었다.

그렇게 끌려간 준이 이만한 분량의 시집을 내다니.

지윤이 준을 만나 사랑한 너무나 짧은 기간 동안, 겨우 나흘의 만남에 지나지 않았으나 시나 문학에 대해 단 한마디도 들어본 적이 없었다. 그런데 언제 시를 공부해서 이 많은 시를 썼을까.

그것은 충격이 아닐 수 없었다.

지윤은 그의 숨겨진 새로운 면모를 대면하는 순간, 전율했다.

하늘을 향해 한 점

부끄러움 없는

등대는 작곡자.

오가는 돛배

오선지 줄을 긋고

수면 나는 갈매기

음표 치면

널 위한 곡은

조각달 이고 가는

참 참한

곡으로 완성된다.   「오선지」

준의 시는 어려운 편이 아니었다. 여린 정서를 숨김없이 드러냈다고

할까. 흔히 현대시가 빠지기 쉬운 관념의 나열이나 사상의 덧칠도 아니
었다. 시어가 평이했고 주제가 단순했다. 간결하면서 함축미가 뛰어났
으며 누구나 쉽게 이해할 수 있는 시였다.

시란 쉽게 쓰기가 더욱 어려운데 쉽게 읽힐 수 있는 시였다.

그런 준을 두고 그녀는 얼마나 원망했던가. 준이 소식만 알려주었대
도 남편이고 자식이고 팽개치고 달려갈 수도 있었는데, 그는 그렇게 끌
려간 뒤 일체 소식이 없었다. 해도 너무했다.

지윤은 그가 끌려간 뒤, 여러 루트를 통해 소식을 알려고 갖은 애를
썼었다. 그러나 남의 눈을 피해 수소문한다는 것도 쉬운 일이 아니었
다. 더욱이 남편의 눈을 속이기에는.

끝내 지윤은 그의 소식을 알아낼 수 없었고 그럴수록 가슴은 날카로
운 칼로 베어내는 것 같았다.

시집을 읽고 있는 지윤은 폭우가 한 차례 지나간 뒤끝처럼 투명한 하
늘과 싱그러운 공기와 하얀 햇살이 눈부셨고 사소한 것까지도 소중하
게 여겨지기까지 했다.

너무나 당연하게 생각하는 것들, 한낱 보잘 것 없어 보이는 것들이
새삼 아름답고 귀하게 여겨졌다.

그 동안 지윤은 너무나 많은 것을 잃었고 또 잃고 있었다. 소중하고
아름다운 것일수록 눈에 잘 띄지 않듯이 사랑은 멀리 있는 것이 아니라
가까이 있다는 것을 깨닫지 못했었다.

장미 뿌리는 꽃 중의 꽃을 피우고도 자랑하거나 내세우지 아니하고
땅 속에 숨어 다음 해의 꽃을 피우기 위해 인고하듯이 절망은 썩고 썩
어야, 그것도 아무도 몰래 희망을 몰고 온다는 것을 깨닫지 못했으며
그리움이 가득 장전된 가슴을 힘껏 당길 줄도 몰랐었다. 해거름으로 바
닷가에 앉아 있으면서도 빈속에 술 한 잔을 걸칠 줄도 몰랐고 길이 끝

나면 다른 길이 나타나듯이 한 고비를 넘기면 또 한 고비가 눈앞에 닥치면 스스로 헤칠 줄을 몰랐었다.

그녀는 준이 끌려갔을 때도 그랬었다.

지윤은 시를 읽어 갈수록 가슴이 찢어지는 것 같았다. 겉으로 표현하지 않았을 따름이지 그렇게 속정이 많을 줄이야.

지윤이 처음 시를 읽을 때는 그럴 수도 있겠거니 생각했다가 두 번 세 번 읽을수록 감동이 뭉클뭉클 가슴에 와 닿았다.

시편 하나하나가 기다림과 그리움을 담은 시, 한 여인을 두고 그리워한 시, 그것도 자기를 두고 쓴 시임에랴.

지윤은 서평란도 꼼꼼히 챙겨 읽었다.

이순(耳順)이 가까운 나이에 그만한 분량의 시집을 묶을 수 있는 열정도 열정이거니와 시편들이 한결같이 절대적 대상에 대한 그리움을 노래하고 있다는 데 공감이 갔다.

그리움이야 시의 단골 소재, 어디서든 손쉽게 구해 읽을 수 있으나 애상을 벗어나지 못함으로써 독자들의 심성을 피폐하게 만드는 경우가 허다하지 않는가.

그런 시들에 비해 『널 숨기고』의 시집에 담겨 있는 시들이 표출해내는 그리움은 절대적 존재를 향해 나아가는 자기 다짐의 힘을 안고 있다는 점에서 다른 시와는 자리매김을 달리 해도 좋겠다는 평도 마음에 들었으며 인용시도 가슴에 와 닿았다.

가을달이 꿈길을 밟고 오면
한 잔 달빛을 기울여
비워내듯
내게는 헛먹은 나이를

집어내고픈

고운 여인이 있습니다.

이제라도

새벽달이 꿈길을 밟고 오면

한 잔 여명을 기울여

비워내듯

내게는 살아온 나이를

덜어내고픈

고운 여인이 있습니다.　　　　　　　　「한 잔 달빛을」

이 얼마나 안타까운 사연이며 슬프디 슬픈 깨달음인지.

너에 대한 마음의 문은 언제나 열려 있으나 너는 그것을 알지 못한다. 너를 만날 수 없을 때는 무수히 떠오르던 말들도 막상 기회가 오면 입안에서 뱅뱅 맴돌 뿐이다. 그럴수록 너에 대한 나의 마음은 더더욱 간절해진다고 해도 이렇게까지 꼬집어낼 수 있을까. 16년이란 기간은 긴 세월이었으나 그 동안 지윤은 준을 결코 잊은 적이 없듯이 준 또한 지윤을 잊지 않고 있었음을 시가 대변해 주고 있다.

그런데도 준의 시에는 절제가 있다. 어떤 일이든 도가 지나치면 추해지기 마련이다. 그리움도 마찬가지리라. 『널 숨기고』의 미덕은 바로 여기에 있다. 그리움의 극단에서 자신을 절제할 줄 아는 중용(中庸)의 아름다움을 보여주고 있는 것이 아닌가.

너에 대한 열망을 추스를 줄 아는 마음은 보통의 마음이 아니라 오랜 세월의 고통을 겪어 이겨낸 자만이 가질 수 있는 허심의 상태라고 해도 좋다는 지적은 얼마나 유효적절한지.

너와 헤어져 있을 때는
나는 언제나 시인.
그러나 너를 만난
순간부터
가슴에 불이 붙어
사랑한다는 말은
백지 태운 재가 되고
너무너무 좋아
가슴 속 깊이
숨은 실어증 환자 된다.　　　　　　　　　「너를 만나면」

　실어증 환자라니, 정말 그랬다. 사랑을 눈에 담아 두고만, 마음속에 넣어 두고만 있었던 것 같았다. 그리던 임을 만나게 되는 순간의 복잡하고 미묘한 상황을 간결하고도 생동감 있게 포착해 낸 재치는 단순한 기교만으로는 불가능한 일일 것이었다.

　하물며 평생토록 그리던 임을 만났을 때, 그 동안의 사연들을 모두 풀어 이야기했다면, 기쁨에 겨워 얼싸안고 밤새 춤이라도 췄다면 그것은 모두 거짓말일 것이었다.

　입도 얼어붙고 손발도 얼어붙어 그저 바라보면서 온밤을 꼬박 새울 수밖에 더 있었겠는가.

　「하늘 편지」도 실어 보내고 있었다. 그러나 어찌 몇 장의 편지 속에 너에 대한 나의 마음을 모두 담아 보낼 수 있겠는가.

　그것이 아쉬워 몸부림치지도 못하고 '못다 한 사연은 공'으로 비워 두는 넉넉함을 보여주고 있다. 그리움이 낳은 열병을 적절한 선에서 제어할 줄 하는 넉넉함이 추함을 여과했다고 할까.

지윤이 그랬다. 남편과 아이들을 위해 준에 대한 그리움을 얼마나 삭이고 삭였는지 모른다. 폭풍이 지나간 뒤의 고요와 같았다고 할까. 그녀는 아픈 상처를 겨우 밀어내고 남편이, 자식이, 가정이 소중함을 깨닫기까지 그리고 소중한 만큼 남편을, 자식을, 가정을 위해 사랑을 희생하면서까지 오직 안으로 안으로 앓으면서 견디지 않았던가.

준에게로 향하는 한없는 그리움과 끝없는 열병을 '가슴의 이 상처는 스스로가 입힌 상처, 마음을 쉽게 내보인 탓으로 마신 독약이며 죄 값이려니' 여기고 달게 받으려고 하지 않았던가.

그랬으니 정곡을 찌를 수밖에. '사랑도 미움도 순간의 꿈'이라고 담담하게 말하는 이면에는 이성과 욕망의 양극단에서 균형을 잡으려는 노력도 담겨져 있으며 담담하게 대상을 대하고 그리움을 삭이고자 하며 살을 베는 아픔이 스며있다는 평도 그녀의 생각과 일치했다.

해서 그녀는 붉은 태양이 서쪽 바다에 덜컹 떨어지는 것 같은 감동을 결코 떨쳐 비릴 수 없었다.

내가 왜 이러지? 시의 감동에 인생이 와르르 무너지는 것 같다니. 달은 바다를 지나면서도 흔적 하나 남기지 않는데 사랑만은 왜 흔적을 남기는지. 인생은 꼭 뭐가 된다고 해서 행복한 것도 아닐 텐데. 노란 개나리, 붉은 진달래는 결코 아름다움을 다투지 않는다.

그런데도 사람들은 개나리가, 진달래가 아름답다고 우긴다. 갈 지자 걸음이라도 자기 식대로 걷는 것이 아름다울 수도 있지 않는가. 사는 게, 뭐 이래? 그게 바로 인생임을 모를 리 없는데.

지윤이 순수한 사랑이야말로 엄청난 희생을 치르며 뼈를 깎는 고통 끝에 얻을 수 있다는 진리를 모르는 바 아니었다.

물소리 돌돌 구르는

계곡에 서면
너는 내게
형용사로 다가와
그리움
하나 떨어뜨리고 간다.

더욱이 가없는 동해
바닷가에 서면
너는 내게
감탄사로 다가와
아쉬움
하나 떨어뜨리고 간다.   「아쉬움 하나」

그럴 거야. 드러내놓고 사랑할 수 있는 사이도 아니었고 숨어 몰래 하는 사랑이라면 그럴 수밖에 더 있겠어.

오직 너만을 위해 모든 것을 준비하고 내가 가진 모든 것을 너에게 주고 싶은 아름다운 마음으로 준을 사랑했기에 그녀의 가슴을 더 더욱 촉촉이 젖었다.

지윤은 많은 시편 중에서 「속눈썹」이 좋았다. 그것은 지금 어제 같은 추억에 젖어 시를 읽고 있는 탓인지도 모르고 감정의 섬세함과 여림이 와 닿은 때문인지도 모른다.

너의 짙은 속눈썹으로
켜켜이 묵은
현을 튕기어

고운 화음
초승달에 걸어둡니다.

생의 앙금 생기어
그리움 식으면
속눈썹을 불쏘시개로
이 가슴
다시 타오르게 하렵니다.   「속눈썹」

지윤은 시집에 푹 빠져 밤이 깊어 가는 줄도 깨닫지 못했다.

나이 들면 들수록 추억은 아름답다고 한다.

해서 그럴까. 지윤은 추억에 젖는다. 젖고 또 젖는다.

후포의 등대를 지켜보면서 십몇 년 세월 동안 안개 같은 추억에 젖어 살지 않았던가.

지윤은 시를 읽다가 무심결에 손을 가슴으로 가져갔다. 지금 이 순간에도 준의 손길이 남아 있는 것 같은 느낌이 들어서였다.

그러자 그녀의 가슴 위로 그의 가슴이 스치고 지나가던 강한 힘이 느껴졌다. 맙소사! 그녀는 준을 너무나 사랑했다. 도저히 사랑할 수 없으리라 생각했었는데 그를 사랑했던 것이다.

그런데 지금이야말로 그녀로서는 준을 예전보다도 몇 갑절 더 사랑하고 있지 않는가.

지윤은 자신의 그런 마음을 알고 새삼 놀라지 않을 수 없었다. 남편과 자식에게 불행을 안길지도 모른다는 생각, 아니 준을 매장할지도 모른다는 생각만 하지 않았더라도 그를 따라 나섰을지도 모른다.

남편이 죽고 자식들도 출가를 한 뒤였다.

그제야 뒤늦은 감은 있지만 창고에 묵혀 뒀던 낡은 탁자를 사용해야 하겠다고 생각이 들어 꺼내어 손질하지 않았던가.

그런 탁자를 마주하고 앉아 곧잘 추억에 묻혔고 눈시울을 붉히기도 했었다. 지금 지윤이 탁자를 마주하고 앉아 시집을 읽고 있다. 시집을 읽고 있는 그녀의 눈에는 눈물이 횅덩그레 달렸다.

그녀가 달고 있는 눈물은 그리움이 응결되어 승화된 지순지애의 결정체(結晶體)였고 거짓 없고 변함없는 참 마음의 정수(精髓)였으며 고도로 승화된 감동의 결실(結實)이 아니던가.

밤이 깊어갈수록 응결된 결실은 찡하도록 지윤의 가슴에 와 닿아 떨어질 줄 몰랐다. 아니, 심장에 덜컥덜컥 떨어지는 추억의 밤샘이었다.

새벽이 되자 출어하는 어선의 뱃고동 소리가 여명(黎明)을 열었고 추억은 환청(幻聽)으로 다가왔다.

지윤은 환청에 시달렸다. 그렇다고 지금에 와서 준을 위해 그녀가 할 수 있는 것은 아무 것도 없었다. 준을 위해 할 수 있는 것은 이 세상에 아무 것도 남아 있지 않았다. 지윤이 준에게 시로 남아 있듯이 준은 지윤에게 추억으로 남아 있는 것 외는.

내가 네게 줄 수 있는
것은 오랜 세월
흘러가도
지울 수 없는
그리움 하나
그것밖에 줄 것이 없어요.

내가 네게 줄 수 있는

것은 오랜 세월
흘러가도
변할 수 없는
사랑 하나
그것밖에 줄 것이 없어요.　　　　　「줄 것이 없어요」

　지윤은 준이 끌려간 뒤로 살긴 살아도 진정 살아 있다고 할 수 없었다. 누구라도 껴안고 눈물을 펑펑 터뜨릴 것만 같았던 나날, 사랑했던 지난 나흘, 자신의 피부보다도 더 잘 알고 있는 준, 그가 끌려갔을 때, 그녀의 눈에는 피눈물이 고였고 영혼은 황량하기 그지없었다. 해서 그녀로서는 살아 있다는 게 이상할 정도였다.
　그럴 때, 남편이 옆에서 따스하게 감싸주거나 이해해 주지 않았다면, 아이들이 엄마의 말을 순순히 따라주지 않았다면 그녀는 이 세상 사람이 아니었을 것이다. 지윤은 시집을 예닐곱 번 읽으면서 16년 전의 그 나흘, 월요일부터 금요일까지를 수없이 되새김했다.

『후포의 등대』에서

세상에 어쩌면

IMF 체제가 본격적으로 서민들의 목을 조이기 전이었다.

한국토지개발공사가 안동시 정상동 일대에 주택단지를 조성하기 위해 묘지 이장을 추진했다.

당시 연고자들도 보상비를 받고 이장을 하던 1998년 4월 7일이었다. 고성 이씨 15세인 이명정(李命貞)과 그의 처인 일선(지금의 선산) 문씨(文氏)와의 합장묘를 해체하고 시신을 수습하던 중, 극히 드문 일이지만 무덤의 주인인 일선 문씨가 450년 만에 미라로 모습을 드러내어 세상 사람들을 깜짝 놀라게 했다.

합장묘이기 때문에 당연히 이명정의 관과 문씨의 관은 같은 장소에 묻혔으며 그것도 불과 20센티미터도 떨어지지 않은 바로 곁이었다. 특이한 점은 문씨의 목관은 450여 년의 세월이 흘렀는데도 썩거나 훼손되지 않은 채 염습 상태대로 남아 있는 것이었다.

다만 묻힌 시간과 묻은 사람만이 다를 뿐이다.

그런데 이명정의 시신은 형체두 남아 있지 않은데 비해 그녀는 온전한 형태의 미라로 450여 년 동안 묻혀 있다가 세상에 모습을 드러내어 사람들의 이목을 온통 끌었던 것이다.

한말에 편찬된 『고성이씨족보』에 의하면 문씨의 남편 이명정은 1504년에 태어났고 봉사(종8품)의 벼슬을 했으며 1565년에 사망한 것으로 기재되어 있으나 문씨에 대해서만은 태어난 해와 죽은 연대 등 일체를 알 수 없었다.

다만 미라의 상태로 보아 노년에 죽은 것이라기보다는 젊어 죽었거나 중년에 죽었다고 하더라도 곱게 살고 예쁘게 늙어 남보다 앳되어 보이는 것이 아닌가 하는 추정은 가능하다. 그런 탓으로 450여 년 전의 상장례를 한눈에 알아볼 수 있으며 부장된 수의와 복식 60여 점도 출토되어 조선조 복식사를 다시 쓸 수 있을 정도였다.

그리고 보름쯤 뒤인 4월 24일이었다.

우연의 일치인지는 모르겠으나 일선 문씨의 묘로부터 얼마 떨어지지 않은 장소에서 무연묘를 해체하고 시신을 수습하던 중, 412년 만에 염습 당시 그대로의 모습인 생생한 미라가 또 모습을 드러내었다. 그와 함께 여러 장의 편지와 수의 등 부장품도 출토되었다.

출토된 편지 중에는 아버지가 아들에게 보낸 한문 편지가 아홉 장이고 아들이 아버지에게 보낸 한글 편지가 두 장이었다.

이런 것이 출토되었다고 해서 화젯거리가 될 리 없었다.

전국적인 매스컴을 타게 된 결정적인 계기는 시신을 덮은 명정(銘旌)에 의해 무연묘의 주인이 밝혀졌으며 또한 시신의 가슴 부근에서 발견된 여성이 쓴 한 장의 한글 편지에 의해 이를 재확인하게 된 데 있었다.

게다가 412년 동안 이름 없는 무덤으로 남아 있었는데 뒤늦게 무덤의 주인이 언제 태어나서 몇 살에 죽었는지를 알려 준 한글 편지가 사람들의 이목을 끌었을 뿐 아니라 감동시켰던 것이다.

한글 편지 이외의 다른 편지는 오랜 세월이 흐른 탓으로 삭고 피어 매우 조심스럽게 다루지 않으면 안 되었다.

오랜 세월 땅속에 묻혔던 탓인지 화장지를 물에 넣으면 풀처럼 풀어지듯이 종이가 피어 너덜너덜했으며 판독이 거의 불가능해서 사연을 어림잡을 수도 없을 정도로 훼손되었다.

그런 편지에 비해 1586년 6월 초하루에 쓴 것이 분명한, 이름을 알 수 없는 여성의 한글 편지만은 온전하게 남아 있어서 온전히 해독할 수 있을 뿐만 아니라 사연이 너무나도 애틋해서 보는 사람들로 하여금 더더욱 관심을 불러일으켰다.

더욱이 편지를 쓴 주인공은 412년 뒤에야 세상에 알려질 것을 예상하고 쓴 듯한 편지가 뜻하지 않게 주택단지조성을 위해 이장을 하는 과정에서 출토되어 매스컴을 탔으니 흔치 않는 일이었다.

무덤의 주인이 밝혀질 수 있었던 것은 무연묘를 해체해 시신을 수습하는 과정에서 철성(鐵城)이란 명정이 나와 무덤의 주인이 고성 이씨임이 밝혀졌고 가슴 부위에 있던 한글 편지가 이를 재확인시켜 주었으며 게다가 죽은 연대까지 알 수 있게 된 것이었다.

이응태(李應台)는 일선 문씨의 손자인데 그도 그네처럼 생생한 미라로 모습을 드러냈다. 할머니와 손자가 서로 약속이라도 한 듯이 미라로 모습을 드러낸 것도 희한한 우연이 아닐 수 없다.

족보에는 응태가 태어난 연대며 무덤의 위치는 기재되어 있지 않았다. 오직 출토된 편지에 의해 31세 나던 1586년에 요절한 것을 알 수 있으며 부장품 50여 점과 만시하며 형이 동생을 애도해서 부채에 쓴 한시까지 출토되었으니 놀라운 일이 아닐 수 없다.

이런 부장품보다도 사람들의 마음을 사로잡은 것은 애절한 내용이 담긴 원이 엄마의 한글 편지와 머리카락으로 삼은 미투리였다.

　지금으로부터 412년 전에 씌어진 편지, 세상에 알려질 것을 예상하고 쓴 듯한 편지는 말할 나위도 없거니와 이 세상에서 여인의 머리카락으로, 그것도 여성이 손수 삼은 것으로는 유일한 미투리에 숨겨진 내막이 무엇인지 궁금증을 자아내기에 충분했다.

　나는 미투리를 살피다가 뒤늦게 보통 미투리가 아닌 것을 알게 되었으며 편지를 해독하는 과정에서 기존의 생각을 바꿀 수 있는 안복을 누릴 수 있어 얼마나 행복했는지 모른다.

　조선왕조 5백년은 남성들의 오만과 독선이 삼강오륜을 일방적으로 이해하고 이를 여성에게만 적용시켜 당시 여성들을 질곡(桎梏)의 뒤안길로 몰아넣었다.

　오륜 중 부부유별이야말로 여성들을 억압하고 짓밟는 수단으로 이용되었는데 그것이 아니라는 것을 반증할 수 있는 자료, 적어도 임진왜란 전에는 부부가 동등한 관계에서 가정생활은 물론 사회생활을 했다는 것을 증명해 주는 희귀한 한글 편지가 시선을 끈 것은 당연했다.

　그런 탓인지 관속 시신의 가슴 부위에서 출토된 한글 편지야말로 불가사의한 일이 있기는 있는가 보다 하는 느낌을 들게 했다.

　그런 한글 편지는 어떤 여성이 쓴 것일까?

　여성도 분명히 본관과 성, 부친의 관직까지 족보에 올리는 것이 명문가의 관례이고 보면 본관과 성은 수록되어 있을 것 같은데도 그런 기록은 그 어디에서도 찾을 수 없었다.

　『고성이씨족보』에 의하면 이응태의 할아버지인 명정의 배필에 대해서는 일선 문씨이며 부친은 군수를 지낸 계창(繼昌)이고 기일은 2월 27일이라는 것과 무덤의 위치까지, 아버지인 요신(堯臣)의 배필(응태의 어머니)에 대해서도 울진 임씨, 부친은 장사랑 만종(萬鐘)이며 기일과 무덤의 위치까지 수록되어 있다.

이처럼 배필의 본관이나 부친에 대해 기록하는 것이 족보편찬의 관례인데 이런 관례를 깨뜨리고 웅태의 배필에 대해서만 전혀 언급되어 있지 않았다. 더욱이 웅태는 물론 배필까지도 기일이나 무덤의 위치 같은 것은 수록되어 있지도 않았다. 다만 편지에 나타나 있는 대로 원이 엄마라는 것 외에는 알 수 없는 여인, 한글 편지를 쓴 여인은 남편을 끔찍이도 사랑한 것만은 분명해 보였다.

남편을 일러 자내(원문 자내)라는 말을 한 장의 편지에서 무려 열세 번이나 지칭했다면 부부애가 얼마나 지극했는지 짐작이 가고도 남음이 있으며 '남도 우리같이 서로 어여삐 여겨 사랑했을까', '남도 우리같을까' 라는 표현이 이를 짐작케 한다.

출토 당시에는 일선 문씨의 생생한 미라 상태를 두고 방송사마다 경쟁하듯이 뉴스로 내보냈으며 원이 엄마가 쓴 한글 편지가 출토되었을 때도 다투어 방송했던 것이다. 어떤 방송사는 뉴스 보도로만 다룬 것이 아니라 특집으로까지 제작해서 방송하기까지 했다.

98년 5월 28일, K방송사 제2방송 추적 60분 프로는 '다큐 미스테리'로 제작해서 방송했다.

PD는 살아 있는 듯한 생생한 미라에 대해 집중적으로 조명했으나 합장한 부부의 목관이 나란히 놓여 있었는데도 남편 이명정의 시신은 뼈만 남아 있고 일선 문씨의 시신은 어째서 온전한 미라 상태로 남아 있었는지에 대해서는 궁금증을 풀지 못했다.

10월 22일, S방송사도 순간 포착, '세상에 이런 일이'의 프로에서 방송했으나 흥미 이상의 관심도를 드러내지 않았다. 같은 해 12월 12일 토요일, K방송사 제1방송 '역사 스페셜'은 연말 특집으로 원이 엄마의 한글 편지에 대해 집중적으로 조명했다.

그러나 황금 시간대를 50분이나 활용하면서도 끝내 '남도 우리같이 서로 어여삐 여겨 사랑했을까', '남도 우리 같을까'하고 강한 여운만 남긴 채 서둘러 종영해서 궁금증만 더하게 했다.

이처럼 교양프로 제작에 인색하기 짝이 없는 방송사가 두 번에 걸쳐 집중적으로 조명한 이유는 어디에 있을까?

물론 편지에 표기되어 있는 대로 '자내'라는 단어에 대해 언어학적인 가치와 당시 여성의 사회적 지위를 짐작케 해 주는 면에서 관심이 있었을 것이다.

그러나 무엇보다도 기사선택의 궁핍성과 특종에 대한 지나친 집착 때문이라는 견해가 오히려 설득력이 있다. 제 아무리 뛰어난 베테랑 기자라도 특종을 잡기란 그리 쉬운 일이 아니기 때문이다.

'추적 60분'에서 450여 년 만에 온전한 미라로 세상에 모습을 드러낸 진짜 이유는 밝혀지지 않았다. 연말 특집 '역사 스페셜'에서도 한글 편지에 대해 집중적으로 조명했다.

그러나 편지가 온전하게 남아 있게 된 원인은 밝히지 못했다.

아니, 열한 장의 편지는 삭아서 축축 처지는 데다 판독이 거의 불가능한 데 비해 원이 엄마가 쓴 한글 편지만은 다 같은 한지에 썼는데도 온전히 남아 해독이 가능한 이유가 무엇인지에 대해서는 아예 언급조차 하지 않았던 것이다.

나는 그것이 궁금해서 달포 동안이나 잠을 설쳤다. 현대 과학으로도 풀어내지 못한 궁금증을 어떻게 하면 풀 수 있을까 해서.

편지의 사연으로 보아 원이 엄마라는 여인은 남편이 죽은 뒤 편지를 쓴 것만은 분명했다. 그것도 대렴을 하기 전에 편지를 써서 보공처럼 염을 끝낸 뒤 가슴 부위에 얹어놓은 편지, 한창 살 만한 나이인 20대에 병이 들었다면 아내의 안타까움은 어떠했을까.

여성들이 가장 소중히 여기는 머리카락을 잘라 미투리를 삼으면서 남편의 쾌유를 빌었고 병이 나아 미투리를 신어 보기를 열망한 여인, 그런 여인이라면 남편의 병 수발은 지극 정성이었을 것이 틀림없겠다. '남도 우리같이 서로 어여삐 여겨 사랑했을까', 남도 우리 같을까'처럼 끔찍이도 사랑했던 남편이 젊은 나이에 요절했으니 원이 엄마라는 여인은 천붕지괴, 그것이었을 것이다.

부모를 두고 먼저 간 남편, 아니 시부모를 두고 남편을 앞세운 며느리가 되었으니 모든 것은 며느리를 잘못 맞아들인 탓으로 여기는 시댁에서 받은 원이 엄마의 구박은 오죽했을까.

이응태는 부모를 두고 먼저 간 불효자식이라고 해서 비조차 세워 주지 않았는지도 모른다.

박복하고 죄 많은 여인을 며느리로 맞아들였기 때문에 그 죄가 아들에게 미쳤다고, 아니 장승같은 남편을 잡아먹은 년이라고 해서 원이 엄마를 족보에서 아예 빼어버린 것은 아닐까. 그러기에 원이 엄마는 족보에 올라 있지 않아 본관과 성조차 알 수 없으며 선산에 묻어 주지도, 죽은 뒤 감장도 하지 않아 비록 400여 년이 지났다고 하지만 어디에 잠들고 있는지 알 수 없는지도 모른다.

나는 시일이 어느 정도 걸리더라도 일선 문씨의 미라와 원이 엄마의 한글 편지에 숨겨진 비밀을 추적해 밝히기로 결심했다.

그럴 경우, 원이 엄마의 심정을 얼마만큼 추정해 낼 수 있을까가 문제가 되겠지만 그것은 제쳐두기로 했다.

그리고 일선 문씨와 원이 엄마가 시집살이를 한 시기는 16세기 말쯤 되는데 당시 시대상을 그대로 재현할 수 없다는 데 집필의 어려움은 물론 있다. 그것도 끔찍이 사랑했던 부부를 추적해서 지금에 되살린다는 것이 결코 쉬운 일이 아닐 것이다.

다른 편지의 내용으로 보아 이응태는 무반 후예로 생활이 빈곤한 것 같지 않은 데다 처가살이를 했으며 농사 틈틈이 천렵을 하고 매사냥도 했다는 것을 알 수 있었다.

해서 좀은 자신감을 가질 수 있었으나 실재 있었던 사람을 두고 사건을 추적한다는 것이 쉽지 않은 데다 그들의 삶을 재현했을 때, 고인들에 대해 누를 끼치거나 후손들에게 폐나 되지 않을까 하는 노파심이 없는 것은 아니었다.

그런데도 불구하고 지금까지 남아 있는 몇 가지 의혹을 캐고 싶다는 강한 유혹이 그런 우려를 불식시켜 줬다. 강한 유혹이란 450여 년 만에 온전한 미라로 세상에 모습을 드러낸 일선 문씨, 새로운 천년이 시작되려는 시점에 모습을 드러낸 이유가 무엇일까 하는 궁금증이고 또 다른 하나는 한 장의 한글 편지로 말미암아 412년 동안이나 이름 없던 무덤의 주인이 밝혀지며 화제로 부상하게 된 원이 엄마, 그네가 편지 말미에 표시한 수결은 또 무엇을 의미하는 것일까 하는 강한 의문점이다.

일선 문씨의 손등과 손목이 접히는 부분에는 사람들이 그냥 보아서는 놓치기 쉬운 먹물로 새긴 듯한 문양이 남아 있다. 그것도 민간요법으로 손바닥에 물집이 생기면 아리고 쓰리지 않도록 바늘에 실을 꿰어 먹물에 묻혀 따면 물집 진 부분이 검은 흔적으로 남아 딱지가 앉듯이 그렇게 생긴 듯한 문양이었다.

중세 유럽의 기사도 깃발에서 볼 수 있는 문장과도 같은, 그러나 화려한 채색이나 복잡한 것과는 다른, 단색으로 소박하면서도 의미가 있는 듯했다.

나는 그런 점에 대해서도 관심을 가지고 추적했다.

그 결과, 편지 말미에 희미하게 남아 있는, 그러나 관심을 가지고 들여다보지 않으면 무슨 표시인지 알 수 없는 수결 표시와 일선 문씨의 손등에 표시된 문양의 흔적과는 어떤 일치점이 있음을 찾아낼 수 있었다. 미리 밝혀 두지만 이 일치점으로 말미암아 450여 년 만에 시공을 초월한 만남의 장, 그 실낱같은 인연을 이어줄 수 있게 된다.

내가 왜 이런 궁금증을 앞세워 사실을 추적하려고 하는지 알 수 없다. 굳이 이유를 밝힌다면 원이 엄마의 한글 편지가 나를 유혹했다고 할까. 궁금증을 캐는 동안만이라도 나를 구속하고 있는 것으로부터 해방되고 싶다는 욕심 또한 부인할 수 없다. 한편으로는 과거의 사실을 다루기 때문에 시대상에 구애받지 않을 수 없다는 생각도 했다. 그렇다고 굳이 시대상에 구애받아야 한다는 필요성은 느끼지 않는다.

다만 순수 열정 하나만을 가지고 추적할 것이다. 그것도 편안한 마음으로 사건 추적에 최선을 다할 것이다.

450여 년 전의 과거로 돌아가 당시 인물들의 활동을 몰래 지켜볼 것이며 때로는 그들의 이야기에 귀 기울인다.

끝으로 이야기가 시간적으로 먼 과거에 있다는 것을 위안으로 삼으면서 동시에 현실과 동떨어지지 않은, 오늘날 우리가 살아가고 있는 참모습이라는 점을 보여주기 위해 최선을 다할 것이다.

김 규 리

『450년만의 외출』에서

진짜, 진짜, 왕괴담(王怪談)

　대학사회에서 교수채용에 얽힌 비리야 어제 오늘의 일이 아니다. 이 세상에 공짜가 어디 있을까. 저승 가는 데도 돈이 든다고 하지 않는가. 그렇게 생각해도 이번 일은 이해가 가지 않는다.

　심지어 학과에서 꼭 필요해서 채용했으면서도 재주는 곰이 부린다고 엉뚱한 사람이 생색을 내기 마련이었다.

　선임 교수는 승진은 해야 하겠고 논문이나 저서가 없어 승진은 못하고 쭈걸스럽게 눈치나 보고 있다가 돈 한 푼 받지 않고 채용한 대가로 신임에게 저서를 출간하가나 논문을 게재할 때, 공저나 공동논문을 대놓고 요구하기도 한다. 그것도 어렵게 찾아와서 부탁하는 것이 아니라 연구실이나 집무실로 당사자를 불러 당연하다는 듯이 요구하는 풍토를 김준서는 이해하지 못하는 것은 아니었으나 이런 요구는 정말 '아니올시다'였다.

　세상에 잘생긴 편으로는 둘째가라면 서러워할 정도로 면대 하나는 잘 생긴 교수 하면 고언준을 빼놓을 수 없다

그는 잘 생겼을 뿐 아니라 처세술도 민완했고 화술도 능란해서 겉보기에는 그만한 교수도 없었다. 그런 탓인지 모르나 고 교수는 학내에서보다는 외부에서 이름이 더 잘 알려졌던 것이다.

고 교수는 초청강사로, 연사로 다니다 보니 짭짤한 수입을 올리는 재미로 연구는 아예 팽개친 채 외부 강연만 다녔다.

뒤늦게 대학원이 생기고 학과에 석·박사 과정이 개설되자 내막을 모르는 원생들은 이름과 면대만 보고 지도교수로 선정하게 되었다. 석사과정의 지도교수는 그렇다 치고 박사과정의 지도교수는 아무리 교수라고 하더라도 학위가 없으니 지도교수를 맡기가 낯 뜨거운 일이 아닐 수 없었다.

그런데도 고연준 교수는 제자 욕심은 있어 오는 대로 지도교수를 수락한 것까지는 좋았으나 막상 지도를 하려니 논문지도가 되지 않았다. 해서 고 교수가 지도학생 중에서 똑똑하다고 고른 것이 오미정이라고 하는 여학생이었다.

오미정은 40대의 가정주부였으나 정말로 열심히 공부하는 대학원생으로 그 방면의 국가 자격증을 열서넛이나 가지고 있었다.

고 교수는 오미정에게 학위문제를 의논했다. 오미정은 고 교수가 전공과목을 한 강좌 준 것에 대해 고맙기 그지없으나 뒤늦게 지도교수를 바꿀 수도 없었고, 바꾸었다가는 어떤 보복을 당할지도 몰라 울며 겨자 먹기로 요청을 들어주지 않을 수 없었다.

그네는 자기 학위논문을 준비할라네, 지도교수의 학위논문을 대신 써 줄라네, 정말 눈코 뜰 새 없이 바빴다. 가정을 팽개치다시피 학교에서 잠을 자 가면서 논문을 준비하고 작성해서 써 주느라고 정말 뒤 보고 뭐도 보지 못할 정도로 바쁘게 생활했다.

남이 보면 고 교수가 논문을 쓴 것으로 알고 있으나 실은 오미정이 대신 작성해서 써 준 것이나 다름없었다. 그렇게 해 고 교수는 뒤늦게 정년을 4년 앞두고 흔해빠진 학위를 받았다.

오미정은 고 교수의 학위논문을 대신 써 줬다는 것이 알려질까 봐 악착같이 입을 악물었다. 만약 이런 사실이 알려지기라도 한다면 학위를 포기해야 하는 경우가 올지도 모르기 때문이다.

고연준 교수도 이 점을 몹시 염려했으나 오미정이 입이 무겁다는 것을 알고부터는 마음을 놓았다.

그런데 오미정이 학위논문을 쓰면서 지도교수에게 실질적인 지도를 받을 수 없었다. 지도교수는 논문을 지도할 실력이 되지 못했다. 논문 자체가 현장조사를 통한 분석이 주류를 이루기 때문에 통계에 밝아야 했기 때문이다.

오미정은 통계에 밝은 교수를 찾아가 사정을 해야 했다.

그런데 오미정이 도움을 청한 허신수 교수는 이혼하고 재혼을 하지 않은 독신이었기 때문에 그의 사생활은 비정상적이었기 때문에 그와의 약속은 번번이 어긋났다. 연구실에서 주야로 파묻혀 논문을 쓰다가도 어디론가 사라졌다가 새벽이면 연구실로 되돌아와 논문을 써 일 년에 예닐곱 편의 논문을 발표하긴 했지만.

오미정에게 밤 10시에 지도 받으러 오라고 해놓고 두 시, 세 시가 보통이었다. 주부라는 것은 고려하지 않았다. 독불장군처럼 자기 멋대로, 기분 내키는 대로였으니 괴짜가 따로 없었다.

그런데 어찌 하겠는가. 힘도 없고 빽도 없는 약자로서는 감정을 꾹 눌러 죽이고 참고 견딜 수밖에.

오미정으로 봐서는 운이 따르지 않는다고 할 수 있었다. 이를 악 물고 논문을 썼고 지도교수도 아닌데다 학과가 다른 허 교수에게 논문지도를 받았는데 주로 한밤중에 받았다.

오미정은 그렇게 참고 견디며 갖은 수모를 당한 끝에 학위를 받을 수 있었으며 온갖 어려움을 극복하고 학과 1호 박사를 취득한 것은 나름대로 계산이 있었다. 지도교수의 정년이 3년 남았으니 잘만 하면 전임이 될 수 있다는 생각, 최소한 학과 1호 박사니까, 학과 교수들도 무시하지 못할 것이라는 생각 때문에 수모와 어려움을 극복했던 것이다.

그런데 이건 물에 빠진 사람을 건져 주니 내 보따리 내놓으라는 격, 갈수록 태산이라는 속담의 주인공으로 등장했다.

오미정은 교수채용 광고라도 나면 이력서를 제출했다. 남편의 수입도 시원찮아 시간강사 몇 푼으로는 생활이 되지 않은 데다 대학을 다니는 아들의 등록금도 벌어야 했으니. 비록 강연을 잘한다는 소문으로 초청을 받아 강연료가 들어온다고 해도 고정적인 수입이 아니어서 어디든 전임이 되어야 했으니.

그렇다고 해서 뒤를 적극적으로 봐 주는 믿을 만한 사람도 없었고 믿었던 지도교수는 인맥이 없는데다 엉뚱한 소리만 하고 있으니 속이 뒤집힐 지경이었다. 오직 혼자 힘으로 이를 해결하려면 많은 논문을 발표해서 학계에서 인정을 받는 길밖에 없었다.

그러던 하루였다. 지도교수의 사모님한테 전화가 왔다. 전수미는 대학에서 유일한 부부 교수였다.

오미정은 조심스럽게 전화를 받았다. 논문 때문에 지도교수와 자주 접촉하다 보면 스캔들이라도 생길까 얼마나 조심했는지 모른다. 해서 맺고 끊는 데 독할 만큼 이를 악물었었다.

"오 선생, 가까운 시일 내에 한번 만났으면 해요."

"네, 사모님. 그렇게 하지요."

"언제가 좋을까요? 어디 보자, 오 선생의 강의가 있는 목요일, 학교 부근에서 점심이라도 했으면 하는데 어떠세요?"

“사모님, 고맙습니다. 그렇게 하도록 하겠습니다.”

“그럼, 약속한 것으로 알고 자리를 예약해 두겠습니다.”

“네, 사모님. 그렇게 알고 있겠습니다.”

전 교수도 남편인 고연준 교수가 어떻게 해서 학위를 받았는지 알고 있을 것이었다. 그녀가 오미정이 논문을 작성해 줘서 남편이 뒤늦게나마 학위를 받을 수 있었다는 것을 모를 리 없다.

오미정은 고마워 밥이라도 한 끼 사주는 것으로 알고 가벼운 마음으로 만났는데 그게 아니었다.

진짜, 진짜, ×같은 부탁을 하는 것이 아닌가. 식당까지 예약해 뒀다는 전 교수는 식사는 주문도 하지 않은 채 커피 한 잔 달랑 시켜놓고 망설이거나 주저하는 빛 하나 없이, 세상에 입이라고 달고 있으면 다 입인지 거침없이 쏟아내는 것이 아닌가.

“오 선생, 이건 고 교수와 상의한 것이 아니기 때문에 고 교수에게는 절대로 비밀로 해야 됩니다. 알겠습니까? 저, 벼락 맞아요.”

“사모님, 알겠습니다. 그렇게 하겠습니다.”

“반드시 지켜야 합니다, 오 선생. 거듭 말입니다.”

오미정은 또 “네. 알겠습니다.” 하고 대답했다.

전 교수는 그렇게 다짐을 받고도 마음이 켕겼는지 모른다.

“다름이 아니고 우리 고 교수님의 정년이 3년밖에 남지 않은 것을 오 선생도 알고 있지요?”

“네, 사모님. 알고 있습니다.”

“해서 부탁하는데요. 우리 학교 규정에 의하면 명예 교수의 조건으로 정년하기 5년 이내에 학술진흥재단 등재지 논문이 600% 이상이라는 규정이 있습니다. 우리 집 그 양반 형편으로는 논문 편수를 채울 수 없습니다. 그러니 앞으로 3년 동안 다섯 편을 써서 우리 집 양반 이름으로 발표 좀 해 줬으면 합니다. 이건 우리 집 양반과는 상의한 적이 없으며 제 단독으로 부탁하는 것이니 고 교수에게는 절대 비밀로 해야 합니다."

오미정은 듣고 보니 기가 막혔다. 학위논문을 대신 써줘 겸임 교수가 되었다는 소리를 듣는 것도 억울한데.

논문을 대신 발표했다고 해서 그 대가로 지도교수의 후임으로 전임을 보장받은 것도 아니고, 또 보장을 받았다고 해도 지도교수가 이사장도 아닌데 어떻게 보장을 할 수 있을는지, 그것이 더욱 의아스러운데, 결과적으로 제자의 장래를 걱정해 주는 것이 아니었다. 자기 이익만 챙기려는 심사가 분명했다.

학위 논문을 대신 작성해 준 것만으로도 감사해야 할 처지에 제자를 희생삼아 이득을 챙기고 보자는 심보, 제자가 논문을 대신 써서 발표해 주어 논문 편수를 채워서라도 명예교수를 하겠다는, 해서 그 바닥에서 행세를 하려는 이기심의 극치.

전 교수는 당장이라도 확답을 얻으려고 거듭 재촉했다.

"오 선생, 어떻게 안되겠습니까? 부탁합니다."

"…"

오미정은 어떻게 답변하는 것이 좋을까 판단이 좀체 서지 않았다. 그것은 나름대로 미련이 있기 때문이다. 지도교수가 정년하면서 자기를 전임으로 밀지도 모른다는 생각, 어쨌든 지도교수에게 최소한 밉게 보이지 말아야 한다는 생각이 있어서였다.

박사학위 논문을 대신 작성해서 줬다고 해도.

오미정은 이를 역으로 생각하지 않은 것도 아니었다.

자기의 논문을 대신 작성해 준 비밀을 알고 있으니 전임이 된 뒤 폭로한다면 자기의 설 자리가 그만큼 좁아진다고 반대할 수도 있을 것이다. 이와 반대로 전임이 되지 못하면 앙심을 품고 학위논문의 비밀을 폭로할 수도 있다는 점도 가정했다.

이 경우는 폭로한 사람도 함께 매장될 수 있다.

이런 것까지 계산에 넣고 도저히 폭로하지 못할 것이라는 자만에서 전 교수가 부탁하는 것은 아닐까?

남편과 상의하지 않았다는 것은 새빨간 거짓말, 남편이 부탁하지 않았다면 어떻게 부탁을 해, 그리고 이런 비밀을 어디 가도 털어놓을 수 없다는 것까지 통밥을 재고 나서야 비로소 자기 입으로는 직접 말을 못하고 마누라를 내세워 부탁하는 것은 아닐까?

그렇다면 진짜, 진짜. ×새끼가 분명했다.

오미정은 좀체 답을 줄 수 없었다. 상대방이 통밥을 재면 그만큼 따라서 통밥을 재야했기 때문인지도 모른다.

"오 선생, 대답하기 곤란하다면 지금 하지 않아도 됩니다."

그제야 오미정은 답을 줄 수 있었다.

"사모님, 좋습니다. 고 교수님과 상의해서 연락드리겠습니다."

"교수님과는 전혀 상의하지 않았다고 했잖아요."

전수미 교수는 발끈했다.

"그래도 그렇지 않습니다. 교수님과 상의하지 않고 제가 일방적으로 논문을 써서 교수님 이름으로 발표한다면 교수님 체면은 뭐가 되겠습니까. 만에 하나 이것이 알려진다면 교수님의 일생에 오욕으로 남을 것은 분명한데 어찌 제 단독으로 하겠습니까. 교수님과 상의해서 전화를 드리겠습니다. 사모님, 죄송합니다."

"거듭 교수님과는 상의하지 않았다고 해도 그러네요. 만약 알게 되면 저는 벼락을 맞을지도 모릅니다. 비밀로 해 주세요."

"그 점은 염려 놓으셔도 됩니다. 제가 알아서 하겠습니다.

"할 수 없군요. 그렇게 하겠다니."

오미정은 사모님과 헤어진 뒤 진땀을 뻘뻘 흘린 것을 뒤늦게 알 수 있었다. 등에는 식은땀이 홍건했던 것이다.

그런데 오미정은 지도교수에게 상의할 수 없었다. 부부가 심사숙고해서 내린 결론임이 뻔한데 어떻게 말할 수 있을 것인가.

오미정은 정말 힘들게 고 교수 밑에서 강사생활을 하지 않을 수 없었다. 그렇다고 집어치울 처지도 못되었고 이러지도 저러지도 못해 미적거리는 것으로 대답을 대신했다.

『대학 괴담』에서

5. 생의 이삭, 생의 앙금

하늘 꽃밭

가족 이야기

따따봉

하늘 꽃밭

우포늪

우포늪은 우포, 목포, 사지포, 쪽지벌 등
크고 작은 네 개 늪을 품어
하루에도 몇 번씩 변하는 팔색조,
천의 얼굴을 가진 생명체의 비원(秘苑)인데도
해마다 보릿고개가 닥칠 때면
농사지으려고 늪을 메우러들었고
농어촌공사조차 개발에 목을 맨 데다
생활 쓰레기 매립장이
될 뻔하는 천덕꾸러기까지 되었으나
환경보존운동으로
비무장지대 대왕산 용늪을 제외하곤
한국 최초 람사르협약에 등록되어
1억4000만년 동안이나 품었던 철새와 나무,
별을 계속해 품을 수 있게 되었다지.

우포여, 고맙다

때로는 낮보다 밤이 보다
아름다운 곳이 있으니
그게 바로 우포늪이다.
한여름 염천으론
숨이 턱턱 막힌 데다
지난 여름에는 국지성 폭우까지 내려
텃새들 둥지마저 숨을 죽였는데
초가을 들어서는 왕버들,
칡넝쿨이며 숨을 죽였던
반딧불이 주연으로 등장하자
최적의 조화까지 이뤄
낮보다 밤이 아름다운 늪이 되었나니
고맙다, 우포늪이여!

우포의 밤

밤마다 세 개의 별이 내려와
잔치를 벌이는 곳.
해 지자 쏟아질 듯한 하늘별이
불꽃놀이하고
네 개의 늪에 내려앉는 불별이
도원경을 연출해.
9월 중순으로 만나는 풀별마저
자태를 뽐내나니.

뒤늦게 반딧불이 나타나
오케스트라를 지휘해서
소쩍새로 하여금 밤의 고요를
종횡으로 노래하면
1억 4000년의 시간이 고이는
늪으로 탄생한다, 우포늪은.

우포의 사계

왕수양버들나무가 담록을 시샘하고
자운영이 손짓하는 봄을
시로서 표현할 수 있을라나.

완벽하게 녹음 찬치를 벌이는
여름을 두고는
수필로 표현할 수 있을라나.

겨울 초입이면 수만 마리 철새가
군무에 동참하는 장관을
소설로 표현할 수 있을라나
난, 모르겠네.

학이 춤추는 겨울은 빼기로 하지.
너무너무 우아해
글로는 표현할 수 없으니.

산행을 할 때는

산행을 가기 며칠 전부터
속세의 온갖 욕심
배낭에 꾹꾹 눌러
담고 담아서는
허리가 휘청 휘도록 지고 떠날 일이다.
막상 산행을 시작하면서는
허리가 휘도록
담고 담아온 욕심은
하나씩 둘씩 끄집어내어
지나온 발자욱과 함께 두고 올 일이다.
산행을 마칠 쯤 해서는
텅텅 비운 배낭에
산의 정기, 소에 잠긴 전설을
차곡차곡 채워 와서는
가까운 이웃에게 하나씩 나눠줄 일이다.

* 서울청계산악회를 따라 산행을 다녀와서

농자천하지대본

우리가 가난했던 한때는
벼 벤 논에서
알뜰살뜰 이삭줍기를 하면서도
작은 기대, 먹는 기쁨이
한 줌쯤은 있었다.

지금은 콤바인으로 벼를 베어
벼이삭이 논바닥에 늘렸는데도
줍는 사람 하나 없어.
여름 내내 농부들이 피땀 흘러
지은 벼인데도
농자천하지대본은
물 건너가도 여러 번 갔다면서.

하늘 꽃밭

파란 하늘 아래 꽃바람 머무는 곳
아침 이슬 머금은
가지가지 꽃들이 길 안내하고
자작나무 사이로
아기 손만한 햇발 한 줌이
안개를 뚫어서야
세상에 모습을 드러내는 곳
계곡을 흐르는 물소리가
일벌들 붕붕 소리며
이름 모를 산새 소리까지
조용히 잠재우는 곳
그곳이 하늘 아래 꽃밭이래지.

하늘을 나는 새에게

울고 싶으면 실컷 울어라.
순진하기 때문에
착하기 때문에
울 수 있다는 것은
얼마나 행복한 것인지
하늘을 나는
새만이 알고 있으니까.

울고 싶을 때 울고
그치고 싶으면 그치고
울다가 그치고
그쳤다가 또 우는 것
그것은 방종이 아니라
자유의 순수이니까.

칠선계곡 물소리

그저께 엘리뇨 현상으로
유례없는 폭우 내린 지리산 칠선 계곡
계곡을 흐르는 물소리가
봉우리를 흔들다 못해
벼락치는 천둥소리까지 잠재웠다 카더니
딱 하나 잠재우지 못한
소리가 있다지.
그게 무슨 소린가 해서 엿들어 봤더니
물소리끼리 속삭이기를
물보라 고운 피부 가진 여인이
소에서 알탕하다* 비경에 놀라
입이 딱 벌어지면서
아! 하는 탄성 소리 아니겠느냐고
와글와글 떠들어대지 않겠어.

* 알몸으로 계곡 소에 들어갔다가 나오는 것

오늘 산행은

동강 백운산 오르다가 눈 아래로
감입 사행 안쪽 지형이
한반도 빼닮은 데
놀라고.
초면인 여인과 하산하는데
마라톤 풀코스를
4시간 12분에 주파했다는데
또 놀라고.
너무 목말라 시원한 생맥주라도
한 잔 때렸으면 하는데
그네도 같은 생각을 했다는데
더욱 놀라고.
놀라다 하산한 줄도 몰라서
더더욱 놀랐으니
오늘 산행은 놀란 산행일 테지.

오룡산 산행

봉화 오룡산 오르는 길은
수줍은 새악시 같은 흙길.
지난 가을 싸인 낙엽
푹신한 양탄자 깐 길
군락 이룬 신갈나무 숲이
그늘마저 드리웠으니
발바닥이 호강한 산행.

하산 길은 미녀들의 각축장.
각선미 콘테스트라도 하는지
매끈하게 뻗은 금강송
하늘 향하다 돌아서더니
어디 미녀들의 각선미뿐이냐고
나 보란 듯 뽐내나니
눈이 마냥 호강한 산행.

산행하는 여인

하늘 공원 한 자락이
추천 타고 내려와
나무 중의 귀공녀 자작나무보다
귀품 있는 여인을
이 八月에 산행케 했는지
뒤늦게야 바보처럼 깨닫나니.
그네의 고운 마음
옹달샘에 담아두기 위해서인데
마냥 뒤 따르며
'그만하면 됐어, 그만한 여인이
세상에 어디 또 있겠어.'
하고 연신 감탄을 자아내다니,
숲속에 잠든 새들마저
피식 웃으며 깨어나겠다.

산사의 가을

숲이 없는 산,
절이 없는 산,
가을 없는 산
을 누가 감히 상상이나 하겠는가.

바위 틈새 돌을 주워
돌담 쌓고
세월 흘러
돌담에 진초록 이끼 끼어
'나도 숲의 일부라고요'
하면
비로소 수줍은 갈색으로
단장하는 산사의 가을.

저 산은

저 산은 날 보고
산처럼만 살라 카고
계곡의 물소리는
내 귀에 대고
물처럼 맑게
살라고 속삭인다.

지나가는 바람마저
다가와 은근 슬쩍
내 손 잡아채더니
바람같은 욕심 버리고
땅을 거울삼아
그렇게 살다 가라고 칸다.

도봉에서

억만 겹 스쳐가는 바람을
한 줌 두 줌
모아, 모아서는
자운봉 만들어내고
억만 겁 두고
피는 꽃을
한 송이 또 한 송이
모아, 모아서는
만장봉 만들어내고.

그러고도 남은 바람과
한 송이 꽃으로
그대 마음을 사
자운봉 만장봉에
성 하나 쌓고
한 백년 살아가리.

독도

동해 저 멀리 한 점 섬으로
남은 것이 어떻게도 서러운지.
그 서러움 달래다 못해
동도는 서도를 바라보고
서도는 동도를 바라보며
망국석(望國石)으로
남은 것도 모자라
조국의 불길한 소식 들려올 때마다
눈 가리고 귀 막아
마냥 눈물 흘리나니
천안함 사태마저
국론 통일 이루지 못한 것이
안타깝고 서럽다 못해
그 파고 잠재우려고
오늘도 펑펑 눈물 쏟고 있다 칸다.

방태산

한여름 폭염이 대지를 푹푹 삶는데
방태산 등산로로 들어서니
때 아닌 국지성 폭우 쏟아져
산을 오를까 말까
망설이고 있는데
20년 세월을 훌쩍 건너뛰어
30대로 착각한
고 귀엽고 사랑스런 여인이 등산로 따라
산책하는 데야
뒤따르지 않을 수 없었지.
그네의 마음속에
내 마음 한 자리 차지하고 싶은 꿍심을
들키지 않으려고 애태우면서.

믿거나 말거나

처녀 총각이 사과 잎새에 숨어
여름내 따가운 햇볕과
테이트를 했는데도
못다 한 이야기 남아
초가을 햇볕과 테이트하다
화들짝 들켜
얼굴이 발그레해 졌다나.
그 바람에 숨어
데이트를 지켜보던 사과가
얼굴이 빨게 지는 바람에
과수원 모든 사과가
빨갛게 물 들었다 칸다.
믿거나 말거나.

달이 날 따라오며

너무나 슬픈 밤이면
마음 둘 데 없어
하늘 한가운데
달 보고 있으면
달마저 마음 알고
따라오며 슬픔 나눠 갖자 카네.

좋은 일, 기쁜 일 생겨
빙긋 미소 지으면
어느 새 반달이 알고
내 뒤를 따라오며
기쁨 나눠 갖자고
어린 아이 보채듯 하네.

초승달만큼

우리 둘은 초승달이 뜨면
초승달만큼 기뻐하고
보름달이 뜨면
더도, 덜도 말고
보름달만큼 기뻐할 일이다.

낮달이 공중에 걸려 있을 때는
낮달만큼 슬퍼하고
그믐달이 여명을 밝히면
그믐달만큼 행복할 일이다.

그렇게 둘이 함께 살다가
오라는 데 없어도
함께 가기로 하지.

그리움의 붉기

그리움이 너울처럼 망울져
꽃 피우게 되면
홍옥보다 붉은 열매
맺을 수 있을라나
도저히 모르겠네.
그리움이 너무 커서.

그 붉은 열매
가슴을 태우고 태워도
못 다 태운
그리움 하나는 어쩔라나
도대체 모르겠네.
그 열매 너무나 붉어.

바람에게 물어 봐

지나가는 바람에게
건성으로 물어 봐.
한겨울 폭설에 묻혀
동백꽃 피어낸
열정으로도
그대 마음 뜨겁게
달구지 못하는데
그게 어찌
그리움이겠느냐고.
그리움이란
얼마나 큰 것인지
그대가 모르듯이
내 그리움
얼마나 큰 것인지
나도 모르는데.

가족 이야기

세상에 태어나

세상에 태어나 처음으로
기억에 남아 있는 것은 왕할미*에게
곰방대로 이마 맞아
혹이 생긴 기억이랍니다.
네 살 땐가, 5월 늦은 하루
안방에 나락 겉껍질 벗긴 거 쏟아놓고
삼베를 짜기 위해 삼 삼아
커다란 타래 만들어
일곱 여덟 개를 띄우는데
방 따습다고 기거하던 왕할미
안방을 거쳐 건넛방으로
건너가기라도 하면
'요놈, 팽이처럼 싸대고 댕기다니'
하면서 곰방대로 이마를 때려
왕밤 만한 혹이 생긴 것을
지금도 생생하게 기억하고 있답니다.

* 왕할미는 증조할머니

기제사 음식

동네에서 기제사 지낸 집에서는
마을 어르신들에게
음복하라고 전이며 과일,
제삿밥을 돌리곤 했다.
당연히 나이 많은 왕할미에게도
기제사 밥이 배달되었다.
왕할미가 수저를 들기도 전에
과일 접시에 놓인
반쪽 밤알을 집으려고
잽싸게 손 내밀다가
'이 베라먹을 놈, 어른이 먹기도 전에
어디다 손을 대'
하시면서 피우던 곰방대로 내려쳐
이마에서 번갯불이 번쩍,
왕방울 만한 혹이 생긴 것이
지금도 생각납니다.

만장기

다섯 살 들면서 기억에 남은 것은
왕할미가 돌아가시고
상여 꾸며 집을 나갈 때
만장기 중에서도
붉은 천에다 흰 글씨 쓴 만장기 들고
따라가겠다고 땡깡 부린 것
기억에도 생생합니다.
어린 나이에 만장기를 들고
갈 수도 없거니와
상여길이 이십여 리라
못 간다고 엄마가 얼리고 달래도
종일 땡깡 부리면서
엄마 속 썩힌 것 말입니다.
그런데 엄마는 얼굴을 붉히거나
손찌검하지 않은 것까지
기억하고 있답니다.

황태 한 마리

태어나 처음으로 병에 걸린 기억으로는
여름인데도 추워서 달달 떨어대는
말라리아에 걸려
아파 울고 먹지 못해 울고
참 많이도 운 것 기억납니다.
병원은 그만두고라도
약조차 지어 먹이지 못해.
오직 얼리고 달랜다는 것이
제사 때 쓰다 남은 뼈쩍 마른 황태
한 마리 쥐어주면서
울음 그치라고 달랬으니.
얼마나 못 먹고 못 살았으면
그게 기껏 자식 사랑하는 엄마의 마음이
황태였을까를 생각하니
지금도 목이 멘답니다.

개떡

보릿고개는 울고, 울면서 넘어
내 욕심 얼마나 컸던지
개떡이이라도 찌면
누나들 못 먹게 하느라고
숨긴다는 것이
누구도 올라가지 못하는
뒤뜰 감나무
가지 끝에 매달아놓아.
그리곤 한 달이고 두 달이고
까맣게 잊고 있다가
뒤늦게 기억해내고
올라가 보면
썩고 곰팡이 피워
버린 적이 여러 번이었습니다.

목을 딴대도

내가 얼마나 무관심 속에 자랐는가 하면
죽을 동 살 동 땡깡 부려도
그 요구 들어주기는커녕
누구 하나 거들떠보지도 않았다.
하루는 땡깡 부리다 못해
물고기 배를 따듯
목을 딴다고 연필 깎는 칼로
목을 자해해 피가 흐르는 데도
이를 지켜보던 큰 누나는
'더 세게 찔러. 그래 가지고 죽겠어.' 했고
형수는 내가 할아버지 된 뒤에도
이를 두고두고 험담하니
고집 하나는 알아 줄 만했지.
그렇게 무관심 속에 난 자랐답니다.

콩서리

대학을 다니다 고향에 온 큰형이

콩서리를 하자고 하곤

자기는 손끝도 까닥 하지 않은 채

무덤 가 잔디에 누워

나 보고,

'알맞게 영근 콩을 포기 채 뽑아 오라'더니

마른 풀까지 주워 오라고 하지 않는가

나는 시키는 대로

남의 콩밭에 몰래 들어가

알맞게 영근 콩 포기를 한 아름 뽑고

마른 풀까지 주워 와

불 피워 콩 포기를 그을려

떨어진 콩을 먹을 때까지는 좋았으나

다 주워 먹도 나자

형은 반이나 콩이 달린 콩 포기를 가지고

산 속으로 달아났다.

나는 돌멩이를 주워 들고

형을 찾아 오후 내내 산속을 헤매었지.

가출

중 3, 11월 고교 입시의 중요한 시기였다.
형님 가족만이 아이스 쇼를 보러 가서
늦게까지 돌아오지 않았다.
나는 생각 끝에 저녁밥을 지었는데
돌아온 형수가 밥 지은 공치사는 그만두고
얼마나 미운 털이 박혔는지 몰라도
미안하다는 내색 하나 없이
받아 둔 수돗물이 적어 세수도 못한 채
겨우 쌀만 씻어 밥만 했는데도
받아놓은 수돗물 다 썼다고 악을 써댔다.
욱하는 심정은 죽어도 형수 밑에 있기 싫어
받아 둔 등록금 가지고 가출을 했것다.
갈 곳을 생각타가 서울역으로 나가
11시 부산행 밤 기차를 탔다.
이 목숨 다할 때까지
밤기차가 세상 끝까지 데려가줬으면 했으나
초겨울 새벽 부산진에 떨어뜨려 놓았다.
우남공원, 태종대, 마산, 삼랑진 등

발길 닿는 대로 돌아다니기 3일째
맞아 죽더라도 집에 가고 싶어 고향으로 들어섰다.
집 앞 논에서 마늘을 심던 아버지,
호랑이보다 더 무섭던 아버지가 삽 들고
후려치려고 달려올 줄 알았는데
형수가 오죽 못해 줬으면
학교 다니다 도망쳐 내려왔겠느냐 듯
"옷 갈아입고 나오니라." 하고 말씀 하셨을 때야
아버지가 위대함을 비로소 깨달았다.
큰형은 수소문 끝에 나를 찾아 마을로
들어서다가 마늘 심는 나를 보더니,
'왔냐' 하더니 그 길로 서울로 올라가 버렸다.
아버지는 맏이만을 끔찍이 생각하시더니
양말 한 컬레 얻어 신지 못하고 돌아가셨으니
'고생고생하며 아들 공부시켜 봐야
지들만 좋지, 다 소용없다' 고
'교수 되고 박사 되어 출세하면
무슨 소용 있느냐' 는 소리만 들었지.

첫째 누나

열흘이 지났는데도 전쟁이 난 줄 모르고
여덟 살 배기 나는 아버지가 무서워
굼논 열네 마지기 머슴 따라 두 벌 김매다가
어두워 들어와서 늦은 저녁 먹는데
뜻밖에도 형 공부하는데 밥 해주러 간
큰 누나가 마당으로 들어서면서
'난리가 나 남들은 피난 간다고 야단인데
이렇게 한가할 수가?' 하자,
아버지는 인사치레 한 마디 없이
'니 오래비는 안 온 게여?'
'사태를 보고 뒤따라온다고 저 보고
먼저 내려가 있으라고 그랬어요?'
'뭐 어찌고 어째?
뒈져도 같이 죽지 혼자 살겠다고
오래비 두고 니 혼자 살겠다고 꺼질려 내려와?'
하자 밥상이 마당에서 놀아나면서
조용하던 집안은 천지 풍파를 일으켰다.
서울을 출발해 닷새 동안 걸어오면서

발바닥은 물집이 져 터진 데다
먹지 못해 금방이라도 쓰러질 것 같은
큰딸은 생각지도 않은 채
큰 아들 생각에 홱 돌아버린 것일까.
농사 지어 일제의 눈을 피해
두 말들이 쌀자루 양 손에 들고
끙끙대며 밤차 타고
아들에게 갖다 주던 정을
딸들에겐 왜 나눠주지 않는지.

우리 집의 6.25는 아버지가 주범이었다.

둘째 누나

시집간다고 날 받아놓은 둘째 누나
하루는 예쁘게 보이려고
했는지 알 수 없으나
읍 장날에 가 긴 머리 싹둑 자르고
보글보글 파마하고
집에 들어서면서 아버지 알까
전전긍긍하다가 들키고 말았다
당장에 저 년이 들어 집안 망신시킨다고
하늘 벼락 떨어졌다.
벼락치고 그런 벼락 세상에 없었다.
작대기며 숫돌이며 눈에 띄는 대로
집어 던지며 있는 성화,
없는 성화 다 끓이셨고
말리던 엄마는 던지는 숫돌에 옆구리를 맞아
며칠이나 몸을 움직이지 못하셨다.
아버지는 집안 분란을 일으키고도
화가 가라앉지 않았던지
사랑으로 들어가 문을 안으로 걸어 잠군 채

열흘이나 바깥에 나오지 않으셨다.
그런 행동이 딸 시집보내는
아버지 특유의 의식인지 모르겠으나
혼인날이 닥쳐서야
어쩔 수 없었든지
혼례를 치르기는 했는데
초례청에 서 있는 누나의 얼굴이,
화나고 상한 표정이
어린 마음에도 못이 박혀
지금도 잠이 오지 않는 밤이면
내 행동을 돌아보게 합니다.

셋째 누나

두 살 터울인 셋째 누나한테는 늘 미안해.
형수 밑에 죽어도 있기 싫어
대학 떨어져 고향 가면
아버지에게 벼락 맞지 않겠지 하는
어리석은 생각으로
빈둥빈둥 놀기만 하다가
입시에서 낙동강 오리알 되고
아버지 도우며 농사나 지을까 해
고향에 내려와 있으면서
사흘 도리로 아버지와 싸움을 했으니.
일밖에 모르시는 아버지,
죽을 동 살 동 일 않는다고 성화시고
대학 떨어진 심정은 모른 채 일만 하라고 해서
난 참 많이도 싸웠지.
젊어 외지 생활로 일이 서툰 아버지
소로 밭갈이도 못해 시집 갈 누나보고
소처럼 멍에 지어 밭골 타면서

싫은 소리 한 마디라도 하면
사랑으로 들어가 문 닫아걸고
골 부리기 내기를 하셨다.
부자 싸움 등쌀에
얼마나 진절머리를 쳤던지
보다 못해 욱 하는 심정으로
맞선보고 마음에도 들지 않는 사람과
도망치는 셈치고 결혼을 해 버렸으니
그 결혼 행복할 리 있겠어.
씨앗까지 봐 속까지 썩혔다니
그 처지 알고부터
두고두고 미안한 마음 가실 길 없어.

밤차를 타고 가면서

때로는 눈물도 한없이 얄밉기도 하거니와
더러는 편리하기도 한 것임을
밤차를 타고 가면서 알았습니다.
눈물이 눈물을 포개고
흘러내린다는 것도
밤차를 타고 가면서 알았습니다.

자정부터 네 시간 동안
서울에서 김천까지 눈물이 눈물을 포개며
흘리는 것을 주체할 수 없어
눈물로 세수를 하고
고향 마을에 들어서서
눈물로 부모님께 차마 입에 담을 수 없는 일을
말하려고 했을 때
이 세상 그 누구도 그런 일은
있어서는 아니됨도
밤차를 탔기 때문에 알았습니다.

손아래 동생이 ROTC 중위로 예편하고
취직을 못해 고민 고민하다가
파라치온 제초제 한 병을
형의 집 대문 깐에서 마시고
빈방으로 들어가 신음소리 내며
죽어가고 있는데도
형수는 거들떠보지도 않다가
뒤늦게 동네 의원에 입원시켰다는 연락받고
수업하다가 달려가서
세브란스 병원에 입원시키려고
택시에 태워 달려 가는데
시커멓게 살색이 죽어가고 있었다.
입원시키고 인공호흡기 꽂자
살색이 되살아나긴 했으나
소생할 가망 전혀 없어
살아 있을 때 자식 얼굴 한번 보라고
부모님께 알리려고
밤차를 타고 가면서 알았습니다.

부모님께 전후 사태를 말하는데
눈물이 앞을 가려 말을 멈추게 했으나
아버지는 한 마디 말씀 없으시고
어머니는 눈물 하나 보이지 않으시고
듣고만 계셔서 얼마나 야속했던지.
아빠 되고 아이 아파 입원을 시켜서야
부모님 속 얼마나 새카맣게 탔는지
알 수 있었던 것도
밤차를 탔기 때문에 알 수 있었습니다.

60년대 말 베트남 전쟁에 참가해
눈앞에서 죽어간 전우보다도
동기간의 죽음이 어떠한 지는
10여 년이 지난 뒤에까지도
술을 마시고 귀가하는 밤이면
방바닥을 치면서 대성통곡을 해.
영문도 모르는 두 아이 따라 울다가
아빠 손 망가져 피 난다고

이불과 요 있는 대로 꺼내어
방바닥에 깔아놓던 어린 아이 마음이
얼마나 착한 것인지도
밤차를 탔기 때문에 알 수 있었습니다.

이 모두는 한 사람이 살아가는
인생의 한 과정임도
밤차를 탔기에 알 수 있었습니다.

우스개 소리

어릴 적 겨울이면 나가 놀다가
집에 들어오면
씻지도 않은 채 저녁 먹고 잠을 잤다.
그랬으니 손은 터져 피가 솟았다.
갓 시집온 큰 형수
시동생의 터져 피가 찔끔찔금 솟는
손을 보다 못해
물을 데워 때를 씻는데
얼마나 따가웠으면
나도 모르게 '이 씨팔!' 하면서
손 씻지 않는다고 땡깡 부러
얼굴 붉히게 했으니.
형수는 얼마나 무안했으면
환갑 지난 나이에도
흉을 보듯 우스개 소리로
과거를 들먹이곤 한답니다.

따따봉

임박스럽다

어른이 없다

입신(入神)

따따봉

뽈나다

놈현스럽다처럼

취임 100일

가시방석

공(功)

이름 붙이기

동승 순방

누가 mb를 죽이는가

성패

Home Coming Day에 부쳐

임박스럽다

오른쪽으로 좀 치우친 듯,
왼쪽으로는 좀 기운 듯
그것은 판단의 잘못이었다.

여름내 작렬하는 햇볕에
온몸으로 부딪쳐
늦가을에 결실 거둔
벼 이삭만한 무게 달고
땅뺏기를 하고 있으니.

뺏은 땅에다 금 쭉 긋고
돌아앉기가 무섭게
바람이 쓸고 지나간다.
빌어먹을 놈현스럽다의 바람에 이어
임박스럽다*는 회오리가.

* 전 대통령 노무현의 언행에서 놈현스럽다는 신조어가 생겨났듯이 대통령 이명박을
  두고 놈현스럽다와 같은 조어의 뜻으로.

어른이 없다

백주 대낮 4차선 대로변에서
집단폭행을 당해도
지나던 어른들 모른 체하고,
아파트 경비실 앞에서
집단구타를 당해도
지나던 어른들 딴전 피우고,
지구대에서 50m 거리에서
청소년들 패싸움 벌어져도
지나던 어른들 실실 피해 가고.

한 세대 전만 해도 기세등등했었는데
누가 이렇게 만들었을까?
허울 좋은 국민의 정부 김대중 정권,
인터넷이 탄생시킨 노무현 정권,
친북 좌파, 386세대 코드들이
민족의 정체성을 송두리째 무너뜨린
후유증 때문이 아닌가 싶으이.

입 신(入神)

요즘 들어 먹는 것 때문에 또 풍비박산
그 어느 때보다도 내 생명 중하듯이
남의 생명 소중함을 깨닫고
촛불 시위 가담했을까.
그 중 압권은 미국산쇠고기수입협상.
AI 고병원성이 천재라면
협상의 본색이 하나하나 드러날수록
그야말로 인재 중의 인재
온 나라가 가마솥에 도가니탕 끓듯
펄펄 끓고 있는데
책임지는 사람 하나 없고
그 많은 재산 죽을 때 다 가져가려는지
장관이나 비서관에 목을 매고 앉아
네 탓이라고 공방이나 하고 있으니
한심의 극치 아니겠어.
그런 인간을 장관이나 비서관으로 임명한
이명박 정부의 인사는 과연 입신(入神)의 경지.

따따봉

대한민국에 태어나 산다는 것은
억울해도 너무 억울해.
수입업자들은 천국, 국민들은 따, 따따봉.
가구별 종부세는 수소폭탄세
휘발유, 중유는 또 어떻고.
스타벅스 커피, 버드와이즈,
골프 그린피, 캔 맥주, 화장품, 주스 등
한국을 100으로 기준하면
G7보다 43.9~73.2%나 비싸다니
비싸도 이렇게 비쌀 수야.
G7만큼 잘 사는 것도 아닌데.
수출업자는 소비자를 봉으로,
정부는 국민을 세금의 봉으로 삼아
있는 사람 피 빨아먹는 나라.
대한민국에 태어나 산다는 게
이렇게 억울하고 분통 터질 수야.
모두가 정치 부재, 무능 정치의 소산.
불쌍키는 불쌍타, 국민 된 것이.

뿔나다

경제성장률 떨어질까 노심초사
환율방치 이명박 정부
모든 나라 달라 가치 떨어지고 있는데
대한민국만이 환율 급상승이라니.
이명박 정부 출범 이후
여섯 달이 되기도 전에
930원 대가 1300원 대로 치솟아
환차손에 뿔난 중소기업들
금융권 대책 요구에
장관 자리 목멘 강만수는
등짐지고 뒷북이나 치고
하루가 다르게 급격한 환율 상승
수출증가 눈 독 들이느라
수수방관 내 몰라라 하니
공허한 747에 혈안 되면 뭣해.
뒤로 걷는 경제성장률,
속 빈 정책이 실용주의 아니겠느냐고.

놈현스럽다처럼

그립고 안타까운 추억이야
언제 어느 때고
가슴에서 꺼집어내어
씹고 곱씹어도
흐뭇한 미소 짓기 마련이지만,
뼈를 깎고 깎는 기억은
마음에 빗장을 걸어서라도
꽁꽁 묶어둔 채
두고두고 아파할 일이다.
아파하고 아파해도 남은 기억이
눈물샘 파고들어
눈물을 질금질금 짜게 하거나
감정의 현을 퉁기는 주재자로
군림하게 되면
피 한 방울 나지 않게
놈현스럽다처럼 대못을 박을 일이다.

취임 100일

2008. 6. 3자 조선만평이
왜 그렇게 통쾌 상쾌 만쾌한 지.
취임 전 2008. 1. 18일,
공단 진입로 전붓대 2개 뽑고
취임 후 2008. 3. 31일,
초등생납치미수사건
일산경찰서 불시방문 이외에는
뿌러지게 한 일 없어.
대통령 취임식 이른 아침에
국립현충현 방문해서
국민 섬긴다고 서명까지 했는데
아무리 생각해도 한 일이라곤
국민 분통 터지게 한 일밖에 더 있어.
이명박 후보 믿고 찍은 보수들
입이 백 개, 천 개라도
입술 꿰맨 벙어리 되라는 게지.

가시방석

말 많은 사람 믿을 것이 없다는 속담이 있듯이.
이미 예고된 대규모 정전사태를 두고
뒤늦게 이명박 정부 대국민사과담화는
미래며 대책 하나 들어 있지도 않는데
진정성을 얼마나 믿어야 될지.
정전에는 예고된 정전과
예상치도 못한 정전이 있듯이
예고된 정전은 사전 대비라도 할 수 있으나
불시 정전은 사후 수습책밖에 더 있어.
압도적 차이로 당선되어 자기도취한 탓일까.
절대 지지자로 찍은 사람들보다는
대안 없어 찍은 사람
도토리 키 재기에 울며 겨자 먹기로 찍은 사람
정동영보다는 낫겠지 해서 찍은 사람
찍을 사람 없어 찍은 사람
그런 사람들 한 방에 지지 철회하고
적으로 돌아서는 것이 민심임을 알았어야지.
거 봐라, 이게 아닌데, 잘해 봐라

등 돌아선 민심 되돌릴 수 있을라나.
겉으로 고개 숙여 사과하기야 쉽지.
BBK 이미지 씻지 못해 지금도
반신반의하는 사람들 오죽 많아.
이놈이 그놈이고,
이놈이 하나, 저놈이 하나 그게 그거라고
정치권에 등 돌리는 국민인데
젊어 벼락 출세한 CEO의 오만과 편견은
이미 예정된 수순 아니겠느냐고.
뭘 기대하거나 바란다는 게 욕심일까 싶어.
발전소는 수리불능상태로 고장 났으며
대규모 정전사태는 어둠을 몰고 와
그 틈에 유언비어 어둠 먹고 살만 통통 쪄
촛불시위 초등생들 괴기한 얼굴 확대시켜.
소수 의견 묵살하고 과감하게 밀고 나가야지.
이러다 이명박 정부 한 방에 가는 건 아닌지.
대한민국 국민의 한 사람으로서
가시방석에 앉은 것 같아 전전긍긍이네.

공(功)

미국산 쇠고기 수입협상파동은
노사모와 좌파 매체의 예고된 폭력 잔치상.
촛불시위에 10대들 몰려나오자
물 만난 고기떼 되어 영웅으로 부각시키니.
386 부모 밑에서 모 아니면 도만 알고 자라면서
몰지각적인 사회비판만 학습한
10대를 영웅으로 만들어.
정권을 흔드는 일이라면
밥숟가락을 들다가도 벌떡 일어나
밖으로 뛰쳐나오는 좌파들,
죽어가던 고기가 가물에 물을 만난 게지.
10대는 10대, 더 배우고 보다 많이 생각하고
경험해야 할 세대임을 알면서도
촛불시위 나가라고 선동하는 좌파들,
저 중공의 60년대씩 문화혁명 때
홍위병 되는 것이 자식 키운 보람인지.
하기사 촛불시위에 아기를 안고 업고 나오거나

초등학생을 강제로 끌고 온 부모마저 있으니
이는 영락없는 아동학대.
익산과 대구의 지속적인 초등학생 성폭행 뒤엔
어른들의 추악한 음모가 숨겨져 있었다고
한 기사를 보면,
촛불시위보다 더 무시무시한 악의 구조가
또아리를 틀고 있었다니.
시위를 하려면 그곳으로 가서 해야지
엉뚱한 곳에서 하고 있으니
그런 세력들 기고만장할수록 국민들만 피곤해.
저 을지문덕 장군이
수나라 장수 우중문에게 보낸 '여수장우중문시'에
'전승의 공 이미 높으니
그만두겠기 바라노라'*란
병 주고 약 준 지혜 터득 좀 했으면.

* 戰勝功旣高 知足願言止

이름 붙이기

광주광역시와 전라남도는 뒤질세라
이름 붙이기 100m 경주를 해.
광주광역시 전시컨벤션 센터가
김대중컨벤션센터로 바꾸면서
시설물에 김대중 이름 붙이기 시합을 해.
도청 앞 8차선 도로를 후광로로.
청사내 대강당도 김대중강당.
광주에 뒤질세라 전라남도도
목포지방해양수산청도로를 후광로로.

외국에도 유명 정치인 기려
케네디국제공항이니, 드골 국제공항이니
하는 것이 없지 않으나
그가 그런 인물 발바닥이나 닦을라나.
저들의 김대중 이름 붙이기는 동기부터 달라.
원래는 무안국제공항도
김대중국제공항으로 명명했다가

주민들의 반대로 취소되었는데도
새로 건설된 목포-압해 연륙교 준공 앞두고
김대중대교로 명명하려다가
주민들의 반대에 또 부딪쳤다 칸다.
이는 시대착오적인 야합이 빚은
결과 아니겠느냐고.

광주광역시 시장과 전라남도 도지사가
인기상승과 차기 선거를 의식해
그런 짓거리로 생색내기를 하려 들다니.
엎으나 재기나 그 인간에 그 인간.
그런 사람 재선된다면
김대중, 노무현이 호남 1시 2도
96.7~91.8% 이상 몰표로 대통령에 당선되었듯이
1명 입후보, 100% 투표, 99% 찬성인
북한 인민선거마저 뿅 나가떨어지겠지.

동승 순방

이명박 대통령 중앙아시아 순방길에
진보 성향 소설가 황석영을 초청해
순방길에 올랐다는 기사 보고
절대 지지자로서 배신감에 치를 떨었지.
좌파 정권 잃어버린 10년 세월
핍박 받은 우파 성향 오죽 많아.
그 중 소설가 이문열은
좌파들에게 책 화형식까지 치르는 치욕까지 당했는데
대통령이 인물 같으면 이문열부터 만났어야지.
사비로 유람 가는 것도 아닌데
황석영과 친분 내세워
나랏돈 순방길에 그를 동승시켰다면
좌타 정권 거들내자고
고생 고생해서 대통령 만들었는데
배신감밖에 더 들겠어,
이 땅에 어디 황석영뿐이겠어.
표 한 표 찍지 않은 사람에게
벼슬 한 자리씩 준 것 어디 한 둘이겠어.

등단부터 소외된 사람, 노동판의 떠돌이들
소설의 주인공 삼거나
반골들 주인공으로 등장시켜
가진 세력 폄사 일삼더니- 소설 장길산
그 버릇 개 못 주고
좌파 정권 대우 받아 능이 났는지
북한 가 김일성 만세 부르며
북한은 살 만하다고 아부했다가
감옥까지 갔다 온 것을
무슨 투사가 된 양 대접받다가
정권 바뀌니 줄타기 도사로 변신을 해.
그 꼴 본 뜻있는 인사
좌파 선동 촛불 시위보다 더 뜨거운 거동
우파에게 볼 지도 모르는데.
몰라도 너무 몰라, 허허 퉤에 퉤.

누가 mb를 죽이는가

친북 좌파 무너뜨리자고 외친 지 10년 세월,
애국 보수 국민들이 결집해
어떻게 출범시킨 이명박 정부인데.
나 또한 국립대학교 교수 신분 위협 느껴가며
강단에서, 강연회에서, 사석에서
좌파 정권, 나라 거덜 낸다고 역설했는데.
최측근들이 들어 대통령 만든 1등 공신이라고
요직이란 요직은 다 차지하고 앉아
이명박 죽이기 작태만 하고 있으니
석 달도 못 가 나라가 이 지경 되었지.
이명박 정부가 언행의 즉흥성, 행동의 경박성으로
보수층, 불교계를 등 돌리게 했으니
그 물에 그 물 아닌가 싶으이.
굴러온 돌 박힌 돌 빼버리고 탄생했으면
민심부터 읽었어야지.
민심을 개살구 취급한 이명박 정부의
정치 부재 죽 쑤기는 철학 부재, 인문 소양 결핍,
실용적인 기회주의자의 짓 아니겠느냐고.

한승수 총리 지명은 인사 잘못의 정점.
5공 시절에 공 세워 훈장 받았을 때는
출세가도 하늘 치솟았을 텐데
청문회 때 반납할 용의 없느냐고
야당의 비아냥거림 한 마디에 총리 인준 날아갈까
즉각 반납하는 편의주의자를 실용주의자라고
억지춘향으로 엮어낸 요지경 인사.
이명박 정부의 CEO식 요직 인사가
어디 한승수뿐이겠느냐고.
고소영 강부자란 말 그냥 생겼겠어.
해서 민심이 돌아선 게지.
돌아선 것은 쉽게 돌아오지 않는 것이
민심의 철칙임을 알았어야지.
억, 억 하다 목이 센 비서관과 장관들
아예 민심과 성벽이라도 쌓은 듯
한 여름날에 비닐하우스에 틀어박혀
세월아 네월아 하면서 떵떵거리며

허송 세월 보내지 말고 정신 좀 차리소.
놈현스럽다의 주인공 노무현 탄핵 때
온갖 수단 다 동원해서
탄핵의 부당성 3, 400% 과장해 호도한
깡판때기 깔고 엉버티는 KBS 사장 정연주 하나
좌파 눈치 보느라고 처리 못해
지금도 당하고 있으며
노무현의 가진 놈들 요씨 두고 봐라,
혀 깨물고 대못질해서 제정한 보복세며
사회주의 착취세인 종부세 하나
개선하지 못하고 답습하고 있는
무능 무책의 극치를 연출하고 있으니.
이런 이명박 정부에게 기대하는 자체가
병신 되는 지름길 아니겠느냐고.
내일이라도 당장 김정일 치고 내려온대도
색시처럼 수줍은 미소 짓고
탈랜트처럼 예쁜 표정 지을 실용주의자들.
광우병 괴담, 삼성 사태, 투기의혹 내 몰라라

하고 국민 무시하고 짓밟기는
유례를 찾아볼 수 없는 자칭 이명박 최측근들,
대통령 그만 죽이고 물러 나이소.
벌써부터 민심은 정치라면 혀를 내두르고
뱃속 똥물까지 토해내는 게지.
이를 본 대한민국 좌파 세력과 노사모는
때는 이때다 하고 기세등등 세 결집,
10년 정권 새로이 출범시키려고 시도하니
그게 무임승차 땅 따먹은
이명박 정부의 무능이 빚은 결과 아니겠냐고.
구관이 명관이라는 말 나오기 전에
박근혜, 정몽준을 능가하는
우파 혁신세력 하루 빨리 나타나서
대한민국 미래 좀 밝혔으면……

성패

테니스를 칠 때 온몸의 힘을 쏟아
강 스매싱해 성공하면
짜릿한 쾌감에 젖기야 하겠지.
그러나 때로는 스매싱이 너무 세서
역습을 당할 때도 있음을 알아야지.
세상사 모든 일 다 그래.
미국 산 광우병 논란에
엉뚱하게도 한우가 타격을 받듯이
쇠고기 수입 재협상은
치명적인 역풍을 맞을 수도 있어.
한때 중국의 마늘 수입이 농민 죽인다고
과도한 관세 물렸다가
치욕적으로 굴복한 사례가 있듯이.
먹을거리 안전성은 포기할 수 없으나
고단수 협상은 상대방이 있는 게임,
스스로의 약점부터 알고
상대방 반응을 헤아려 대처하는
신중함이 협상의 성패를 가름해.

Home Coming Day에 부쳐

오늘은 무슨 날인가 여겼더니
더 없이 뜻 깊은 날이래지.
30년 전 졸업생들
모교 찾아 학창시절 회고하며
쌓인 정 나누는 날.
제가가 스승께 큰절 올리고
모교의 무궁 발전 기원하나니,
이보다 아름답고 바람직한
이벤트는 없으리.
사자후 기치 아래
우리 중동은 100년의 전통을 쌓았고,
앞으로 또 100년 미래를 창조할
초석인 Home coming day
이제 지명의 나이가 된 그대들이여
가정의 행복과 평안,
하는 사업마다 무궁 발전 있어라!

6. 논문 두 편

여성예찬의 명구를 찾아서
「진달래꽃」의 전통성

여성예찬의 명구를 찾아서

여성예찬의 연원

여성예찬의 예는 동양 최고의 고전이라고 일컫는 『시경』 첫머리 첫
수에 나타나 있다.

아래에 첫수 첫머리 4행을 인용한다.

꾸욱 꾸욱 비둘기	關關雎鳩
강안 뭍에서 울 듯이	在河之洲
얌전한 아가씨야	窈窕淑女
사내의 좋은 배필	君子好逑

남녀 간의 사랑을 노래한 「관저(關雎)」라는 시는 총 20행인데 '요조
숙녀(窈窕淑女)'란 구가 4행이나 차지하고 있듯이 동양 최고의 경전인
『시경』마저 이상적인 여성을 일컫는데 '요조숙녀(窈窕淑女)'라는 형

용사를 동원했다. 주석가들은 '요조'를 '幽', '閒(閑)', '貞', '靜'이라고 주석하고 마음이 깊고 그윽하다, 행동거지는 여유가 있고 한가하다, 절개는 곧고 태도 또한 고요하다고 풀이하고 있다.

『시경』의 여성예찬은 그대로 동양적인 여성예찬으로 굳어져 정적이며 고전적인 여성미의 귀감이 되었다.

우리나라도 『시경』의 그것처럼 예찬의 테두리에서 벗어나지 못했으며 여성 자신 또한 얌전과 고요한 아름다움을 장점으로, 아니 천분으로 여겼는지도 모른다.

조선조소설 중 백미의 하나인 「춘향전」에서 춘향의 거동을 묘사한 부분을 인용한다.

> 춘향의 고운 태도, 염용하고 앉은 거동, 백석창파 새 빛 뒤에 목욕하고 앉은 제비 사람보고 놀라는 듯, 별로 단장한 일 없이도 천연의 국색이라. 옥안을 상대하니 여운간지명월이요, 단순을 반개하니 약수중지연화로다.

춘향의 얌전하고 조용한 태깔을 예찬하고 있다.

여성을 예찬하는 말로 '물 찬 제비', '구름 사이의 달', '꼭 다문 입술', '그린 듯이 가지런한 아미 같은 눈썹' 등의 어구는 액세서리처럼 따라다녔다. 미인의 차림새를 두고는 '회장저고리', '긴 치마', '외씨 보선', '수당혜' 등으로 묘사했다.

그런 탓인지 모르겠으나 지금까지도 오랜 전통과 미풍으로 굳어진 탓인지 시인이나 묵객들의 단골 메뉴가 되고 있지 않는가.

이런 여성예찬은 온고지신(溫故知新)으로 아름답고 그리운 면이 없는 것은 아니나 우주시대인 지금 이를 답습한다는 것은 환상을 좇는 것과 같아서 아름다운 반동으로 대접받을 우려마저 있다.

시대는 바뀌고 사람의 의식도 변했다.

남녀동등의 시대가 된 지 오래다.

아니, 모든 면에서 여성이 남성을 압도하고 있는지도 모른다. 미 LPGA에서 한국 낭자들의 선전이 이를 단적으로 말해 주고 있다. 이번 벤큐브 올림픽에서 여자 싱걸 피겨사상 최고의 점수를 획득한 김연아의 인기는 세계를 들었다 놓았다 하지 않았는가.

해서 지금은 여성상위시대가 된 것 같은 느낌마저 든다.

이런 여성상위시대에 '아미같은 눈썹', '외씨 보선'처럼 의고적으로 노래해 보았댔자 그것은 이미 흘러간 꿈, 봉건적인 미에 대한 감상이거나 연민이다. 아니, 시적인 만가에 불과할지도 모른다. '一자로 그린 듯한 초생달 같은 아미', '그믐달 같은 눈썹'이며 '擧案齊眉', 곧 밑으로 내리간 데다 얌전하며 다소곳한 눈매를 예찬한 것이야말로 여성을 외적으로 쏠리는 관심을 의도적으로 막아 버린 셈이 된다.

'회장저고리', '자주 고름'은 자연스런 가슴의 풍부함과 날랜 활동을 저지했다. '질질 끌리는 긴 치마'는 일생 동안 여성을 안방과 마루의 순례자로 만들어 버렸다.

'외씨 보선', '수당혜'는 일종의 전족, 그네들에게 먼 문밖 활동을 못하게 한 것은 아닌지 생각해 볼 일이다.

여성의 남성적 성향은 수치심의 결여에서도 나타나고 있다.

> 노랑 저고리, 연분홍 치마가 바람에 휘날리며,
> 다소곳이 앉아 고름만 잘근잘근 물어뜯던
> 그런 옛날이 그립습니다.

이런 종류의 동경은 아득한 옛날이 되고 말았다.

현대의 그네들은 귀뿌리의 야릿야릿한 간지러움이나 앵두같은 볼의 불그레함이나 복숭아 빛 볼을 잊은 지 벌써 오래다. 그네들 중 일부는 무화과 잎이나 가랑잎조차 거추장스러울 것이다.

그네들은 반나(半裸)나 전나(全裸) 등 누드를 내세우기도 하고 진이 (眞伊)까지 들먹이며 시위까지 하지 않는가.

이런 행동이 전통을 해치는 것은 아닐까. 그런 의미에서 고전문학에 나타난 여성예찬을 일별하는 것도 일리가 있지 않을까 한다.

여성어의 정감

여성의 아름다움을 '샛별 같은 눈매', '초생달 같은 눈썹', '방긋방긋 웃는 웃음', '고운 입술과 박씨같은 이'에서 찾았다.

그런데 그 웃음이 아무리 구름처럼 아름답다고 해도, 그 입술이 석류 마냥 곱다고 해도, 그 웃음 끝에 영롱히 빛나는 초승달 같은 언어, 석류 주머니를 열고 도란도란 드러나는 사연이라고 하더라도 여성 예찬은 한낱 병풍에 그린 원앙새 같은 정물에 불과한 것은 아닐까. 여성예찬은 오로지 그네들의 낭랑한 목소리, 교묘하고 변화무쌍한 악센트, 다채롭고 화려한 언어에 있기 때문이다.

그것도 언어 예술의 최고는 바로 시에 있다. 시야말로 최고도로 정화되고 순화된 언어의 결정체란 점에 있어 더욱 그렇다.

여성의 언어는 인류 언어 중에서 최고의 시이다.

따라서 여성은 나면서부터 시인이다.

여성은 여러 가지 의미에서 미래의 시인이 되고도 남는다. 여기에는 평범한 여성조차도 예외가 있을 수 없다. 문제는 여성의 언어가 외국어처럼 황홀하고 난해하다는 데 있다.

그네들의 언어를 이해하려면 민첩한 동시통역이 필요하다. 아니 시의, 여성의 언어는 동시통역이 불가능할 만큼 상징적이다.

그러면 이를 보다 상세히 서술하기로 한다.

첫째, 여성어는 요설(饒舌)과 다변(多辯), 곧 총알처럼 쫑알대는 수다함에 있다. 동서를 막론하고 여성에게 침묵과 무언을 강조한 탓인지 여성을 두고 '유한(幽閒)', '정정(貞靜)'을 즐겨 썼고 서양에서도 '침묵이 금'이라는 금언까지 생겼으니.

그렇다고 해도 절로 흘러나오는 예지의 샘물, 앵무새같이 재잘대고 싶어하는 자랑과 하소연과 흉내는 막을 길이 없다. 마을의 샘가나 시냇가 빨래터, 도시의 공동수도(지금은 옛날이야기가 됐지만), 그네들의 회의를 볼 것 같으면 본연한 변재(辯才)와 다채로운 토의사항, 언어 경연의 콩쿨대회에 나간 것이나 다름없으니 여기서 부연해 뭣하랴.

때늦은 감은 있으나 지금이라도 여성으로 하여금 마음껏 재잘대게 해서 인생의 하숙이 아닌 삶의 주택에 살게 해야 할 것이다. 그네들의 다변과 수다는 눌려 지내는 불평과 누적된 불만과 약자로서 하소연의 통풍구, 사람의 주택이기 때문이다.

둘째, 언어의 속도다. 그네들의 말씨를 보면 봉건시대에는 한없이 느리면서도 전아함을 특색으로 하고 있다. 국문학에 있어 궁중문학, 내방문학의 우수성은 주로 그런 데서 찾을 수 있다.

초간택이 되니 선대왕께옵서 용렬한 재질을 천보로 여기시어
과히 융숭히 하시어 각별히 어여쁘게 여기시고 정서왕후께서도
가까이 보시고 선회궁께서는 오시어 간선하는 보계에 오르지 아
니하시고 먼저 불러 보시고 화기만안하시니…

선인이 들어오셔서 선비께 아 아이 수방을 느리니, "이 이떤 일

인가?" 하시고 근심하시니, 선비 말씀하시기를 "한미한 선비의
자식이니 들여보내지 말았으면…" 하시고 양위 근심하시던 말씀
을 잠결에 듣고 자다가 깨어 마음이 동하여 자리에서 많이 울고
궁중이 사랑하던 일을 생각하니 놀라워 즐기지 아니하니, 부모
도리어 위로하시고 "아이가 무슨 일을 알 리." 하시니 내 초간택
후로 심히 슬퍼하는 것을 괴히 여기시니, 궁중에 들어와억만창생
을 겪어 그리 마음이 스스로 그러하였던가. 일변 괴이하고…

「한중록」 — 원문을 읽기 쉽게 윤문했음. 이하 같음

　낸들 무슨 일을 아니 헤아리오마는 동서도 모르는 아이 슬하에
서 자라는 것이나 보려고 했더니, 위력으로 앗아다가 가는 곳도
이르지 아니하다가 죽였으니 애가 끊는 듯 살을 베는 듯하니. 서
러움을 참지 못하여 어머님이시며 내 일로 서러워 죽은 동생들을
생각하니 이제 죽으면 지하에 가도 부형에게 반가이 뵙지 못하여
부끄러울 것이며 외로이 돌 것이니. 참는 일이 많아 죽지 못하니
무슨 원수로 이런 서러운 일을 볼 것이가, 지은 죄 없으니 설움은
내 받으나 선왕께 한 것이니, 한갓 나를 미워하는…　「계축일기」

　앞의 인용문은 사도세자 비인 혜경궁 홍씨가 만년에 회고적으로 쓴
『한중록』의 독백, 뒤는 선조의 계비로 폐모되고 아기까지 무참히 빼앗
긴 인목대비가 궁녀에게 답한 내용이다.

　말 대신 글이긴 하지만 원래 말도 이런 정도에서 크게 벗어나지 않았
을 것이라고 짐작되나 처참한 정황을 서술한 언어인데도 줄기차게 느
리고 우아함의 일색이다.

　셋째는 여성어의 고저음이다.

　여성의 음성은 워낙 금속성이 본질이요 쨍쨍한 것이 특징이다. 여성

성악가 중에서 소프라노가 많다는 것은 이를 단적으로 시사한다.

여성들의 얼굴이 아무리 못 생긴 무염(無鹽)이나 돈흡(敦洽) 같다 하더라도 그네들의 낭랑하고 정다운 목소리는 상상 이상의 동경, 매혹 이상의 감정을 느끼게 한다. 그네들은 웅변가의 억양법과 과장법도 충분히 습득해서 놀라운 일에는 저음을 토하고 대수롭지 않은 일에는 최고의 기성을 발하기 일쑤이다.

아래에 인용한 시조를 감상하면 이해가 될 것이다.

묏버들 가지 꺾어 보내노라 임의 손에
자시는 창 밖에 심어두고 보소서
밤비에 새잎 갓 나거든 날인가 여기소서.

솔이 솔이라 하니 솔만 여겼도다
천심절벽에 낙락장송 내 기로다
길 아래 초동의 졈낫이야 겨뤄 볼 줄 있으랴

앞의 시조는 홍랑(洪娘)의 작으로 사뭇 여성적인 고운 말씨로 가련한 처지를 하소연의 노래이다. 뒤의 것은 소이의 작으로 속된 남성들이 귀찮게 덤벼드는 것을 야유한 내용이다.

두 편 다 나름대로 특징이 있겠으나 전자는 여린 말씨를 좋아하고 후자는 거센 남성에 대항하는 말씨가 뚜렷하다.

여성어에는 여성 자신의 정서가 깃들어 있다.

남성에게는 여보, 당신, 그이, 자네 등은 살벌한 단어일지 모르나 일단 여성의 입에서 나오는 순간, 언어의 마술사에 홀린 듯 다정한 말씨로 변한다. 최고의 찬사에 값하는 여성의 언어도 반대로 전환하는 예가 없지 않아 있긴 있다.

여성들의 왜곡된 눈썹, 비틀리는 푸른 입술을 통해 나올 때는 딱한 풍경, 성가신 청감(聽感)에 해당되는 경우이겠기 때문이다. 그런데 욕설과 싸움은 때로는 고성이 필요할지 모르나 그러한 경우에도 어느 시인의 애인, 그네의 꾸지람마저 시적으로 미화하여 아름답고 성스럽게 할 수 있는 장점이 곧 여성어이고 여성어의 정서라고 할 수 있다.

여성의 작품으로 고조선 때 백수광부 처의 「공무도하가(公無渡河歌)」, 진덕여왕의 「치당태평송(致唐太平頌)」이 있으나 믿을 것이 못 된다. 그에 비해 훈민정음이 창제된 뒤 그 보급의 일환으로 불경언해를 추진하면서 내간체가 형성되었는데 이는 여류문학의 원동력이 되기도 했다. 정음이 창제된 이래『석보상절(釋譜詳節)』과『월인천강지곡(月印千江之曲)』, 그리고 계속된 불경언해(佛經諺解)로 말미암아 정음이 문자로 정착하게 되었다.

이어 성종의 어머니인 인수대비에 의해『내훈(內訓)』과『여사서(女四書)』가 간행되어 여류문학이 뿌리를 내리게 되었으며『두시언해(杜詩諺解)』와『소학언해(小學諺解)』등으로 싹이 텄다.

그러나 삼강오륜의 하나인 남녀유별(男女有別)이 삼종지도, 칠거지악, 남존여비, 남녀칠세부동석 등으로 악용되어 여성들에게 올가미를 씌우더니 급기야 문자 교육까지 금기시했다.

뒤늦게 여성의 배움은 정음을 언문(諺文), 안글, 뒷간글이라 해서 배우게는 했으나 편지를 써 안부를 물을 정도의 배움이 전부였으니 딱한 제도의 올가미였다.

그런데도 여류의 작품이 가뭄에 콩 나듯 했으니 그나마 다행이랄까. 신라나 고려에도 총기로 빚은 즉흥적인 노래가 있었다. 향가 중 여성의 작으로 알려진 희명의 「도천수대비가」야말로 참으로 값진 보배가 아닐 수 없다. 백제 지역의 유일의 시가 「정읍사」, 고려가요의 백미 「서경별곡」「가시리」, 그리고 「사모곡」「유구곡」「상저가」가 이채롭다.
비록 구전되다가 정음이 창제된 뒤 문자로 기록된 것이긴 하지만.

정음의 서문 그대로 사람마다 쉽게 익혀 날마다 쓰는 취지와는 달리
소수의 여성만이 향유해 남은 작품은 손에 꼽을 정도니 생각할수록 안
쓰럽다. 손에 꼽을 정도이나 그 중 혜경궁 홍씨의 「한중록(閑中錄)」은
백미라고 할 수 있다.

의령 남씨(한때 연안 김씨로 알려졌음)의 「의유당일기(意幽堂日記)」,
무명 궁녀의 작으로 알려진 「인현왕후전(仁顯王后傳)」, 영창대군의
궁중비사를 기록한 「계축일기(癸丑日記)」 등도 함초롭다.

그외 내방가사하며 「원부가」「규원가」 등도 있다.

여성 정서의 귀감이라고 할 수 있는 시조를 인용한다.

청산은 내 뜻이고 녹수는 임의 정이
녹수 흘러간들 청산이야 변할 것인가
녹수도 청산도 못 잊어 울며 가는가

청산리 벽계수야 수이 감을 자랑 마라
일도 창해 하면 다시 오기 어려우니
명월이 만공산하니 쉬어간들 어떠리

다음은 이 분야의 첫손으로 꼽는 시조를 인용한다.

어저 내 일이야 그릴 줄을 모르던가
있으라 하더니 가랴마는 제 구태여
보내고 그리는 정은 나도 몰라 하노라

동짓달 기나 긴 밤을 한 허리 베어내어
춘풍 이불 아래 서리서리 넣었다가
어른 임 오신 밤이면 굽이굽이 펴리라

위는 송도삼절의 하나로 널리 일컬어지는 진이의 시조이다. 기생이
라 하지만 그네의 노래는 보통이 아니며 가멸찬 수준 이상이라고 하겠
다. 여기에는 잦은몰이가 언덕을 사알짝 넘어가듯 읽는 노래, 보는 노
래가 아닌 부르는 노래의 멋이 넘치기 때문이다.

화담 서경덕과 박연폭포, 그네를 두고 개경 삼절의 하나라고 하지만
노래인 만큼 감칠맛은 비록 거나하다 해도 가슴에 스며드는 입김은 뒤
진다. 이는 전통의 새김질이 덜하고 표상이 차지지 못해서라고 할 수
있을지 모르겠으나 동짓달 기나 긴 밤, 그 밤의 한 허리를 베어내어 님
이 오시는 밤, 긴 밤도 짧은 봄밤에 비겨 이불 속에 서리서리 펴서 단꿈
을 꾸겠다는 심사야말로 이 분야의 백미이다.

얼마나 감미로웠으면 5백년에 한 사람 나올까 말까 칭송하는 자하
신위마저 음미하다 못해 칠언절구로 옮겼다.

截取冬之夜半强
春風被裡屈蟠藏
燈明酒欄郎來夕
曲曲鋪成折折長

위의 칠언절구로 번역한 한시를 보면, 불러제끼는 노래가 아니기 때
문에 그네의 곱살스런 심사가 곧장 드러나지 않아 단가가 갖는 즉흥도
아님을 알 수 있다.

그네의 작인 「만원대회고(滿月臺懷古)」는 고려 유신들의 회고가

(懷古歌)에 뒤지지 않은 작품이다.

박연폭포를 두고 쓴 시 「박연폭포(朴淵瀑布)」 또한 이백의 여산폭포에 맞선 작품이라고 하겠다. 「별김경원(別金慶元)」은 안스런 여인의 심사를 실타래를 풀어내듯 했는데 그네가 기녀가 아닌 양반가 규수임을 여실히 드러낸 작품이다.

삼세의 굳은 인연으로 좋은 짝이더니	三世金緣成燕尾
이승서는 생사 둘만 남아	此中生死兩心知
양주의 언약 내 저버리겠소	揚州芳約吾無負
다만 두목처럼 한량이라네	恐子還如杜牧之

앞의 시조에서는 보내고 그리는 정에 볼모가 되어 벽계수를 탓하는 명월이 된 것은 그렇다 치고라도 더는 그럴 수 없어서였던지 이승과 저승의 인연을 맺어준 중매에 내생까지 약속한 연분은 우리 자신만이 아는데, 두목이 강소성 유흥가 청루에서 논 것을 본받기는 했으나 님이 놀고 있는 것을 오히려 걱정하고 있으니 안스런 여인의 심사가 분명하다 하겠다.

한시로는 허 난설헌이 독보적이다. 그만큼 한시에 능했다.

그네는 허균의 여동생으로, 일찍부터 삼당 시인 손곡 이달에게 사사까지 받았는데 안타깝게도 27세로 요절했다.

신위는 독장으로 다뤘고 황현은 독상으로 대접해서 그네의 한시를 높이 샀음은 우연이 아닐 것이다.

『난설헌집(蘭雪軒集)』은 나라에서 주조한 재주 갑인자로 인출되었고 이어 목판본으로도 찍어냈으며 동래에서는 중간본이 인출되기도 했다. 명나라와 왜에서도 간행될 정도로 유명했다.

「유흥(遺興)」 8수 중에서 3수를 아래에 옮긴다.

내게 고운 비단 한 단 있는데	我有一端綺
털고 씻어 때깔도 으리으리해	拂拭光凌亂
더욱이 한 쌍 봉황 수 놓여 있어	對織雙鳳凰
그 무늬 어찌나 찬란한지	文章何燦爛
몇 해를 상자 속에 숨겨뒀다가	幾年篋中藏
오늘 아침 님에게 꺼내 드리니	今朝持贈郎
당신 바지 짓는 거야 아깝지 않으나	不惜作君袴
남의 치마는 짓게 하지 마셔요	莫作他人裳

진작 저 삼당(三唐) 시인으로 일컫는 손곡에게 일찍부터 사사해서 시의 격률을 닦는 솜씨 그대로라고 하겠다.

더구나 아낙의 야무진 속셈을 나름대로 휘감아 마무리한 솜씨는 보석처럼 빛나지 않는가. 신의 바지나 저고리를 해 입는 것은 상관없으나 씨앗의 치마감으로 주는 것은 두고 볼 수 없다는 실타래는 사뭇 당부에 불과하긴 하지만.

이런 심사는 남정네로서는 표현할 수 없을 것이다.

옥봉의 「만흥증랑(漫興贈郎)」을 옮긴다. 그네는 조원의 소실로도 유명하다. 그네의 시는 『가림세고(嘉林世稿)』에 부록으로 전하며 중국의 『열조시집(列朝詩集)』에 33수나 수록되어 있다.

강 머리 버들 가 오화마 울어	柳外江頭五馬嘶
게슴츠레해져 누각에서 내려온다	半醒半醉下樓時
봄을 타는 야윈 볼 거울 앞에서	春紅欲瘦臨粧鏡
매창에 비겨 눈썹 그리오	試畫梅窓半月眉

다음으로 매창의 시 「자한(自恨)」을 옮긴다.

그네는 부안 기생으로 지금도 무덤을 찾는 이가 끊이지 않는 것을 보면 그네의 시가 옹골차기 때문일 것이다.

추운 봄날 옷을 깁는데	春冷補寒衣
햇볕이 따사로워 사창에 기대다	紗窓日照時
고개 숙여 손에 맡겨 두니	低頭信手處
눈물지는구나 바느질감에	珠漏滴針線

그네의 아름다움과는 달리 시는 대개 눈물로 먹을 갈아 시름으로 엮어서인지 무척 구성지다.

비록 버림받은 몸인데도 시만은 물먹은 눈방울이 관조를 넘어 동화를 낳는 것은 그나마 천만다행이었다고 자위나 할까.

끝으로 부용당 운초의 「자조(自嘲)」 첫 수를 옮긴다.

사곡야 화예부인 같이 어렵고	詞難花蘂似
시문으론 어찌 난설헌과 같으리	文豈景樊同
뜬소문이 날 속였구나	浮譽眞欺我
잦은 서울 나들이 번거로울 뿐	頻繁到洛中

시어를 풀이함에 있어 화예는 사곡의 명인 화예부인이고 경번은 난설헌 허부인의 자인데도 무지의 소치로 화예를 꽃술로, 경번을 경치로 풀이하는 우를 범하기도 했다.

여인의 심사 그대로 선배에게 미치지 못할까 그것이 안타까워한 의표를 가식없이 표현되어 있다.

이밖에 여성이 쓴 내방가사로 「화전가(花煎歌)」, 「원부가(怨婦歌)」, 「규원가(閨怨歌)」 등이 있으나 한시에 비해 수준이 떨어진다

위에서 살펴보았듯이 여성어의 최대 보배는 그네들이 언어로 연출한 바로 그네들의 정서에 있다고 하겠다.

외면 예찬

고전소설에 나타난 여성예찬은 과장되거나 강조되었는데 먼저 외면 예찬부터 보기로 한다. 소설에 나타난 여주인공 예찬은 손이나 손목을 비유나 묘사를 동원해서 예찬하고 있음을 흔히 볼 수 있다.

사양을 받으면서 삼각산 제일봉에 봉학이 앉아 춤추는 듯, 두 활개를 살포시 들고 춘향의 섬섬옥수를 반듯이 겹쳐 잡고…

「춘향전」

섬섬옥수로 전라도 진양초에 평안도 삼등초를 설설 펴고 얼른 청동화에 담아 숯불 불 붙여서 춘풍전에 드릴 적에…

「이춘풍전」

한탄하면서 금침을 깔고 그 위에 앉아서 섬섬옥수로 비수를 잡아서 가슴을 푹 찌르고 엎드려서 죽어 버리니…　「숙영낭자전」

헐룡에게 목욕을 시킨 뒤에 섬섬옥수로 빗을 잡고 만수산발 헝큰 머리를 어리설설 빗겨서 황라상투를 짜 주고…　「옥단춘전」

연상을 꺼내 먹을 많이 갈고 청황모 무심필을 흠썩 풀고 백룡화 세지를 연상 위에 펼치더니 섬섬옥수로 붓대를…　「채봉감별곡」

위에서 보듯이 여인의 손을 두고 한결같이 '섬섬옥수'로 찬양하고 있다. 섬섬은 가냘프고 연약함의 뜻이고 옥수는 임금이나 어른들의 손을 말하기도 하나 주로 옥같이 고운 여인의 손을 찬양하는 단어이다. 옥은 맑고 깨끗하며 매끈하다는 이미지인데 여성의 손을 찬양했는데 이는 그 고결함을 예찬하기 위해서이다.

> 광한루 구경처에 그네를 매고 네가 뛸 제 외씨같은 두 발길로
> 백운간에 노닐 적에 홍상자락 펄펄, 백양사 속곳이가…「춘향전」

여성의 발은 남에게 함부로 보여주는 것이 아닌 탓인지 발에 대한 찬양은 손에 대한 예찬만큼 많지 않다.

버선이나 신에 가려 보이지 않아서인지 발가락에 대한 찬양은 전혀 보이지 않는다. 그런데도 발만을 내세워 외씨에 비유해 예찬한 것은 외씨가 작고 아담하며 매끈한 이미지를 담고 있기 때문일 것이다.

발에 비해 피부에 대한 찬양은 매우 다양하다.

> 흰 눈같은 살결에 꽃같은 얼굴이 남방에 유명키로 방첨사 병부
> 사 군수 현감 관장님네 엄지손가락이 두 뼘 가웃씩 되는…
>
> 「춘향전」

> 시부는 비복을 시켜서 불 때까지 매질하라고 엄명하니 사정없
> 이 때리는 비복들의 매를 맞는 낭자의 백옥같은 귀밑에는 흐르나
> 니 눈물이요 눈같은 흰 살결은 유혈이 낭자하더라.
>
> 「숙영낭자전」

여인의 아름답고 고운 피부를 두고 눈의 시각적 이미지를 극대화해

서 여인의 곱고 흰 피부를 찬양하고 있다.

눈에 비유한 것은 눈은 희고 깨끗하며 그러면서 차다는 이미지가 강하기 때문일 것이다.

> 형산의 백옥덩이가 춘향에 비길소냐 옷이 활짝 벗겨지니 도련
> 님 거동을 보려하고 슬금히 놓으면서…　　　　　「춘향전」

> 판사 눈을 들어 보니 그 계집이 연기 이십은 되었고 용색이 백
> 옥같으니 요요작작한 절대가인이라.　　　　　「박씨전」

> 백옥같이 하얀 얼굴에 새까만 두 눈이 이 쪽을 보고 앵도같이
> 빨간 조그만 입술은 바르르 경련을 일으키며…　　　　　「조웅전」

옥은 아름답고 고운 이미지를 풍긴다.

옥 중에서도 형산의 옥이 가장 곱고 아름다운데 그런 형산의 옥에 비유해 피부를 예찬하고 있다.

> 한 선녀가 옥두꺼비를 안고 한가히 조울거늘 살빛은 달빛같고
> 얼굴빛도 달빛같으니 눈이 부시어 감히 우러러보기…　「두껍전」

> 공주는 구진화관을 쓰고 육출문옥패를 차고 칠보석상에서 예
> 하니 안색이 명상하여 추공제월같으니…　　　　　「창선감의록」

여성의 피부를 달빛에 비유해서 예찬하고 있다.

'박속같은 살결', '빙설같은 두 다리' 등 피부가 흰 것을 예찬하고 있으며 '구름같은 살점'이라고 해서 살을 구름에, '얼굴빛은 찬연히 빛나는 아침이슬에 젖은 해당화같다'고 해당화의 이미지에 비유했다.

고전소설에는 허리를 찬양하는 단어도 등장한다.

주로 여인의 가는 허리를 '세류같이 가는 허리', '가는 허리는 마치 버들가지처럼 부드럽고'처럼 관능적으로 찬양했다.

이에 비해 추녀나 악녀에 대한 묘사는 다르다.

악녀나 추녀를 서술할 때는 얽은 얼굴을 두고 '얽기는 콩멍석같으니'나 얼굴의 피부를 두고는 '푸르고 거무데데할 뿐더러 얽기까지', '안색이 먹칠같고' 등으로 추함을 드러내기도 했다. '허리는 두 아름이 나 되는', '퍼진 허리는 열 아름은 되고' 등으로, '보기 싫게 뚱뚱해진 허리는 결코 미인의 기억을 남겨놓고 있는 것 같지는 아니하고' 등 사뭇 과장해서 표현하고 있다.

얼굴에 대한 찬양도 자주 나타난다. '화월 같은 얼굴', '옥면화안', '꽃 같은 얼굴', '꽃다운 얼굴', '아름다운 얼굴은 꽃빛처럼 곱고' 등 여성의 얼굴을 꽃에 비유해서 예찬하고 있다.

> 애랑의 거동 보소. 설음 벌로 지어 도화옥빈 고은 얼굴 웃는 듯
> 벙기는 듯 한심 장탄하는 말이…　　　　　　　　　「배비장전」

> 평안도 월경촌에 계집 하나이 살고 있으되 얼굴은 춘이월 반개
> 도화라 옥빈에 어리었고 초생의 지난 달빛이 …　　　「변강쇠전」

> 부인이 시랑을 청하여 아회를 뵈니 얼굴이 도화같고 향내 진동
> 하니 진실로 월궁 항아라 기쁨이 측량 없거시나…　　「홍계월전」

이처럼 여성의 얼굴을 도화에 비겨 예찬하기도 했다.

이밖에도 '얼굴빛이 이화 같아서', '옥면에 젓는 형용 춘풍세우 도화가지', '백옥같이 수심 어린 얼굴', '옥안을 번 듯 들어', '옥모경아의 기

묘한 절색’, 등 옥에 비유해서 예찬하기도 했다.

야성의 얼굴을 달에 비유해서 ‘얼굴이 뚜렷하여 천심에 돋은 달이 수변에 비최는 듯’, ‘얼굴은 가을달이 구름에 잠기듯’, ‘얼굴은 구름 속의 보름달 같고’ 등으로 표현해 여성의 얼굴을 환하고 깨끗함을 드러내기도 했다. 옛 사람들에게 있어 달은 영원한 생명을 지닌 동경의 대상이었다. 그 까닭은 달이 맑고 밝으며 둥글다는 데서 원만성에서 찾았기 때문일 것이다. 그런 원만함을 신체에 비유시켜 찬양했으며 그것도 초생달, 보름달, 그믐달, 반달에 비유해서 주로 예찬했다.

눈을 찬양한 예를 들어보기로 한다.

추파를 흘리뜨니 새벽비 개인 하늘 경경한 샛별같고 팔자 청산
가는 눈썹 초생편월 정신이오.   「심청전」

여인의 아름다운 눈을 두고 새벽이면 더욱 빛나는 샛별에 비유해서 별같이 아름답다고 찬양하고 있으며 ‘맑은 눈동자’니, ‘푸른 눈동자’니 해서 여인의 아름다운 눈동자를 두고 예찬하기도 했다.

그에 비해 추녀에 대한 묘사는 다르다.

용모를 의논할진되 두 볼은 한 자가 넘고 눈은 퉁방울같고 코는
질병같고 입은 매기같고 머리털은 돼지털같고…   「장화홍련전」

눈을 들어 신부를 보니 키는 거의 칠 척이 되고 퍼진 허리는 열
아름은 되고 높은 코와 내민 이마, 둥근 눈방울은 끔찍이 험하고
수족이 불안하여 걸음을 저는데 인색이 먹칠같고…   「박씨전」

「장화홍련전」에서 계모인 허씨의 눈을 두고는 퉁방울에 직유시켜

못생김을 묘사하고 있다. 「박씨전」에서는 전생의 악업으로 추한 허물을 뒤집어쓰고 있는 박씨를 둥근 눈방울은 끔찍이 흉하다고 표현했다.

여성들의 입과 입술을 찬양한 예도 있다.

채봉은 이 말 듣고 앵두같은 입술을 열어 묻더라.「채봉감별곡」

백옥같이 하얀 얼굴에 새까만 두 눈이 이쪽을 보고 앵도같이 발간 조그만 입술은 바르르 경련을 일으키며 웃소 있지 않는가.
「조웅전」

계랑이 아직은 맑은 목청을 아껴 앵두같은 입술을 꼭 다물고 고운 입술을 열지 아니하여 아직도 맑은 노래 곡조를… 「구운몽」

앵두는 작고 붉으며 앙증스럽다. 미인의 입술은 작고 앙증스러워야 예쁘듯이 여인의 입술을 앵두에 비겨 찬양하고 있다.

이밖에 '붉은 입술'을 한자성어로 '단순호치(丹脣皓齒)', '호치단순(皓齒丹脣)', '옥안주순(玉顔朱脣)'니 해서 붉은 입술을 예찬했다. 그것도 작고 크게 벌리지 않는 것을 찬양하고 있다.

미인의 치아에 대해서도 표현했다.

'흰 이'니, '호치'니, '박속같은 잇속'이니, '고운 이'니 해서 희고 깨끗함을, 미인의 볼을 두고는 '꽃같은 뺨'이니, '뺨은 부풀어져 외롭게 둥근 흰 달과 같은데'니 해서 찬양하고 있다.

그에 비해 추녀에 대해서는 '두 볼은 한 자가 넘고'니, '얽은 것이 추레해서' 등 추함을 지나치게 드러냈다.

볼을 찬양하기도 했다. '꽃송이 꽃', '둥근 흰 달'에 비유해 찬양했고 연인의 볼은 연지처럼 석낭히 곱고 불그레하며 둥근 달과 같이 적당히

살이 쪄야 미인 대접을 받았던 시대의 표현이다.

미인의 머리를 두고는 '난초같이 푸른 머리 광채가 찬란하고'니, '흑운같이 생긴 채진 머리'니 '삼단같은 채머리'니, '구름같은 머리채'니 해서 깨끗하고 청초하며 은은함을 찬양했다.

내면 예찬

여성 예찬은 외면에 치우친 감이 없지 않아 있다.

여인의 외면에 대해 서시, 양귀비, 사마상여에 견줘 찬양했거나 그 이상인 월궁 선녀에 비유시켜 예찬하고 있으나 그렇다고 내면 예찬을 소홀히 한 것은 아니었다.

고전에 나타난 여성은 용모가 빼어났다고 해서 미인 대접을 받은 것은 아니었다. 곱고 예쁜 외모를 가진 여성이라 할지라도 높은 덕성과 품성을 지녀야 미인 대접을 받았다. 품성과 덕성을 지니지 못한 여성은 향기가 나지 않은 요란한 꽃에 지나지 않았다.

그런 탓인지 품성과 덕성을 드세워 예찬했는지 모른다.

일부종사하려 하고 일마다 하는 행실 칠석같이 굳은 뜻이 청송
녹죽 전나무 사시철을 다투는 듯 상전벽해 될지라도 내 딸 마음
변할손가 금은보화 산같이 쌓여 있을지라도…　　　　　「춘향전」

또한 현철하여 임사의 덕과 장강의 색과 목란의 절개라 예기 각
례 내직편과 주남 소남 관저시를 모를 것이 바이 없고 봉제사 접
빈객과 인리에 화목하고 가장 공경 치산범절 백진사가감이라.

　　　　　　　　　　　　　　　　　　　　　　　　　「심청전」

<blockquote>
십여 세가 되어 가니 얼굴이 일색이오 효행이 출전이라 소견이
능통하고 재조가 절등하여 부친전 조석 공양과 모친의 기제사를
지극히 공경하여 어른 압도하니 뉘 아니 칭찬하리.　　「심청전」
</blockquote>

효행이 지극한 데다 착한 성품을 가졌으며 글 읽기를 좋아하고 예의까지 바르다. 게다가 백옥같은 정절까지 지녔으니 남성들은 더 이상 바랄 것이 없었을 것이다.

「심청전」의 곽씨 부인 또한 예외가 아니다.

딸 심청 또한 어머니를 빼닮아 효의 화신이며 「장화홍련전」의 두 소저도 '부모를 효성으로 받들더니 점점 자라 십오 세에 이르매 덕을 구비하니'해서 덕을 갖춘 아가씨로 예찬하고 있다.

<blockquote>
전후곡절을 잘 살피고 늦게 자고 일찍 일어나서 부지런하며 승
상 부부를 친부모처럼 지성으로 섬기고 여러 남녀 비복을…
　　　　　　　　　　　　　　　　　　　　　「숙향전」
</blockquote>

<blockquote>
신부는 시부모를 효성으로 섬기고 남편을 애경으로 섬기며 본
실 숙영 낭자와도 서로 시기를 모르고 화합하여…「숙영낭자전」
</blockquote>

<blockquote>
그 중에서도 옥단춘이라는 기생은 지체가 비록 기생이나 행실
이 송죽 같고 본심이 정결하여 도임하는 수령들과 감사…
　　　　　　　　　　　　　　　　　　　　　「옥단춘전」
</blockquote>

정숙한 여성을, 마음이 빙옥같이 깨끗한 데다 부지런하고 어른을 공경하는 인덕마저 지녔다고 예찬했다.

이런 덕성 찬양은 본부인뿐 아니라 후처나 소실도 그렇다. 한 술 더

떠 본처에 대한 시기심마저 초월한 여성이라고 찬양했다.

비록 기생의 신분이라 할지라도 예외가 아니어서 덕성과 지조를 지
녔다고 찬양했던 것이다.

> 학문과 도덕이 남편만큼 높고 마음이 인자하고 현숙해서 주위
> 사람들은 물론 비복 간에도 열렬한 존경을 받았는데…
>
> 「양산백전」

> 마음 쓰심이 언제나 한결같이 변동이 없으시고 희노를 타인이
> 아지 못하고 무심무념한 듯하시고 성질이 유한하시고 덕도가 빈
> 빈하시고 효성이 남달리 뛰어나시고 마음이 겸손하시어 모든 면
> 에서 화기 봄볕과 같으시되 단엄침중하신 기상이 감히 우러러…
>
> 「인현왕후전」

위의 인용문에서 보듯이 「양산백전」의 왕 씨는 학문과 도덕이 남편
만큼 높은 데다 마음마저 인자해서 주위 사람들의 존경을 한 몸에 받는
인물로 서술하고 있다.

인현왕후를 두고도 봄볕과 같고 높은 절개는 '한천 송백'과 같다고
예찬하고 있다.

서포 김만중의 「구운몽」에 나오는 태후는 자기 딸을 두고 '내 딸 아
이는 남의 재주 사랑하기를 제 몸에 있는 것같이 하고 남의 덕행 공경
하기를 목마른 사람이 물을 찾듯이 하니' 해서, 남을 귀히 여길 줄도 알
고 있다고 예찬하고 있다.

이상으로 왕가, 재상가, 궁녀, 양가의 주부나 처녀, 기적에 오른 기생
에 이르기까지 품성과 덕성을 예찬했다.

효성도 지극하고 남편이나 시부모를 잘 섬기며 손님접대는 물론 이

웃에게 화목하는 여성이 남성들의 바람이었을 것이다.

그런데 여성으로서는 미모와 덕성을 고루 갖추기는 쉽지 않았을 것이다. 그러기에 이를 의도적으로 강조했는지도 모른다.

선인들은 외면과 내면 중 어느 쪽을 소중하게 여겼을까? 그런 예문을 다음에 인용한다.

> 금련이 천하일색인 것만은 틀림없더라. 월대와 다르다고 하는 점은 그 육체적인 것이라기보다는 오히려 정신적이 면에 있다고 해야 좋을 일이더라.　　　　　　　　　　　「조웅전」

> 신부 비록 외모 불미함이 있은들 무엇이 저리 놀라워하리. 여자의 도리는 현숙함이 근본이요 용모 아름답지 못함은 상관할 바 아니어늘 네 어찌 색을 취하고…　　　　　　　　「박씨전」

조선조는 유교를 국시로 삼고 여성의 덕성을 강조하긴 했으나 시나 소설에서 덕성을 예찬 그런 예는 극히 드물다. 여성찬양은 관능적인 미를 드세운 것이 많다.

이밖에 재질이나 재능을 찬양한 예도 있다.

서거정은 『동인시화(東人詩話)』에서 우리나라는 여성으로서 학문하는 일이 전혀 없었기 때문에 비록 아름다운 재질을 가지고 있으나 오직 방직만 힘썼기 때문에 여성의 시가가 전하는 것이 드물다고 했다. 홍만종도 『소화시평(小華詩評)』에서 여성은 무재유덕이라고 해서 공부시키는 것을 금지시켰다.

하물며 사대부 집안에서조차도 부도를 익히는데 필요한 것만 가르쳤으며 언문을 깨쳐 의사 표시만 할 수 있도록 했을 뿐이라고 했다.

이런 실성인네노 산문에 나타닌 여성의 재질에 대한 표사는 현실과는 전혀 다르다.

　청상루에 홀로 앉아 오동복판 거문고를 무릎 위에 올려놓고 탁문군을 꾀어내듯 사마상여 봉황곡을 둥흥동동 지둥당 타는 소리에 춘풍의 심신이 황홀하여 미친 마음이 절로 난다.　「이춘풍전」

　남소저는 용모가 기이할 뿐더러 시서를 능히 외우며 여공에 못할 것이 없고 또 면목이 청수하여 일점 티끌이 없으니…

　　　　　　　　　　　　　　　　　　　　　　「창선감의록」

　화용월태는 모란꽃이 아침 이슬을 머금은 듯했고 문장은 이·두를 따르며 침선은 소약란을 따를 만하더라.　　　「채봉감별곡」

　이제 와서는 계양은 절세가인이고 요조숙녀가 되어 서시서는 물론 천문지리와 손오병법에도 능통하고 게다가 창쓰기를 잘해서 동네 사람들이 규중호걸이라고 일컫는 판이더라. 「장국진전」

　얼굴이 고운 데다가 교양이 있고 특명하고 재기가 있어서 시와 서예 아니 통함이 없었으니 말하자면 시인의 감정과 학문의 열이 있는 것이더라. 이것은 미인에 대한 금상첨화라.　　　「조웅전」

　족자를 걸고 보니 필법이 정묘하여 한 곳도 구차함이 없고 온후유순한 덕성이 글씨에 나타나니 공과 두 부인이 칭찬함을 마지 아니하고 글을 보매 그 글에 하였으되…　　　「사씨남정기」

　토호필을 뽑아 용미연을 열고 웅풍전을 펴놓고 칠언율시를 쓰고는 이별에 붙여 읊더라.　　　　　　　　「영영전」

이는 여성도 시율이 능함을 보여주고 있는 것이 된다.

따라서 양가의 규수에게는 침선 이외에도 시서문필이 필수 조건임도 알 수 있게 해준다.

그런데 조선조는 여성이 제자백가서나 시에 통달하기는 거의 불가능한 일이었다. 절세가인이 침선이나 시서, 더욱이 병법에 능하다고 한 것은 한갓 소설적인 표현에 지나지 않는다.

그것은 소설적인 상상이기보다는 현실생활에 있어 여성의 꿈이었고 이상이었는데도 말이다.

『이 세상에서 가장 오랜 시간에 걸쳐 쓴 편지』에서

「진달래꽃」의 전통성

소월시의 시사적 의미

근대시다운 시가 제 모습을 드러내기 시작한 것은 안서가 마련한 자양에 힘입은 소월로부터 비롯했다고 할 수 있다. 흔히 소월의 시를 민요조란 말로 가볍게 일축하는데 앞으로는 전통적인 민요조의 변이가 그의 시에 육화되어 보편성과 참신성을 지녔다는 의미로 받아들여야 할 것이다. 민요조란 말은 대중성을 의미하며 시가 지니는 음악성과도 직결되어 독자와 쉽게 접근할 수 있는 장점을 지닌다.

따라서 소월의 시가 이룩한 업적은 시·공간을 초극한 운율의 정점에 우뚝 서 있다고 하겠다.

또한 소월의 시에는 시인의 뼈아픈 삶이나 별다른 개성도 없으며 시대의식이나 심오한 사상이 없다 해서 경시하는 경향도 없지 않아 있다. 그렇다고 하더라도 시대의식이나 심오한 사상 대신, 보편적인 민족의 정서를 육화하여 시·공간을 초극한 민족시인으로 시사에 찬연히 빛니고 있음은 부인할 수 없다. 이유는 그를 계승한 시인들이 끊임없이 뒤를 잇고 있고 그의 전통성은 후세 시인들에 의해 지속적으로 추구되고 있음이 이를 시사하고 있기 때문이다. 한 예로 그를 계승한 시인으로는 10년 뒤 영랑이 놓이고 다시 10년 뒤 목월[1]이 이어받고 있기 때문이다. 뿐만이 아니라 지금도 독자들에게 쉼 없이 확인되고 있지 않은가.

이러한 일군의 시인들은 의지나 이념보다는 원형적인 정서를 육화했는데 다름 아닌 운율에 힘입은 바 크다고 하겠으며 독자는 이들에게서 원형적인 구원의 합일과 외래사조에 물들지 않은 순수 본연의 전통 정서가 육화된 시 정신의 소산을 보게 된다.

소월은 「진달래꽃」을 발표한 불과 몇 년 사이, 활동으로 근대시를 개화시켜 알찬 결실을 이룩하게 된다. 「진달래꽃」「산유화」「초혼」「금잔디」로 이어지는 그의 시는 전통적 운율의 변이, 향토색으로 착색된 자연친화, 전통적인 민족의 한과 체념이 화음을 이룬 전통시의 기적을 낳았다는 시사적 의의를 지닌다.

1920년대 서구 모방주의가 빚은 기형적인 시단에서 누군가는 전통적 정서의 자리로 돌아와야 하는 시대적 요청에서 출발한 시인이 바로 소월이다.

소월의 시사적 의미는 그가 근대문학사상 최초의 전통시인이며 근대시가 어떻게 전개되든 한번쯤은 전통적인 정서를 여과하지 않으면 안 된다는 문학적 과제를 해결해 준 점이다.

소월시의 공통분모는 전통에 접맥된 민요조이다.

전통의 맥락을 이은 민요조가 지향하는 삶의 궁극적 의미는 순수본연으로 동화된 한과 체념이다.

이러한 한과 체념의 본질을 파악하는 시편으로 「진달래꽃」을 대상

---

1) 오탁번 : 《현대시의 전개와 양상》

으로 했으며 7·5조 운율의 변용이 낳은 3음보는 민족의 리듬[2]으로 현대에도 생동하는 영원한 운율이 아닐 수 없겠다.

전통성의 뿌리, 「헌화가」

사람은 회자에서 정이 우러나고 정리에서 그 정은 승화된다. 문자 그대로 회자정리라고 할까? 그리고 별리의 변주인 기다림은 비원의 원초적 정서가 된다. 이 또한 거자필반이라고 할까. 이러한 차원 높은 비원은 보편적인 정서인 동시에 민족적이며 인류적이다. 아울러 시·공간을 초극하며 그 생명은 영구하다.

그런데 별리는 소월에게 있어 개인적인 별리이나 나아가서는 민족적인 별리로 결부된다.

이러한 별리는 1920년대의 시대상을 파악한다면 임의 상실은 곧 고향상실이며 나아가 조국상실의 비원으로 비약이 가능하다.

비록 소월의 감정은 개인적인 특수성을 지닌 정서이지만 보편적인 정서로 이어지며 보편적이고 집단적인 정서는 민족적이며 전통적인 정서로 직결된다.

그러기에 그의 시는 전통적인 운율과 민족적인 한이 낳은 것이며 소월다운 착상이 잉태한 결실이 아닐 수 없다.

소월의 시는 형식과 이미지로 보아 민요적인 것이 아니면 민요의 변이요 변주[3]이며 나아가 시조의 변이요 변성과도 같은 것이다. 그리고 그의 시작은 직접성·반복성·여음·낭만적인 비극의 정서[4]로 이어

2) 김대행 : 김소월 시의 「접동새」
3) 박철희 : 「김 소월 시작품의 정체」

지는 민요의 특성을 골고루 지니고 있다고 하겠다.

그렇다고 하더라도 소월의 시는 대중적인 민요시, 곧 민족적이며 국민적인 시로 이해해야 한다. 「진달래꽃」은 민요조의 형식을 빌려 쓴 자유시이며 낭만시이다. 민요조는 전통성을 필연적으로 수반하게 되며 전통성의 연원을 「헌화가」에서 발견할 수 있다.

요컨대 「진달래꽃」은 신라가요의 연원에서 고려가요를 접맥한 차원 높은 정점을 점유했다고 하겠다.

> 자줏빛 바위 가에
> 잡은 암소 놓게시고
> 나를 아니 부끄러워하면
> 꽃을 꺾어 바치리다
>
> 「헌화가」5)를 이해하기 쉽게 윤문했음, 이하 같음

실명노인의 「헌화가」는 민요일시 분명하다. 왜냐하면 한 민족의 원초적 시가이며 시의 공동체적 고향은 바로 민요이겠기 때문이다.

「헌화가」의 철쭉꽃은 비록 수로부인이라는 실체가 있으나 임에 대한 실명옹의 대자적 정서이다.

그 꽃은 실명옹이 생명의 위험을 무릅쓰고 깎아지른 절벽을 올라야 했던 숙명적인 꽃, 노년의 망령이 아닌 영원한 젊음과 아름다움을 동경하는 인간의 보편적인 꽃6) 이상의 꽃이다.

그런데 그 꽃은 실명노인의 꽃만은 아니다. 곧 천년 전 신라인의 꽃이요 민족 공동의 꽃이며 우리의 정서를 대변하는 살아있는 꽃이다.

---

4) Herbert Read : Phases of English Poetry, p. 26.

5) 양주동 : ≪고가연구≫, p. 195.

6) 김렬류 : ≪한국민속과 문학연구≫, p. 274

시가 개인의 자아에서 잉태하여 분만하더라도 그 시는 어디까지나 독자의 것이 된다. 마찬가지로「헌화가」의 꽃은 신라인의 꽃인 동시에 시·공을 초극한 우리의 꽃이다.

그리고 개인적인 무의식은 그 자체일 수도 있겠으나 그것이 민족적이고도 집단적인 정서로 보편화할 때, 민족적인 것을 초극해 인류적인 무의식으로 승화되듯이「헌화가」는 어느 한 특정인에게만 매혹되는 것은 아니다. 그것은 바로 우리 개인의 정서에 융합하여 매혹되는 의식의 흐름이다. 저 불교적인 산화공덕을 들먹이지 않더라도 꽃은 축복인 동시에 관심을 간접적으로 표현하는 정서의 대상이 아닌가.

이런 의미에서도「진달래꽃」은 시적 연원이「헌화가」에 닿아 있다. 「헌화가」는 신라인의 낭만 속에 살아 있는 꽃이며「진달래꽃」은 우리의 감동 속에 살아 숨 쉬는 꽃이다.

「헌화가」는 실명옹이 노래하고 염원한 낭만이 아니라 철쭉꽃이 실명노인으로 하여금 낭만의 현신으로 탈태하게 했듯이「진달래꽃」은 소월이가 육화한 것이 아니라 진달래꽃이 소월로 하여금 차원 높은 별리의 정한으로 환골하게 했다고나 할까.

그런데 본질적으로「헌화가」나「진달래꽃」은 하나의 표상이며 상징이다.「헌화가」나「진달래꽃」은 실명옹이나 소월로 하여금 시상을 제공해 주었을 뿐이다.

더욱이 시를 감상한다는 자체는 자아 속에 깃든 보편성을 찾아내어 민족적이고도 집단적인 것으로 전이시키는 데 있음에랴.

시는 언어를 매개로 하는 예술이다.

그런 면에서 본다면,「헌화가」나「진달래꽃」의 차이점은 발견할 수 있다.「헌화가」는 말이라면「진달래꽃」은 시어이다. 곧 언어와 시어의 차이이다. 이런 외연적인 차이는 있으나 이들 시가에 내재되어 있는 주된 정서인 보편성은 동일하다.

「헌화가」나 「진달래꽃」에서 매력적인 구조는 민요조이다.

'곳홀 걱가 받즈볷 리이다.'와 '사뿐히 즈려 밟고 가시옵소서'로 이어지는 정서적 등가물은 극적인 맥락을 연출하고 있다. 실명옹이 생명의 위험을 무릅쓰고 절벽을 기어올라 꽃을 꺾어 바치는 극한 상황적인 낭만이나 지순한 여인이 떠나는 임에게 꽃을 따다 뿌려 주는 축복은 시공을 초극했으며, '죽어도 아니 눈물…'로 이어지는 극한상황은 우연의 일치일 수만은 없겠다.

뿐만 아니라 이 두 시가의 사조는 낭만성이며 소재의 공통점은 꽃이다. 실명옹이 젊어서 이루지 못한 사랑을 늘그막에라도 이루어 보겠다는 눈물겨운 정한과 지순한 여인의 정한을 연출한 소월의 정서와는 일맥상통한다. 그리고 민족적 정서가 집약되어 극적으로 나타난 정서가 민요조라는 공통분모까지 지니고 있다.

이상으로 「헌화가」는 신라인이 노래한 낭만이며, 「진달래꽃」은 소월이 연기한 낭만이라는 거리감은 어느 정도 좁혀 질 수 있다.

고려가요와의 접맥

「진달래꽃」의 고려가요 접맥은 비단 「가시리」에만 국한된 것은 아니다. 「헌화가」와 마찬가지로 「진달래꽃」은 개인적인 정서가 아니라 보편적인 정서에 닿아 있으며 민요조의 운율을 지닌 민족의 정한을 노래하고 있기 때문이다.

그런데 민요의 체험 대상은 대중이며 민족이다. 민요는 대중과 민족의 정서를 담는 조촐한 그릇이다.

이런 조촐한 그릇을 우리는 「동동」에서 보게 된다.

> 삼월 나며 개화한
> 아 만춘 달래꽃이여
> 남이 부러워할 모습 지니셨다
> 아으 동동다리   「동동」

‘들 윗곳’의 상징은 소월의 무의식 속에 깃들어 있다가 우리들에게
직관으로 전달되고 있다.

「동동(動動)」은 사랑의 일대 파노라마요 여인들의 비련이 실체인데
소월이 이어받아 「진달래꽃」에다 용해시켜 놓았다.

소월은 민족의 심층에 내재된 전통적 정서를 이어받아 자기체험으
로 발전시켜 보다 새롭게 표현하기는 했으나 현대시가 갖는 특수성을
수용하지 못한 흠이 있다고 한다. 곧 과거를 이어받아 현재를 자각하는
자아의 새로운 인식이 부족했다고 할까.

그러나 소월이 이런 전통을 이어받아 이를 계승하고 수용할 수 있었
던 천재성으로 말미암아 민족적인 공통분모에서 한과 체념을 우려내
어 감동을 자아낼 수 있었음은 주목하지 않을 수 없다.

> 어디에 던지던 돌인가
> 누구를 맞추던 돌인가
> 미워할 이도 사랑할 이도 없이
> 맞아서 우니노라   「청산별곡」

실연의 비애, 곧 사랑의 상처와 아픔이 「진달래꽃」에서는 극한상황
적인 체념으로 이어진다.

「청산별곡」은 현실에 대한 남성의 한과 체념이라면「진달래꽃」은 미래지향적인 여성의 체념이다. 은둔으로 해결할 수 없는 현실적 삶의 고뇌를 '조롱곳 누로기 미와 잡스와니 내 엇디 ㅎ리잇고'처럼 술로 달랠 수밖에 없는 인생고가 섬세한 음악성에 용해되어 남성적으로 나타났듯이, '죽어도 아니 눈물…'은 한국 여성 특유의 매몰찬 자제와 인고의 토운으로 이어지고 있다.

> 붙잡아 두어라마는
> 서운하면 아니 올까 두려워
>
> 서러운 임 보내오니
> 가시는 듯 도셔 오소서   「가시리」

흔히 소월의「진달래꽃」은 멀리 고려가요「가시리」에 그 전통적 맥이 닿아 있다[7]고 한다. 이를 인정한다면 전통적 맥은 과연 무엇일까?

4연으로 배열되었다는 점과 별리의 한을 제재로 슬픔을 참고 견디며 고이 보내드리겠다는 지순.

그런데「가시리」는 고이 보내 드리듯이 쉬 돌아오라는 조건부,「진달래꽃」은 헌신적인 사랑의 승화로 시종하고 있다.

즉 3연의 '선ㅎ면 아니율세라'에서 내적 욕구로의 삽상한 전환은 실한 듯 허하고 허한 듯 실한 한국 여심의 실상이며 '나 보기가 역겨워…'는 외적 호소로서 체념과 굴종이 낳은 전통 윤리의 미련으로 대응된다. 또 '가시는 듯 도셔 오쇼셔'는 구속과 제약을 함축하며 임이 떠나는 현실을 직시하는 여성 특유의 에고가 결사를 이룬 데 비하여 '죽어도 아니 눈물…'은 극한상황적인 여성 특유의 매몰찬 자제와 인고가 승화되

---

7) 문 덕수 : ≪한국의 현대시≫

어 체념과 인고를 연출한 결사 자체이기 때문에 전혀 다르다.

따라서 「진달래꽃」은 「가시리」보다는 「서경별곡」으로 접근한다.

> 구슬이 바위에 떨어진다고 한들
> 끈이야 끊어지겠습니까.
> 천년을 외로이 지낸다고 한들
> 신이야 끊어지겠습니까
>
> 대동강 넓은 줄 몰라서
> 배 내어 놓았는가, 사공아
> 네 각시 음한 줄 몰라서
> 가는 배에 얹었는가, 사공아
> 대동강 건너편 꽃을
> 배 타 들면 꺾으리이다   「서경별곡」

「서경별곡」은 민요적 성격을 띤 탓인지 평민계층에서 애송된 시가[8]이며 「청산별곡」과 함께 문학성이 뛰어난 작품이다.

혼히 별리의 애절한 단장곡(斷腸曲)은 극한상황으로 연출되기 일쑤이기 마련 아닐까.

「서경별곡」에서도 임과는 어쩔 수 없이 헤어진다고 하더라도 임에게 향하는 뜨겁고도 매운 일편단심이야말로 한국 여성의 내면에 면면히 이어온 정서이다.

은유와 설의, 직서와 설의로 이어진 '信 잇든 그츠리잇가'는 믿음의 극대화, 사랑의 극진함은 물론 원망과 체념이 승화된 서정시의 극치를 이에 와서야 또 대면하는 기쁨을 누리게 된다. '즈믄 히를 외오곰 녀…'

---

8) 박 병채 : ≪고려가요의 어석연구≫. p.194.

에서는 불변의 사랑도 떠나가는 임을 어찌할 수 없었던지 엉뚱하게도 뱃사공에게로 그 앙탈이 반전하는 표현의 묘는 이 시가의 백미이다.

급기야 하 많은 원망도 사랑의 방편인지 '네 가시 럼난디…'로 서릿발 같은 원망의 초극을 극대화하고야 만다. 「가시리」의 '선ᄒ면 아니 올세라/ 가시ᄂᆫ 듯 도셔 오쇼셔'는 사뭇 소극적인 애소, 감칠맛 나는 애교로 받아넘길 수 있으나 「진달래꽃」의 '죽어도 아니 눈물…'은 가시 같은 여인의 푸념이 앙징스럽다 못해 애교가 뚝뚝 떨어 현실적인 여인의 앙탈로 되살아난다.

'大同江 건너편 고즐여'는 「헌화가」와도 접맥되는 우연의 일치를 보게 되며 뿌리치고 떠나는 임이야 가는 곳마다 새로운 임을 얼마든지 사랑할 수 있다는 체념이 우러낸 여인의 넋두리이다.

이러한 넋두리는 현실을 쉽게 체념하고 극복할 줄 아는 한국적 여성의 한 단면이 아니겠는가.

그러기에 「진달래꽃」에서 '죽어도 아니 눈물…'로 이어받은 원망과 체념은 지순한 사랑의 극치로 연출할 수밖에 없었다. 한과 체념은 침잠된 내재 속에 응어리진 긍정된 자기비애이다. 별리에서 연출되는 사랑의 확인, 굳이 떠나는 임을 그 이상 원망할 수 없는 지순, 임에 대한 미래 의지적인 애원은 '죽어도 아니 눈물…'로 이어져 이열치열의 묘(妙로 비애미의 극치를 낳을 수 있었던 것이 아니겠는가.

「진달래꽃」은 저 별리의 백미 정지상(鄭知常)의 「송인(送人)」과도 일맥 상통함을 또 발견한다.

비 멎자 긴 둑에 풀빛이 파릇파릇
남포로 임이 떠나는데 슬픈 노래 울려 퍼지네.
대동강 물이야 언제 마르리.
해마다 해마다 이별의 눈물 보태는 데야.

雨歇長堤草色多
送君南浦動悲歌
大同江水何時盡
別淚年年添綠波   「송인」

「송인」의 ‘別淚年年添綠波’에 스민 별리의 순애는 ‘죽어도 아니 눈물…’로 직결됨을 쉽게 발견할 수 있다.

지상(知常)은 두보(杜甫)의 ‘別淚遙添錦水波’를 슬쩍 점화(點化)한 기법[9] 바로 그것이며 소월의 ‘죽어도 아니 눈물…’은 「송인」의 결사를 그대로 환부작신한 바로 그것은 아닐까.

그런데 「가시리」는 별리와 별리의 정한을 읊은 보편성으로는 「진달래꽃」과 일치하지만 불타는 사랑, 핏빛 진한 사랑을 상징하는 꽃은 없다. 또한 「가시리」의 ‘가시는 듯 도셔 오쇼셔’는 구속력과 제약이 따르는 조건이 있으나 「진달래꽃」은 ‘죽어도 아니 눈물…’로 그 맥락을 이어받은 전통성은 보다 자명해진다.

어쨌거나 「진달래꽃」은 「헌화가」나 「서경별곡」도 아닌 소월이가 춤추고 노래한 소월의 시일뿐이다.

그러면서도 전통에 접맥되어 「헌화가」나 「서경별곡」을 이어받아 보편적인 민족의 정한을 노래하고 있음에랴.

이런 시 작업을 한 소월의 등장은 시대적 요청이었다.

그는 우리의 근대시가 서구의 근대적인 자유시를 수입하여 맹목적으로 모방하고 추종하던 시대, 외래조류의 화려한 ‘시의 도금시대’를 이룬 시기[10]에 등장했다. 이 시기는 한국적인 시가 개척되어 우리의 근대시를 이끌어 가야 하는 사명감이 절실한 즈음인데 이러한 요청에 부

---

9) 이병구 : 《두시의 비교문학적 연구》. p.86.
10) 박목월 : <신시의 첫 귀향자인 소월>

응해 훌륭한 전통시의 정점을 확립했다.

미당(未堂)은 소월의 '전통에의 환원'을 '고향이 부르는 소리에 쏜살같이 달려온 것'이라고 웅변하고 있다.

이처럼 고향이 부르는 소리에 호응한 민족의 정서는 「헌화가」로부터 연원해서 「서경별곡」으로 이어지고 「진달래꽃」에 와서야 정수를 누리게 되는데 내적 판단으로 보아 시는 영원히 존재해야 하며 이 불변의 시론도 시의 본질에 있음도 주목해야 한다.

이런 점에서도 그의 시는 민요적 운율은 시·공감을 초극한 공감대를 자아내며 내면적 충동을 가장 잘 표현할 수 있는 동적 구조라고 할 수 있다. 따라서 「진달래꽃」은 우리 시사의 전승적으로만 국한시켜 풀이하기보다는 전통에의 접맥과 살아 있는 전통시로 이해되어야 한다.

「진달래꽃」의 전통성

1922년에 발표된 「진달래꽃」은 소월의 출세작이자 대표작이다. 월탄(月灘)은 '무색한 시단에 비로소 소월의 시가 있다'고 상찬했다.

박두진(朴斗鎭)도 '이 이상 더 깊고 맵고 서럽게 표현될 수 없을 만큼 완벽하다'고 극찬했다.

뿐만이 아니고 「진달래꽃」은 소월로 하여금 대중시인, 국민시인의 칭호를 받게 한 결정적인 시이다.

이처럼 추앙받는 이유는 어디에 있을까?

하나는 시가 이해하기 쉬운 내용과 형식을 가지고 있다는 점일 것이다. 흔히 이야기하듯이 그의 민요조는 쉽고 간결한 가락, 소박하고 구수한 구어체의 정수를 원용한 7·5조의 운율이며 이러한 운율은 민족적이며 국민적인 리듬을 환기시켜 준다고 한다.

둘은 그의 시는 소재나 내용이 보편적이고 집단적인 정서를 지녔다는 점일 것이다. 소월은 관념주의가 아닌, 민족적 정서, 곧 이별·동경·체념·비애·한 등 쉽게 친근할 수 있는 정서를 기조로 했다.

이러한 시의 생명은 전통성, 보편성의 정신에 닿아 처절한 호소력과 강렬한 감동을 수반하기 마련이다.

> 나 보기가 역겨워
> 가실 때에는
> 말없이 고이 보내 드리우리다.
>
> 寧邊의 藥山
> 진달래꽃
> 아름 따라 가실 길에 뿌리우리다.
>
> 가시는 걸음 걸음
> 놓인 그 꽃을
> 사뿐히 즈려 밟고 가시옵소서.
>
> 나 보기가 역겨워
> 가실 때에는
> 죽어도 아니 눈물 흘리우리다.　　　　　　　　「진달래꽃」

이런 「진달래꽃」을 두고 종래의 설부터 음미해 본다.

흔히 현대시에 있어 4연으로 배열되어 있으면 그 형식미에만 치중하여 기(起)·승(承)·전(轉)·결(結)로 구성되었다고 풀이하고 있다.

「진달래꽃」도 예외는 아니어서 한시처럼 기·승·전·결로 구성되었으며 압운과 함께 정형을 이루는 형식미를 중히 여겼다.

    강이 파라니 새 더욱 희고

    뫼가 푸르니 꽃빛이 불붙는 듯하도다

    올 봄이 보니까 또 지나가나니

    어느 날이 돌아갈 해인지

    江碧鳥逾白

    山靑花欲燃

    今春看又過

    何日是歸年 「두시언해 : 권10 · 17 참조」

이 절구「絶句」는 기 · 승 · 전 · 결의 정칙으로 되었다.

이를 도표로 그려 풀이하면 다음과 같다

            대조
기 : 碧 ← → 白
댓구 ↕   대조   서경
승 : 靑 ← → 燃 (紅)   ↓
   「시상의 급전」
전 : 세월무상
댓구 ↕   ↑
               서정
결 : 향사 (鄕思)

    도표에서 보듯이 춘경에서 시상을 촉발시켜 향사(鄕思)로 이끌어 간, 이른바 선경후정(先景後情)의 수법 그대로라고 하겠다.

    기 · 승구에서는 선명한 색채로 아로새겨 작가 자신의 심사를 '곳 비치 블   는 듯도다'로 한 폭의 시중유화(詩中有畫)[11]를 구상화한 선경이 생동한다. 전·결구에서는 이제까지의 시상을 완전히 반전시켜, 세속어 그대로 180° 전환시켜 만단정회(萬端情懷)를 향사로 감싼 후정이 눈물겹다고 하지 않을 수 없다.

이유는 한시의 정법이 다름 아닌 '전(轉)'의 묘에 있음에랴.

현대시에 있어 이 한시의 '전'처럼 시상의 급전을 촉발한 유(類)가 있을 수 있을까? 물론 없다.

설혹 있다손 치더라도 극히 드물 것이다. 왜냐하면 한시는 정형시이며 현대시는 자유시이겠기 때문이다.

「진달래꽃」에서 '전'에 해당하는 연은 3연인 '가시는 걸음 걸음/ 놓은 그 꽃을/ 사뿐히 주려 밟고 가시옵소서'이다. 이 3연 어디에 '승'인 2연의 '영변에 약산/ 진달래꽃/ 아름 따라 가실 길에 뿌리우리다'와는 다른 급전의 시상을 찾아볼 수 있단 말인가. 2연은 산화공덕(散華功德)에 직결되는 행위, 곧 임에 대한 절대귀의의 사랑이며 3연은 2연을 그대로 이어받아 심화시킨 임 앞에 스스로 던지는 정감의 결정이다.

그것도 시적인 의미라기보다는 별리의 구체적 행위로 음미해 봄 직하다. 자기를 버리고 떠나는 임에게 꽃을 뿌려 축복해 준다는 단순한 자기희생이나 별리의 정으로 승화된 지순이기보다는 일종의 자기전략적인 여인의 자신감으로 풀이할 수도 있다.

그러므로 「진달래꽃」의 구성을 기·승·전·결로 풀이할 수는 없다. 물론 「진달래꽃」만이 아닌 현대시에 있어 기·승·전·결로 연을 나누는 우를 이제는 벗어나야 할 때가 왔다고 본다.

또한 「진달래꽃」은 수미상관(首尾相關), 수미쌍관(首尾雙關)으로 구성되었다고 한다. 그것은 사실일 것 같다. 왜냐하면 1연의 '나보기가

---

11) 이 병주 : 《시성두보》. p.161.

역겨워/ 가실 때에는'과 4연의 '나 보기가 역겨워/ 가실 때에는'이 행이나 잣구 하나 변동 없이 상통함에야.

그런데 이렇게 파악하는 데는 문제점이 많다. 그 예(例)로 청마(靑馬) 유치환(柳致環)의 「울릉도」란 시를 인용해 보자.

> 동쪽 먼 심해선 밖의
> 한 점 섬 울릉도로 갈거나.
> 금수로 굽이쳐 내리던
> 장백의 멧부리 방울 뛰어
> 애달픈 국토의 막내
> 너의 호젓한 모습이 되었으리니,
>
> ………………………………
>
> 멀리 조국의 사직의
> 어지러운 소식이 들려 올 적마다
> 어린 마음 미칠 수 없음이
> 아아, 이렇게도 간절함이여!
>
> 동쪽 먼 심해선 밖의
> 한 점 섬 울릉도로 갈거나.　　　　　　시집 『울릉도』

「울릉도」는 6연으로 되었으나 3·4연은 생략했다.

이 시는 수미쌍관의 순환법으로 형식미가 가즈런하다는 데 거부반응을 느끼지 않는다. 아니, 지당한 것으로 받아들여진다.

왜냐하면 이 시의 첫연과 끝연은 행의 배열이나 시어에 있어 잣구 하나 변동이 없겠기 때문이라고 할 수 있다.

첫연은 '심해선 밖'이 강조되어 아득히 멀리 떨어진 한 점 섬이라는 점을 심화한데 비해 끝연은 '갈거나'에 시상이 함축되어 국토애의 절정이 안스럽기만 하다.

이처럼 첫연과 끝연이 행의 배열이나 잣구 하나 변동없는 시에 있어서도 이미지로 보아 차원은 다르다.

하물며 「진달래꽃」에서는 1연의 '말없이 고이 보내 드리우리다'와 4연의 '죽어도 아니 눈물 흘리우리다'는 극과 극의 상충이다. 물론 극과 극은 통한다고 하지만 이 경우는 다르다.

1연의 '말없이 고이 보내 드리우리다'는 하 많은 하소연이야 한이 없으나 그것을 참고 견뎌내겠다는 유교적 전통사회에서만 볼 수 있는 굴종과 체념의 절대 윤리가 밑바닥에 저류하면서도 결코 가셔질 수 없는 사랑의 미련이 뚜렷하다.

그런데 4연의 '죽어도 아니 눈물 흘리우리다'는 한국 여성 특유의 매몰찬 자제와 인고를 대변하며 '아니'를 도치함으로써 그 효과는 배가된다. 이 극한상황적인 별리로의 승화야말로 운율 창조의 천재라는 소리를 듣게 되었으며 표현의 극치가 아니겠는가.

4연 그 어디에서 1연과 동일한 이미지를 느껴 볼 수 있단 말인가.

만약 있다고 한다면 그것은 형식미를 지나치게 강조한 나머지 시의 생명인 이미지를 경시한 우에서 나온 수미쌍관(首尾雙關)일시 분명하다. 해서 이제라도 「진달래꽃」에서 수미쌍관의 형식미를 들먹이는 우를 되풀이할 수 없다.

어쨌거나 구구한 사설은 사족에 지자지 않는다.

1연부터 당돌하게도 '나보기가 역겨워'로 착상되어 박진감이 넘쳐 흐른다. '말없이'는 하 많은 사연과 원망이 함축되어 있지만 그러한 하소연과 원망일랑은 오지 참고 견디겠다는 헌신적 사랑으로 승화시켜

가는 초극의 의지가 담겨 있다. 이러한 의지는 '나'를 버려두고 떠나는 임도 임이라는 지순한 정신적 기조 위에서만 가능하다.

2연은 영변에 있는 약산 등대의 진달래꽃을 아름 따라 뿌려 주는 축복. 이 심정이야말로 사랑이 무한에 미쳐 축복으로만 임과 이별할 수 있다는 지순의 절정이다. 육체와 육체가 뜨겁게 결합하는 사랑, 눈앞에 닥쳐온 열정적인 사랑이 아닌, 체념하고 심화되어 확대된 사랑, 곧 하늘같이 가없고 바다처럼 드넓은 사랑이다.

산화공덕(散華功德)으로 승화시킨 불타의 자비와도 같은 지순한 사랑은 임이 가시는 걸음걸음을 한층 영화롭게 해 주며 아울러 원망을 초극한 사랑의 순정이 오히려 눈물겹게 한다. '영변에 약산'에 내포된 향토적 정서는 민요조의 극치를 배가했다고 할까. 소월에게 있어 향토적 서정은 자연귀의로 이해될 수도 있다.

소월뿐만 아니라 동·서 고금을 막론하고 자연을 노래했는데 그 노래한 방법의 차이는 다르나 궁극적으로 추구한 자연귀의는 영원성 그 것이다. 여기서 소월의 자연귀의는 동경 그 자체로 끝나 버리는 아쉬움이 있는데다 경험의 세계이며 추한 인간의 세계이다.

「산유화」에서조차도 '저만치 혼자서 피어 있네'라고 자연을 동경하고 자연에 몰입하려는 일체감은 실패하고 만다.

이를 두고 김동리(金東里)는 조선의 서정시가 도달할 수 있는 한 개 최상급의 해조(諧調)이며 기적적인 완벽성의 시라고 극찬했는데 이는 '저만치'의 거리감을 두고 한 말일 것이다.

그렇다고 하더라도 그것은 소월과 자연과의 거리감에 지나지 않으며 소월의 인간적 고뇌를 이해하지 못한 상찬일 수밖에 없다. 왜냐하면 그것은 고독한 자아가 '저만치'와 '혼자서'에 투영된 세계임을 간파한다면 쉽게 이해될 수 있겠기 때문이다.

소월과는 또 다른 자연과의 일체감을 이미 우리는 고산(孤山) 윤선도에게서 읽어 왔다.

> 수국에 가을이 드니 고기마다 살쪄 있다
> 만경징파에 싫도록 용여하자
> 인간을 돌아보니 멀수록 더욱 좋다.　　　　　　　　「어부사시사」

짐짓 고산은 '머도록 더옥 됴타'고 절창하여 경험이 축적된 인간세계를 떠난 미지의 세계인 자연에 귀의했으나 소월은 순수 자연의 세계가 추한 경험의 세계로 인하여 불협화음을 유발해 생의 비애와 직결시켰다. 해서 3연의 '놓인 그 꽃'은 불타는 사랑이 가능해진다. 별리를 당하는 여인의 활화산 같은 절박한 격정이 추하고 더러운 내면을 절제하고 억제해 아름다운 세계로 승화된다.

진달래꽃의 색채감은 소쩍새가 피를 토하듯이 울어 예는 여인의 농도이며 이런 비애의 농도야말로 지순한 사랑만이 가능하다.

지순한 사랑은 소유하는 것보다도 일정한 거리감을 두고 동경하는 그 단절에 있음에랴.

따라서 한이 한으로 끝나지 않고 차원 높은 사랑으로 승화되는 한과 사랑의 이중구조는 「진달래꽃」이 지니는 특수구조가 된다.

'사뿐히 즈려 밟고'에 함축된 의미는 무엇일까? 송강(松江)이 노래한 저 「관동별곡(關東別曲)」의 '사양 현산의 텩듁을 므니블와 우개지륜이 경포로 나려 가니'의 '므니블와'와 맥락을 같이함을 또 발견한다. 따라서 '즈려' 속에 담겨 있는 여인의 심사는 애매모호하며 이것이 「진달래꽃」을 극대화하고 있다.

4연은 시상의 절정이자 곧 마무리가 된다. 굳이 떠나는 임이기에 아픈 별리의 한을 심어 주지 않겠다는 지순한 여인의 앙금이 가슴을 뭉클

케 한다. 이유는 의지적인 부정은 참아 내기 어려운 한을 생략과 도치로 응축시켜 음감의 극대화를 연출했기 때문이다.

‘죽어도 아니 눈물…’을 두고, 김춘수(金春洙)는 속으로는 울고 있으면서도 겉으로는 눈물을 보이지 않는 여인들의 고전적 모습이며 정서의 한국적 원형일 수도 있다고 이해했다.

그의 이해에 동조하지 않더라도 심화된 체념, 확대 일로의 사랑은 한국적이며 나아가 동양적인 정서의 세계가 아니던가.

이러한 전통적 정서를 노래한 시가 「진달래꽃」이다.

「진달래꽃」은 사랑하는 임을 떠나보내는 여인의 지순한 정과 한이 희생적인 고결한 사랑으로 승화되어 세련된 정서와 여성적인 음감과 함께 은은한 달빛처럼 가슴에 깊이 와 닿는다.

그것은 민족적인 정서와 민족 유산으로서 영원한 고향이란 안식처에 상주시켜 주며 폐부를 찌르는 예술적인 감동까지 안겨준다.

또한 「진달래꽃」의 별리는 여인이 남정네를 떠나보내는 여성적인 음감으로 시종하고 있다. 그것은 ‘～우리다’, ‘～옵소서’의 어감으로 쉽게 짐작할 수 있다.

「서경별곡」은 현실적으로 당면한 사랑의 별리라고 한다면 「진달래꽃」은 앞으로 있을지도 모를 별리를 가정한 미래 지향적이다.

임을 이별하는 현장이 아니라 별리를 가상한 여인의 당돌하고도 자신에 넘친 여성 상위적인 태도가 연기해낸 노래이다. 이유는 1인칭에 호응되는 ‘～리다’는 의지적 미래지향적이기 때문이다.

임을 죽도록 사랑하는 데야 그 임은 차마 나를 버리고 떠나갈 무정한 남정네는 아닐 테지. 어디 가서 찾아보아야 나만큼 헌신적이고도 희생적인 사랑의 대상은 찾을 수도 없겠지.

암, 그럴 테지. 지순한 사랑을 차 버리고 떠날 남정네라면 사랑할 가

치도 없는 남정네일 테지. 그러니까 고결한 사랑을 알고 있는 멋을 아는 남정네라면 단연코 나를 떠나갈 수는 없어.

이와 같은 당당함과 자신감에 찬 소산에서 우러나와 사랑의 사슬에 옭아매는 여성상위의 시대의식이 「진달래꽃」을 잉태한 것은 아닐까. 해서 「진달래꽃」은 소월이가 노래하긴 했으나 어디까지나 여성의 입장에 서서 별리를 전제로 한 사랑에 대한 자신감과 남성을 사랑의 사슬로 옭아매는 여성상위의 미래 지향적인 당돌함을 읊었다고 하겠다.

이런 감상도 이제 접고 차원 높은 별리의 승화를 마무리한다.

차원이 높은 별리의 승화는 나름대로 예를 든다면 출정을 앞둔 임과의 이별 같은 경지, 출정을 떠나가는 임 앞에 눈물을 보여 그 임의 창창한 앞길에 먹구름을 드리울 수는 없어, 짐짓 '나 보기가 역겨워'는 아낙네의 허튼 넋두리요 푸념, 정작 '죽어도 아니 눈물…'로 결사한 그 인고와 극기가 애처롭다 못해 눈물겹다.

이런 감상으로만 「진달래꽃」의 이해가 가능하지 않을까. 현실적으로 어느 여성인들 자기를 싫다고 뿌리치고 떠나는 남성에게 지순한 사랑으로 축복해 줄 것인지 의문이다.

이렇게 풀이하면 소월의 선견지명에 놀라움을 금할 수 없다. 실제로 일제 말기는 민족 이산이 극에 이르렀으니까. 「진달래꽃」에서 민족의 슬픈 역사를 되돌아보는 듯해서 오히려 숙연해진다.

『이 세상에서 가장 오랜 시간에 걸쳐 쓴 편지』에서

본관, 안동. 부, 김익한, 모 전매련의 10남매 중 여덟째로 태어남
출생, 癸未生(1943) 9. 1
본적, 경북 상주시 공성면 용안동 337번지

가족관계

처, 조성록, 본관 풍양
자, 김동현, 신한은행 IT근무
자부, 고은희, 아시아나 승무원
손, 김준석
녀, 김누리, 미래에셋 근무
서, 최재승, 제일모직 근무
외손, 최현우

학력

1964. 3. 동국대학교 인문대학 국어국문학과 입학
1972. 3. 동국대학교 인문대학 국어국문학과 졸업
1981. 8. 동국대학교 대학원 국어국문학과 수료, 문학석사
1986. 2. 한양대학교 대학원 국어국문학과 수료, 문학박사

경력

1982. 3. 1. 안동대학 국어국문학과 전인강사

1984. 4. 1. 안동대학 국어국문학과 조교수

1088. 4. 1. 안동대학 국어국문학과 부교수

1993. 4. 1. 안동대학교 인문대학 국어국문학과 교수

1993. 3-1995. 2. 안동대학교 도서관장

1999. 3-2000. 2. 안동대학교 인문과학연구소장

2001. 3-2003. 4. 안동대학교 대학원장

2002. 3-2003. 2. 전국국공립대학원장협의회 회장

소설게재, 창작집, 장편소설, 시집, 저서, 연구논문

소설 게재

1982. 12.「수사도」, 월간문학 12월호

1984. 6.「뜸부기」월간문학 6월호

1988. 12.「왕생의 노래」동양문학 12월호

1989. 2.「간 봄 그리메」최정석 교수 정년퇴임문집

1990. 3.「기파랑」문학세계 3월호

1992. 4.「한 번의 약속」우리문학 봄호

1992. 6.「처용의 자조」월간문학 6월호

1992. 9.「현내리 기행」우리문학 가을호

1993. 9.「수로부인」어머니에 5회 분재

1994. 8.「소녀신불」. 동해사회, 동해사회사

2001. 10.「얼레와 감개」, 안동대신문 연재, 안동대

2002. 8.「상어비인」, 소설시대, 한국작가교수회

2003. 3.「그것은 꿈」, 소설시대, 한국작가교수회

소설집

1988. 8. 창작집『조용한 눈물』서울, 정음사

1991. 5. 향가소설『기파랑』서울, 도서출판 청한

1993. 9.『조용한 눈물』개정판『우리 시대의 신화』서울, 태학사

1993. 9.『기파랑』개정판『소설 향가』서울, 태학사

1994. 11.『소설 향가』개정판『소설 향가』서울, 태학사

1995. 8.『소설 향가』개정판『천년 신비의 노래』서울, 태학사

1999. 2. 개정판『천년 신비의 노래』서울, 태학사

2005. 6. 개정판『천년 신비의 노래』대구, 정림사

2007. 11.『김장동문학선집』전 9권 서울, 국학자료원

2010. 11. 소설『향가를 소설로 오페라로 뮤지컬로』서울, 북치는 마을

장편소설

1992. 7. 장편소설『무나의 연인』서울, 태학사

1993. 9.『무나의 연인』개정판『지금도 첫사랑 동화는 살아있다』서울, 한
　　　　강문화사

1997. 4. 장편소설『후포의 등대』, 서울, 태학사

2000. 10. 장편소설『450년만의 외출』서울, 태학사

2001. 1. 개정판 장편소설『450년만의 외출』서울, 태학사

2010. 11.『이 세상에서 가장 오랜 시간에 걸쳐 쓴 편지』서울, 북치는 마을

2010. 12. 장편소설『대학 괴담』서울, 북치는 마을

2005. 10. 문집『시적 교감과 사랑의 미학』서울, 태학사

2010. 12. 문집『생의 이삭, 생의 앙금』서울, 국학자료원

시집

1995. 8.『내 마음에 내리는 하얀 실비』서울, 태학사

1996. 2.『오늘 같은 먼 그날』서울, 태학사

2005. 10. 시 선집『한 잔 달빛을』서울, 태학사

2009. 4. 시집『간이역에서』서울, 태학사

2009. 4. 시집『하늘 밥상』서울, 태학사

2010. 12. 시집『하늘 꽃밭』서울, 북치는 마을

저서

1986. 12.『조선조소설작품논고』대구, 형설출판사

1986. 4.『조선조역사소설연구』서울, 이우출판사

1989. 10.『고전소설의 이론』서울, 태학사

1990. 5. 한문소설걸작선『오랜 해후』서울, 태학사

1995. 8.『고전소설의 이론』개정판『소설이란 어떤 것인가』서울, 태학사

2004. 8.『소설이란 어떤 것인』개정판『한국소설은 어떤 것인가』서울, 새미

2002. 2.『국문학개론』서울, 태학사

2004. 8. 개정판『국문학개론』서울, 태학사

연구논문

1980. 8. 조선조소설에 나타난 중국관, 동악어문논집 13, 동국대

1980. 12. 조선조 소설에 나타난 일본관, 한국문학연구 3, 동국대

1982. 12. 이효석 소설의 조명, 한국문학연구 5, 동국대

1982. 12.「한씨보응록」교, 논문집 4, 안동대

1983. 4. 이효석 소설의 경향성, 이경성박사회갑논총, 한양대

1983. 8.「임진록」교, 한국학논집 4, 한양대

1983. 12.「진달래꽃」신석, 새국어교육 38, 한국국어교육학회

1984. 2. 이효석 소설의 자연관, 안동대 5. 안동대

1984. 12.「최치원전」논고, 논문집 6, 안동대

1985. 4. 역사소설과 연구방법, 솔뫼어문학 1, 안동대

1985. 6.「운영전」의 시점과 시제의식, 한국문학연구 7. 동국대

1985. 10.「박씨전」논고, 한양어문학 3, 한양대

1985. 12.「임진록」연구, 논문집 7, 안동대

1985. 12. 조선조역사소설연구, 한양대 대학원, 박사학위청구논문

1986. 11. 「임경업전」 연구, 시원김기동박사회갑논총, 동국대

1987. 12. 몽유록 소설의 시점, 서강이정탁교수회갑논총, 안동대

1989. 2. 고전소설이란 어떤 것인가. 동양문학 3, 동양문학사

1989. 3. 고전소설의 태동과정, 동양문학 4, 동양문학사

1989. 6. 조선조 소설의 태동과정 연구, 한국학논집 15, 한양대

1989. 9. 작중인물과 서술의 관계망, 솔뫼어문논총1, 안동대

1990. 8. 한시의 산문적 기능, 청파서남춘교수정년퇴임기념논총, 경기대

1990. 12. 작중인물과 그 서술양상, 솔뫼어문논총2, 안동대

1992. 2. 미발굴 「징세비태록」 연구, 한국문학연구 14, 동국대

1992. 12. 미발굴 조선조소설연구, 한국문학연구 15, 동국대

1992. 12. 「설낭자전」 연구, 안동문화12, 안동대안동문화연구소

1993. 12. 이육사 소설에 대해, 안동문학14

1996. 12. 독자사회학에 대해서, 안동어문학 창간호.

1997. 12. 「헌화가」의 소설화, 솔뫼어문논총 9집, 안동대

1998. 12. 「처용가」의 소설화, 안동어문학2/3통권

1999. 11. 「원왕생가」의 소설화, 인문과학연구 2집. 안동대

1999. 11. 고전소설에 있어 공간과 층위, 안동어문학 4.

2000. 11. 작중 인물과 서술의 양상, 안동어문학 5

2001. 6. 「우적가」의 소설화. 한민족 문화연구 8. 한민족문학회

2001. 11. 회귀와 순환의 의미강. 안동어문학 6. 안동대

2002. 11. 사실의 소설화와 설화의 주제화. 안동어문학 7. 안동대

2003. 11. 설화의 소설화와 의미화의 그릇. 안동어문학 8. 안동대

2004. 12. 고전문학상의 여성찬, 안동어문학. 안동대

2005. 12. 삼당 김영의 시문학연구, 인문과학연구7, 안동대

2006. 8. 「최척전」의 작가의식, 인문학논총, 한국인문과학회

<h1 style="text-align:center">정년문집을 발간해 드리면서</h1>

이 즈음 들어 선생님이 문득 문득 떠오르곤 한답니다. 작은 키에 특유의 종종걸음으로 복도를 걸어오시는 소리만 듣고도 저희는 놀라 자리에 앉아 숨을 죽이던 일들. 또 동작은 얼마나 빠르셨는지, 순식간에 문을 열고 들어서서는 "어느 녀석이 떠들었어!" 하는 카랑카랑한 목소리로 나무랄 때는 심장이 콩콩 뛰었답니다.

선생님께서는 꾸짖고 가차없이 회초리까지 들었으나 뒤끝이 깨끗했고 어느 누구를 편애하지 않아 정말 '쿨'했답니다.

그런 탓인지 책상 위에 올라가 의자 들고 땀을 뻘뻘 흘리며 벌을 섰던 기억마저 되새김의 추억이 되었답니다.

선생님의 시나 소설을 읽으면 고교시절 저희를 가르쳤던 깐깐한 성정이 잘 나타나 있다는 생각이 듭니다. 예를 들면, 『천년신비의 노래』는 일곱 번이나 개작해 여덟 번이나 출판을 해도 불만이 많아 찢어 버리고 싶다고 고백한 서문만 보더라도 짐작이 갑니다.

소설로는 만족하지 못해 오페라와 뮤지컬 대본으로 쓰기까지 했으니 그 고집 어디 가겠습니까. 개작을 한다는 것은 작품을 새로 쓰는 것보다 더 어렵고 힘들다고들 하는데, 선생님께서는 '개작 개제를 한다고 온갖 비난을 받아도 좋으나 명예나 인기를 위해서가 아닌 독자를 위한, 독자를 생각하는 소설 한 편, 가슴으로 쓴 소설을 난 한 편이라도 '남기고 싶은 욕심으로 개작을 한다'고 하시니 말입니다. 문학에 대해서만은 결벽증에 가까운 선생님의 성정은 정년이 되셨는데도 제가 뵈었던 고3 때의 깐깐한 모습 그대로였답니다.

'나이를 먹을 만큼 먹었는데도 시나 소설은 여전히 어렵게 느껴진다'는 선생님의 진솔한 고백은 제자들에게 또 한번의 가르침을 주셨습니다. 왜냐고요? 저도 이제 지명의 나이가 되었습니다.

지명에 이르면 그간 해온 일들에 대해 어느 정도 노련해졌다고 생각하기 마련인데 선생님의 진솔한 고백이야말로 알면 알수록 더더욱 노력해야 한다고 일깨워주는 회초리이자 죽비니까요.

선생님의 저서와 연구업적을 살펴보았습니다. 정말 놀랐습니다. 선생님처럼 정열적으로 가르치고 연구한 분이 얼마나 될까요? 말 그대로 제자들의 삶에 사표가 되고도 남습니다.

얼마 전, 선생님을 30년 만에 뵈었을 때입니다. 뵈는 순간 전 선생님을 척 알아보았답니다. 30년 전 교단에 서서 카랑카랑한 목소리로 국어를 가르쳤고 때로는 매를 들었던 바로 그 선생님임을.

이제 정년을 앞 둔 선생님을 위해 그 동안 출판하신 책, 어느 글 하나 소중하지 않겠습니까마는 개중에서 특히 아끼는 글을 나름대로 솎아 문집『생의 이삭, 생의 앙금』을 출판해 드립니다.

선생님, 저는 굳게 믿고 있답니다. 정년은 기나 긴 여정의 길목에서 만나는 이정표 같은 것이라고요. 이제 새로운 길로 접어드는 선생님께서는 또 힘을 내어 걸어가셔야 하지 않겠습니까.

선생님! 그 여정에 저희가 함께 모시고 가겠습니다.

내내 건승하십시오, 우리 선생님!

중동고, 서울대학교 의과대학 졸업
남서울정형외과 원장 전문의 홍기정

지은이 소개 ｜

　김장동은 월간문학 소설부분 신인상으로 문단에 등단해 동국대학교 국문학과 졸업 및 동 대학원을 수료, 한양대학교 대학원에서 문학박사를 취득. 국립 안동대학교 인문대학 국문학과 교수역임 재임 중 출판부장, 도서관장, 인문과학연구소장, 대학원장, 전국국공립대학교대학원장협의회 회장 등 역임.

　저서로는『조선조역사소설연구』,『조선조소설작품논고』,『고전소설의 이론』,『국문학개론』등이 있다.

　소설집으로『우리 시대의 神話』,『천년 신비의 노래』,『향가를 소설로 오페라로 뮤지컬로』등이 있다. 장편소설로는『첫사랑 동화』,『후포의 등대』,『450년만의 외출』,『이 세상에서 가장 오랜 시간에 걸쳐 쓴 편지』,『대학 괴담』, 문집으로는『시적 교감과 사랑의 미학』이 있으며『김장동문학선집』9권을 출간하기도 했다.

　시집으로는『하얀 실비』,『오늘 같은 먼 그날』,『한 잔 달빛을』,『간이역에서』,『하늘 밥상』,『하늘 꽃밭』이 있다.

생의 이삭, 생의 앙금

초판 1쇄 인쇄일	2010년 12월 16일
초판 1쇄 발행일	2010년 12월 17일

지은이	김장동
펴낸이	정구형
총괄	박지연
편집 · 디자인	이솔잎 채지영
마케팅	정찬용
관리	한미애 김민주
인쇄처	월드문화사
펴낸곳	**국학자료원**

등록일 2006 11 02 제2007-12호
서울시 강동구 성내동 447-11 현영빌딩 2층
Tel 442-4623 Fax 442-4625
www.kookhak.co.kr
kookhak2001@hanmail.net

ISBN	978-89-279-0104-4 *93800
가격	28,000원